KB159516

8인 테마 소설집

# 1995

8인 테마 소설집

# 1995

김형주
양진채
이경희
정태언
조 현
진보경
채현선
허 택

## 책머리에

우리는 1995년을 소환했다. 왜 하필 1995년이냐고 묻는다면 딱히 대답할 말은 없다. 어찌하다 보니 그 많은 연도 중에 1995년이 우리의 호출을 받았다. 이전에도 2008년에 등단한 몇몇 작가들이 의기투합해서 2008년을 배경으로 중편 소설집『선택』을 내놓은 바 있다. 반응이 괜찮았다. 누군가 연도를 테마로 계속 책을 내보는 게 어떻겠느냐는 말을 던졌고, 그게 오늘을 있게 했다.

특정한 해를 기억해 소설을 쓴다는 것은 어떤 의미일까. 누군가, 소설가는 시대를 증언할 책임이 있지 않겠느냐고 했지만 따지고 보면 그 무엇인들 소설가의 시선에서 비껴갈 수 있을까. 고민이 없었던 것은 아니지만 그럼에도 우리는 썼다.

1995년은 우리 뇌리에 생생하게 남아 있는 삼풍백화점 붕괴 사고와 대구 상인동 가스 폭발 사고가 일어난 해이다. 또한 옴진리교 신도들이 일본 도쿄 지하철 전동차 안에 사린 가스를 살포한 사건이 있었고, 미국 오클라호마 주에서는 폭탄 테러가 일어났으며, 한여름 태풍 페이와 제니스가 한반도를 강타했다.

처음으로 전국 동시 지방선거가 실시되었고, 새정치국민회의와 자유민주연합이 창당되었다. 민주자유당이 신한국당으로 이름을 바꾸었고, 노태우와 전두환이 뇌물죄와 군 형법상 반란수괴 혐의로 구속 수감되었다.

귀가시계로 불렸던 드라마 「모래시계」가 방송되었고, 대한민국 최초의 통신위성 '무궁화 1호'가 발사에 성공했다. 가수 겸 배우인 설현 등 많은 사람들이 태어났고, 작곡가 윤이상, 소설가 김동리 등 많은 사람들이 죽었다. 아주 많은 일들이 일어난 해였다.

김형주는 12월 3일 전두환이 수감되던 날, 라디오에서 그 소식을 들은 화자가 '그날'의 악몽을 떠올리게 되는 고통을, 양진채는 경기여자기숙학원의 방화 사건으로 인해 평생 '불'에 갇히게 되는 '나'의 독백을, 이경희는 경복궁 안의 조선총독부 건물이었던 국립중앙박물관 철거를 맡게 된 인물을 통해 소시민의 역사 인식을 소설 속에 녹여냈다. 또 정태언은 G를 통해 오래전 사라진 주유소를 이정표로 고집하는 사람들을 불편하게 바라보면서 여러 기억들을 소환하고 있고, 조현은 1995년 태풍 페이 때 벌어진 사건 속 '나'와 사건의 진실을 파헤치려는 남자를 원투낚시로 끌어갔다. 진보경은 지금보다 더 쉽게 더 빠르게 누구나 새로운 세계로 나아갈 수 있던 시대, 아무 거리낌 없이 성장가도를 질주하던 우리들의 그 시대를, PC 혁명이라 일컬어지는 '윈도우 95'의 출시에 빗대어 그려냈다. 채현선은 단추라는 인물을 통해 세 이모들의 기묘한 이야기를 들려주며 1995년 어느 날을 복기하고 있고, 허택은 군부독재시대와 문민시대를 함께 지나온 '나'와 친구를 통해 1995년의 시대성을 묻고 있다.

표면적으로 보면 모두 1995년에 일어난 사건에 발을 걸치고 있다. 그러나 어떤 작가는 스치듯, 어떤 작가는 전면에 그것을 녹여냈다. 어떤 작가는 그해로 풍덩 뛰어들어 서사를 만들기도 하고, 어떤 작가는 서사를 해체시키기도 했다. 어떤 이는 현재축이 1995년인가 하면 어떤 이는 현재축이 2017년을 살고 있는 지금이기도 하다. 그러고 보면 1995년은 오롯이 1995년이면서 다른 모든 해이기도 했다. 그래서 그런지 소설 속 1995년은 1995년이면서 1995년에 갇혀 있길 거부하고 있는 듯 보인다. 어떻게 하나의 사건이 위키백과에 기술된 것처럼 한 줄로 요약될 수 있을까. 그 속에 숨어 있는 수만 갈래의 삶과 시선을 찾아가는 일, 그것이 소설의 몫이라 믿는다.

이제 우리는 1995년을 각자의 방식으로 건너왔다. 작가 각자 소설을 쓰면서 1995년을 새롭게 환기하듯, 읽는 독자들도 그럴 수 있으면 좋겠다. 다시 생각해보면 우리가 1995년을 소환한 것이 아니라 1995년이 우리를 끌고 간 것인지 모르겠다. 어떤 시대, 어떤 시간은 진절머리가 날 때까지 우리를 붙들고 놓아주지 않기도 하니 말이다.

2017년 4월

김형주, 양진채, 이경희, 정태언, 조현, 진보경, 채현선, 허택

# 차례

# 모두의 그날

**김형주**

**작가의 말**

겨울이 한 겹 내려앉은 호수에 채 떠나지 않은 새들이 모여 있다.
깊은 밤, 혹은 이른 새벽 호수를 떠난 새들은 이미 따뜻한 남쪽에
새 둥지를 틀었을 것이다. 떠나지 못한 새들의 언어로
온통 시끄러운 호수는 새들의 아고라다.
호수 위의 새들은 할말이 많다. 새들의 수다, 새들의 넋두리,
새들의 토론이 한창인 겨울 호수에서 입 가진 자들이 함구해야 하는
서글픈 현실을 생각한다. 사회의 저변에 밀려 있는 자들, '을' 중의 '을'이
되어버린 자들, 선을 이유로 속절없이 당하는 자들.
그들의 입도 활짝 열려 가슴에 맺힌 응어리가 확 풀렸으면 좋겠다.

2008년 『작가세계』 신인상에 단편소설 「밀리터리게임」이 당선되며 작품 활동을 시작했다. 소설집 『빨대들』, 장편소설 『원동중 야구부』, 공학에세이 『청소년을 위한 공학이야기』가 있다.

그들은 하나같이 얼굴 형체가 분명치 않았다. 불그죽죽한 흙탕물이 흐르는 개울 저편에 있는 그들은 밀가루로 대충 반죽한 덩어리나 혹은, 고온에서 녹아내린 밀랍 인형처럼 눈코입이 뭉개져 있었다. 여자인지 남자인지 분간조차도 할 수 없었다. 그들은 원피스처럼 긴 회색 옷을 입고 손에는 저마다 작은 보따리를 하나씩 들고 있었다. 내가 다가가자 그들은 반들반들 뗏국이 흐르는 보따리를 서로 내밀었다. 보따리에 뭐가 들어 있는지 알 수는 없었지만 왠지 그걸 받으면 안 될 것 같았다. 나는 그들을 피해 최대한 멀리 달아났다. 하지만 어느새 나를 따라잡은 그들은 자꾸만 보따리를 내밀었다. 나는 달아나고, 그들은 쫓고, 밤새 꿈속에서 추격전이 벌어졌다.

언제나처럼 비슷한 악몽이었다. 다만 이번에는 나를 쫓아다니는 사람들이 전보다 많아졌다. 처음에는 서너 명 정도만 등장했는데 악몽이 반복될수록 수가 늘면서 이젠 일개 중대 병력쯤 된다. 좀비 같은 그들을 피하느라 얼마나 이를 갈았는지 꿈에서 깼을 때 제일 먼저 느껴진 건 양쪽 어금니에 가해진 통증이었다. 살짝만 건드려도 시큰거리고 찌릿찌릿했다.

"아, 이빨 아퍼. 좀 깨우지."

나는 실눈을 뜨고 옆으로 돌아누우며 투덜거렸다. 그러나 아무 반응도 없었다. 아차, 싶었다. 이틀 전 집을 나간 아내에게서 당연히 반응이 있을 리 없었다.

악몽에 시달리면서 빠드득빠드득 이를 갈 때마다 아내는 나를 마구 흔들거나, 세차게 뺨을 때려서 깨웠다. 아내의 매운 손맛은 꿈속의 추격자들로부터 나를 안전하게 격리시켜주거나, 그들이 옷자락을 낚아채려는 아찔한 순간 무방비 상태인 내 의식을 현실 세계로 귀환시키곤 했다. 나는 정작 어금니가 아니라 아내에게 맞은 얼굴의 통증 때문에 잠에서 깰 때가 많았다.

나는 바깥쪽이 움푹 파인 어금니를 혀끝으로 훑었다. 귀퉁이가 쌀알만큼 뚝 떨어져 나가고 없었다. 금이 가거나 깨진 어금니 중에서 그나마 멀쩡했던 것까지 말썽이었다. 왠지 아내가 없어서 더 그렇게 된 것만 같았다. 나는 악몽을 꾼 이유를 곰곰이 되짚어봤다. 이유는 하나밖에 없었다. 술을 설 마신 탓이었다. 필름이 끊길 정도로 마셨어야 했는데 어제는 너무 조금 마신 것이 문제였다. 술에 곤죽이 돼서 이마가 찢기고, 팔다리에 시퍼런 멍이 든 날은 절대 악몽에 시달리지 않았다. 그런 날이면 오히려

14

숙면을 했다.

자리에서 일어난 나는 반사적으로 벽시계를 쳐다봤다. 아직 출근 시간은 한 시간 정도 남아 있었다. 일어날까 아니면 조금 더 자리에 누워 있을까, 갈등이 생겼다. 베개에 얼굴을 반쯤 묻고 엉거주춤 엎드렸다. 아내가 있었다면 바로 코앞에 차고지가 있는데 뭘 그렇게 일찍 일어나느냐며 좀더 자라고 잡아끌었을 것이다. 그러면 나는 못 이기는 체 다시 아내의 등뒤에 게딱지처럼 붙어서 잠시 눈을 붙였을 것이다.

나는 아내가 누웠던 자리를 물끄러미 쳐다보고는 비척비척 화장실로 걸어갔다. 변기에 걸터앉아 천천히 칫솔질을 하다가 플라스틱 쓰레기통으로 시선이 쏠렸다. 칫솔을 입에 문 채 뚜껑을 열었다. 아니나 다를까. 아내가 입었던 분홍색 브래지어와 팬티가 아무렇게나 버려져 있었다. 값으로 치면 결코 싸구려가 아니지만 아내에게는 똥 묻은 휴지와 동급으로 취급된 것들이었다. 갑자기 울컥, 서러움이 치밀었다. 그렇다고 그것들을 세탁기에 집어넣을 수도 없었다. 갈기갈기 찢겨진 그것들은 이미 복원이 불가능했다.

나는 입안 가득 물었던 치약 거품을 큰 소리로 뱉어냈다. 크아악, 목젖이 떨어질 것 같은 진동이 입천장을 울렸다. 순간 심하게 헛구역질이 났다. 한참 동안 변기통을 붙들고 토악질을 하다 보니 그러잖아도 벌건 눈에 더 핏발이 섰다.

새벽바람이 제법 찼다. 운전대에 앉자마자 음악 방송 볼륨을 크게 올렸다. 경쾌한 디스코 리듬이 차 안에 가득 찼다. 한창 유행 중인 김건모의 「잘못된 만남」이었다. 자신의 친구와 바람난 애인 때문에 정작 친구도 애인도 다 잃게 된 남자의 넋두리치고는 지나치게 흥겨운 노래였다. 문득 이틀 전 아내가 했던 말이 생각났다. 어울리지도 않는 야한 속옷을 입혔다가 옥수수 껍질 벗기듯 거칠게 벗기는 나를 물끄러미 쳐다보던 아내가 이렇게 말했다.

"제발 이제 그만 해요. 더 이상은 못하겠어요. 애초부터 우린 잘못 만났어요. 그러니까 그걸 인정하고 끝내자고요."

그러나 난 아내를 포기할 수가 없었다. 아니 정확히 말하자면 술 이외에 나를 구원해주는 유일한 존재로서의 아내를 떠날 자신이 없었다. 아내는 나를 받아들일 때마다 불쌍하다고 버릇처럼 말했다. 자신이 믿는 종교에 입교하지 않으면 나중에 죽어서 영혼조차 남지 않고 소멸될 테니 제발 자신들의 왕국으로 함께 가자고도 했다. 그때마다 난 진심으로 말했다.

"제발 내 영혼이 소멸됐으면 좋겠어. 모든 게 가루가 되어 사라졌으면 좋겠어. 그래서 내 존재가 세상에 있었는지조차 아무도 몰랐으면 좋겠어."

솔직히 난 아내의 왕국에 갈 생각은 추호도 없었다. 아니, 난 그럴 자격도 없는 인간이었다. 내가 어떻게, 죽어서까지 순수 영혼 그 자체인 아내와 같은 공간에 있을 수 있냔 말이다. 그건 나 자신도 결코 용납할 수 없는 일이었다.

아내는 나를 전도시키지 못한 것에 대해 일종의 죄책감을 느끼고 있었다. 내가 변태성 행위를 해도 번번이 참아내는 것은 언젠가 내가 구원받기를 바라기 때문이었다. 하지만 난 아내가 말하는 구원과는 전혀 다른 차원에서 구원받을 때가 종종 있었다. 정신이 혼미해질 때까지 술을 퍼마시거나, 격정적으로 아내를 안고 나서 기절하듯 널브러질 때가 그랬다.

아내는 술과 함께 나를 구원해주는 고마운 존재였다. 아내가 종교에 심취할수록 난 더더욱 아내의 몸에 집착했다. 아내는 간혹 잠자리에서조차 전도한 사람들을 열거할 때가 있었다. 그러면 나는 아내의 몸 위에서 이미 천상으로 달려갔다. 천상에서의 내게 더 이상 아내의 목소리는 들리지 않았다. 너무 고요해서 먼지 날리는 소리까지 들릴 것 같은 상태에서 나는 몸의 형체를 갖추기 이전까지 있었던 모든 과정을 상상했다. 나의 기원, 내가 정자나 혹은 단백질이었을 때까지도 상상했다. 그 순간만은 유체 이탈한 영혼처럼 자유로웠다. 더 이상 악몽에 시달릴 필요도 없었다.

지금 아내는 죽어서도 영혼이 소멸되지 않을 신도들과 함께 그들의 왕국에 있을 것이다. 이 세상에서 아내가 갈 곳은 거기밖에 없다. 하지만 내 발로 그곳까지 찾아가서 아내를 끌어내기는 싫다.


살얼음이 드문드문 박힌 언덕길을 한 노파가 엉거주춤 내려오고 있다. 등이 굽은 채 양손에 커다란 비닐봉지를 들고 가는 모습이 윗집에 살던 노파가 분명했다. 이번에도 작은아들을 찾아왔다가 만나지 못하고 가는 것 같았다. 나는 차를 길가로 대면서 차창을 내렸다.

"또 허탕 치셨어요? 타세요, 태워다드릴게요."

노파가 걸음을 멈추고 흐릿한 눈을 들어 운전석을 넘겨다보았다. 그러고는 익숙하게 차문을 열고 옆자리에 앉았다.

"아예 문을 잠가버렸어. 아무리 두드려도 안 열어주네. 어제 김치 다져 넣고 만두 했는데, 그거 줄라고 왔는데…… 그래도 빈 그릇들은 가져가라고 밖에 내놨구먼……"

노파는 얼마 전까지만 해도 내가 사는 연립주택 이층에서 작은아들과 살다가 지금은 바로 옆 동네에 있는 큰아들네로 거처를 옮겼다. 작은아들이 툭하면 노파를 밖으로 내쫓고 문을 잠가버리는 바람에 큰아들이 모시겠다고 데려간 것이다. 하지만 정말로 모시기는 하는 건지 노파의 행색은 볼 때마다 궁색하고 추레했다.

노파는 검버섯이 가득한 손으로 빈 그릇이 담긴 비닐봉지를 쓰다듬며 울먹였다.

"내가 그 결혼을 반대하는 게 아니었어. 형보다 먼저 장가가겠다는 걸 말렸는데 그게 이렇게까지 될 줄 누가 알았겠어? 다 내 죄여. 내가 죽일 년이지……"

또 그 얘기였다. 노파는 테이프에 녹음이라도 한 듯 똑같은 이야기를 푸념처럼 늘어놓았다. 노파의 말에 의하면 작은아들은 결혼을 반대하는 부모에게 반항하느라 머리를 빡빡 밀었던 적이 있다. 그는 차라리 중이 되겠다며 다니던 직장까지 때려치우고 집에서 빈둥거렸다. 그러던 어느 날 동네에 패싸움이 났다. 그날 따라 집에만 틀어박혀 있던 그는 바람이라도 쏘이려고 나왔다가 우연히 싸우는 광경을 목격했다.

웅성거리는 사람들 뒤에서 싸움 구경을 하던 그에게 느닷없이 경찰이 다가왔다. 그는 이유도 모른 채 강원도 어느 부대로 끌려 갔다. 그곳에서 이른바 순화교육이란 걸 받았다. 그 과정에서 조 교에게 개머리판으로 죽도록 맞기도 했다. 양손을 밧줄에 묶인 채 차 뒤에 매달려 연병장을 돌기도 했다. 차가 빨리 달리는 통에 넘어져서 일어나려고 하면 속도를 따라잡을 수 없어서 다시 넘어졌다. 개처럼 질질질 끌려가면서 얼굴이 뭉개지고 옷은 넝마처럼 찢어졌다.

얼마 후 세상 밖으로 나왔지만 그에게는 평생 오점으로 남는 낙인이 찍혔다. 신분을 증명하는 증명서에는 그가 불명예스러운 인간임을 증명하는 도장이 찍혀 있었다. 그 어디에서도 전과자 보다 더 혐오스러운 신분의 그를 받아주는 곳은 없었다. 밥벌이를 할 수 없었던 그는 노파에게 얹혀살았다.

처음에는 고분고분하던 그였다. 노파가 먹으라면 먹고, 자라면 자고, 씻으라면 씻었다. 그러던 그가 언제부턴가 돌변하기 시작했다. 먹고 씻는 걸 거부하고, 뜬눈으로 밤을 새웠다. 걸핏하면 노파를 밖으로 내쫓았다. 노파는 주방 한구석에 쪼그리고 앉아 찬밥에 물을 말아 먹다가 쫓겨나기도 했고, 한밤중에 속옷 차림으로 쫓겨나기도 했다. 밖으로 내쫓긴 노파는 현관 앞에 조용히 앉아서 그가 문을 열어주기만 기다렸다. 추운 겨울날, 현관 앞에서 오들오들 떨고 있는 노파가 안쓰러워서 우리 집에 와 있으라고 한 적도 있었다. 그러나 노파는 작은아들이 반드시 문을 열어줄 거라고 고집을 부렸다. 처음에는 그도 노파를 내쫓은 지 한 시간도 되지 않아서 문을 열어주었다. 하지만 그 한 시간이 두 시간이 되고 세 시간이 되더니 급기야 반나절이 되고 하루가 되었다. 더 이상 노파가 그와 함께 살 수 없었던 이유였다.

노파는 작은아들과 따로 살면서도 항상 먹을 걸 챙겼다. 이틀이 멀다 하고 이런저런 찬거리를 싸 들고 작은아들을 찾아왔다. 나는 노파의 작은아들을 한 번도 본 적이 없다. 이사 온 지 삼 년이 넘도록 노파는 수시로 봤지만 노파의 작은아들은 그림자조차도 못 봤다. 아마도 그는 바깥출입을 전혀 하지 않거나, 사람이 없는 시간대에만 문밖으로 나오는 게 틀림없었다.

"내가 누구한테 이런 얘기를 하겠어. 다 자네나 되니까 이런 얘기를 하는 거지. 자네도 우리 아들이랑 연배가 비슷하잖아. 다 아들 같으니까 하는 말이여."

노파는 큰아들이 사는 빌라 앞에 차가 멈추자 바지 주머니에 손을 집어넣고 건성으로 더듬거렸다. 하지만 노파는 이번에도 내가 차를 공짜로 태워줄 거라는 것쯤은 눈치로 알고 있을 것이다. 나는 노파에게 됐다는 표시로 고개를 끄덕여 보였다.

"매번 고마워. 대체 귀신은 뭐 하는지 몰라. 나 같은 늙은이 잡아가지 않고……"

노파는 차문을 닫고도 한동안 자리에 서서 손을 흔들었다. 언뜻 노파의 가느다란 팔목에 실밥이 풀어지고 끝단이 너덜너덜한 내복 소매가 보였다. 흰색인지 누런색인지 색깔조차 모호했다.

시골에 혼자 사는 어머니는 내가 택시 운전을 한다고 했을 때, 그저 한숨만 내쉬었다. 삼십대 초반에 과부가 된 어머니는 산나물을 뜯어 팔아 하나뿐인 아들을 대학까지 보낸 억척스러운 여자였다. 시골 동네에서 4년제 대학교에 간 인물은 내가 처음이자 마지막이었다. 당연히 어머니는 내가 좋은 회사에 취직해서 마을의 자랑거리가 될 줄로 굳게 믿었다. 그런 아들이 택시 운전을 한다는 말에 어머니는 아예 마음을 닫았다. 동네 사람들은 물론 친척들과도 인연을 끊었다. 남부끄러워서 도저히 얼굴을 들 수가 없다는 거였다.

어머니의 소원을 들어주자고 다시 일반 회사에 취직할 수도 없는 노릇이었다. 전역을 하고 두어 달 정도 일반 회사에 다닌 적이 있지만 그게 다였다. 사람이 많은 사무실에 오래 있으면 숨이 막히고 눈알이 튀어나올 것 같아서 도저히 견딜 수가 없었다. 어떤 때는 심장이 떨어져 나갈 듯이 두근거리고 자꾸만 총소리가 들렸다. 하늘이 점점 낮아지면서 몸을 짓누르는 것 같았고, 어디선가 자꾸만 비명이 들렸다.

특히 상사의 명령 하달로 업무가 진행되는 체계에서는 더 그랬다. 심사숙고한 나의 의견보다 상사가 내린 단 한마디의 지시가 우선인 상황에서는 한겨울에도 옷이 흠뻑 젖을 만큼 비지땀을 흘렸다. 직장 동료들은 그런 나를 전염병 환자처럼 피해 다녔다.

사람들이 많은 공간에서 적응할 수 없다는 걸 알고 나서 고민 끝에 선택한 직업이 택시 운전이었다. 이런저런 눈치 볼 것 없이 손님이 원하는 장소까지 태워다주고 돈만 받으면 되는 단순한 직업이었다. 덕분에 아직은 나름대로 만족하고 있다. 내가 이 일을 언제까지 계속할지 모르겠지만 별 이변이 없다면 오래도록 할 생각이다.

일요일이어서 그런지 아침부터 유난히 예식장 손님들이 많았다. 쌀쌀한 겨울로 접어들었지만 사람들은 여전히 사랑을 하고, 그 사랑의 결실을 만인 앞에서 끊임없이 확인받고 싶어 하는 것 같았다. 아침부터 각각 다른 결혼식장으로 실어다준 손님들만 해도 일곱 팀이었다. 덕분에 단거리 손님들까지 합쳐서 오전 중에 올린 수입은 사납금을 훨씬 웃돌았다. 하지만 12시가 넘어서부터는 전혀 손님이 없었다. 나는 천천히 집 쪽으로 차를 몰았다. 혹시라도 나 없는 사이에 아내가 와서 옷가지를 챙겨갈지도 몰랐다. 아내가 집에 와 있다면 어떻게든 설득을 해야만 했다.

차가 신호에 걸려 집 근처 횡단보도 앞에 잠시 멈췄을 때였다. 한 남자가 허둥지둥 다가와 차문을 열고 뒷자리에 올라탔다. 아내가 집에 와 있는지 빨리 가보고 싶은 마음이 간절했지만, 이미 차에 탄 손님을 거부할 수는 없었다.

"어디로 모실까요?"

뒷자리를 흘끔 쳐다보며 물었다. 비쩍 마른 몸피 탓에 입고 있
는 반코트가 비정상적으로 커 보이는데다가 길게 기른 머리카락
을 뒤로 묶어서인지 언뜻 말라깽이 여자처럼 보이는 남자였다.

"네? 아, 럭키…… 럭키 웨딩홀이요. 그 앞에 세워주세요."

남자가 굳게 닫았던 푸른 입술을 보일 듯 말 듯 움직이며 말했
다. 또 예식장 손님이었다. 남자가 가려고 하는 예식장은 도시의
남쪽 끝에 있다. 한때 도시의 번화가였던 그곳은 몇 년 전, 근처
에 있던 버스터미널을 다른 곳으로 이전하면서부터 거의 달동네
수준으로 변했다. 당연히 버스터미널 맞은편에 유럽식으로 지어
진 예식장도 직격탄을 맞았고, 주말이면 결혼식 하객들로 미어
터지던 음식점과 술집들도 줄줄이 문을 닫았다. 내가 알기로 럭
키 웨딩홀은 영업을 중단한 상태였다. 어쩌면 남자는 웨딩홀이
아니라 그 근처 어딘가에 볼일이 있을 수도 있었다.

미터기를 꺾었다. 주행을 시작하자마자 미터기 속의 말도 따
라서 천천히 달리기 시작했다. 크기는 손톱만 하지만 그동안 차
에 탔던 숱한 손님들의 간 크기를 수시로 조종했던 그야말로 간
큰 녀석이었다. 손님들은 녀석이 힘차게 달릴 때마다 미터기의
숫자가 철컥철컥 올라가는 소리에 날치기라도 당한 표정을 짓곤
했다. 때때로 녀석이 존경스러울 때도 있었다. 도저히 감당할 수
없는 진상 손님이 녀석의 질주에 충격적인 반응을 보이는 날이

그랬다. 그런 날이면 녀석은 가만히 앉아 천리 밖에 있는 적들을 제압하는 무림의 고수 같기도 했다.

얌전하게 달리던 녀석이 슬슬 속도를 높였다. 텅 빈 눈으로 창밖을 내다보던 남자가 그제야 슬쩍 미터기 쪽으로 시선을 던졌다. 지극히 무심한 눈빛이었다. 남자는 정확히 예식장 앞에서 내렸다. 내 예상대로 사용이 중단된 예식장 건물은 군데군데 벽돌이 떨어져 있고, 한때 수많은 차량의 바퀴가 짓눌러댔던 마당에는 제 세상을 만난 잡초들이 억센 뿌리를 박고 있었다. 남자는 예식장 마당에 서서 고개를 푹 숙인 채 발끝으로 풀포기들을 툭툭 걷어찼다. 그러더니 마치 처형대에 오르는 죄수처럼 한 발 한 발 힘겹게 계단을 올라가서 예식장 문을 손으로 밀었다. 하지만 굳게 잠긴 문이 열릴 턱이 없었다. 나는 차를 돌리면서 남자를 쳐다보았다. 남자는 잠시 하늘을 올려다보고는 계단 끝에 풀썩 주저앉아 양손으로 머리를 감쌌다. 백미러를 통해 남자의 어깨가 들썩이는 것이 보였다.

가끔 택시 손님 중에 이해할 수 없는 행동을 하는 사람들이 있었다. 주로 충동적으로 삶을 포기하려는 사람들이었다. 그들은 택시에 타자마자 느닷없이 흐느끼면서 강으로 가자고도 했고, 뛰어내리겠다며 도시에서 제일 높은 빌딩으로 가자고도 했다. 심지어 수면제를 모으겠다며 도시에 있는 약국이란 약국은 빠짐없이 찾아가자고도 했다.

그런 손님들은 그래도 위험스럽진 않았다. 내게 위험스러운 손님은 자꾸만 대화를 시도하는 사람들이었다. 사람들은 택시 안에서 쉽게 마음을 열었다. 좁은 공간에 둘이 있다는 것만으로도 동질감을 느끼는지 그들은 곧잘 신세 한탄을 하고, 울분을 토하고, 자문을 구하려 들었다. 하지만 난 손님들과 질펀한 논쟁 따위를 벌이고 싶지 않았고, 그들의 삶에 개입하기도 싫었다. 어차피 난 어울려 사는 게 불편해서 택시 운전을 하는 거였다.

손님이 승차하면 목적지를 묻고, 목적지에 도착할 때까지 입을 꾹 다물었다. 손님을 향해 내가 하는 말은 "어디로 모실까요?" "도착했습니다." 두 마디뿐이었다. 다른 기사들은 손님들과 노닥거리는 거로 시간을 보낸다고 하지만 난 손님이 택시에 오르면 목적지만 묻고 입을 굳게 닫아버렸다. 심지어 운전할 때는 라디오 뉴스도 듣지 않았다. 내가 유일하게 듣는 건 음악 방송이었다.

예식장을 벗어나면서 시간을 확인했다. 세시가 가까워져 오고 있었다. 나는 근처에 있을 적당한 음식점을 찾아 두리번거렸다. 마침 예식장에서 멀지 않은 곳에 허름한 순댓국집이 있었다. 손님이 뜸한 홀 안에서 비실거리는 겨울 파리를 파리채로 때려잡던 늙은 주인 여자가 운전사 복장을 한 나를 보더니 반색을 했다. 그녀는 주문을 받자마자 쏜살같이 주방으로 달려가 순댓국에 큼직한 고기 서너 점을 듬뿍 얹어 내왔다.

"많이 드슈. 밥때도 지났는데 배고프겠수. 다 먹고살자고 하는 일인데 밥때는 지켜야지. 그래야 운전도 하지 않겠수?"

내가 순댓국을 먹는 동안 주인 여자는 다시 파리채를 들고 어딘가 있을 파리를 찾아 홀 안을 어슬렁거렸다. 조용한 홀 안에 후루룩거리는 소리가 유난히 크게 울렸다. 그 소리에 라디오 소리가 묻혔던지 주인 여자가 갑자기 라디오 볼륨을 한껏 높였다. 속보가 나오고 있었다. 아나운서의 격앙된 목소리가 '전직 대통령', '합천', '안양 교도소' 등의 단어에 유난히 악센트가 꽂혔다. 마지막 남은 국물을 그릇째 들고 마시던 나는 라디오 소리에 신경을 곤두세웠다. 그러다가 갑자기 사레가 들렸다. 나는 등뼈가 휘도록 웅크리고 기침을 해댔다.

"결국 저 사람 감방 갔네. 뭐, 갈 사람은 가야지 별수 있나?"

주인 여자가 대수롭지 않다는 듯이 혼잣말을 하고는 내 옆으로 다가와 밥공기를 슬쩍 들여다보았다.

"밥 더 드려?"

나는 고개를 흔들며 손사래를 치고는 천 원짜리 석 장을 꺼내 식탁 위에 올려놓았다. 주인 여자가 돈을 앞치마 주머니에 쑤셔넣으며 말했다.

"저 사람이 잘한 일 하나가 있다면 뭔 줄 아슈?"

나는 눈물이 그렁그렁한 눈으로 주인 여자를 올려다보았다. 주인 여자가 계산대 옆 탁자에 다소곳이 놓인 빨간색 전기밥솥을 손가락으로 가리키며 말했다.

"저기 저거, 전기밥솥 만드는 공장을 세워서 여자들이 좀 편해진 거지. 사람들이 일본만 갔다 오면 죄다 코끼리밥솥을 사서 들고 오니까 저 사람이 그랬다잖우. 왜 우리나라에서는 밥통 하나 못 만드냐고…… 그래서 전기밥솥 공장을 만들었다고 합디다."

나는 손등으로 축축한 눈가를 닦으며 전기밥솥을 쳐다보았다. 생각해보니 집에도 전기밥솥이 있었지만 자세히 들여다본 적은 한 번도 없었다. 나는 아내가 지어준 밥을 그저 생각 없이 먹었을 뿐이었다. 그런 내게 주인 여자가 가리키는 전기밥솥은 생전 처음 보는 물건처럼 생경했다. 더구나 빨간색 전기밥솥은 희끄무레한 페인트 벽 때문인지 마치 커다란 핏덩이처럼 보였다. 그 핏덩이 속에서 얼굴이 뭉개진 형상 하나가 꿈틀대면서 금방이라도 튀어나올 것만 같았다. 화들짝 놀란 나는 슬금슬금 뒷걸음질치면서 재빨리 식당을 뛰쳐나왔다.


그날, 눈앞에 보이는 모든 것들이 피범벅이었다. 깨진 유리창, 벗겨진 신발, 쓰러진 사람들…… 심지어 귀를 찢을 듯한 총성과 다급한 외침, 날카로운 비명에도 피가 묻어 있었다. 나는 내가 속한 세상이 현실인지 비현실인지 헷갈렸다. 반쯤 정신이 나간 상태에서 나는 스스로 반문했다.

'이게, 훈련이야? 이런 게 훈련이냐고?'

나는 사전에 아무 정보도 듣지 못한 채 부대원들과 훈련에 참가했다. 명령에 죽고 명령에 사는 군대에서 이유는 없었다. 훈련이라고 하니까 훈련이라고 믿는 것뿐이었다. 하지만 내가 참가한 훈련은 단순한 폭동 진압 훈련이 아니었다. 최전방에서 서울로, 서울에서 다시 기차를 타고 광주로 내려간 나는 부대원들과 무장을 한 채 광장 앞에 있는 건물을 사수했다. 그 과정에서 바로 옆에 있던 부대원 하나가 날아오는 총탄에 맞았다.

순간 세상의 모든 소리가 거짓말처럼 멈췄다. 총소리도, 군홧발 소리도, 비명 소리도, 무성영화처럼 소리를 잃었다. 귓속은 물에 잠긴 듯 먹먹했고, 눈앞은 비닐 장막을 친 것처럼 흐렸다. 들리지 않고, 보이지 않는 찰나의 순간에서도 한 가지만은 분명했다. 가만히 있으면 죽는다는 사실이었다. 총을 든 손가락이 무의식적으로 방아쇠를 당겼다.

총에 맞은 동갑내기 부대원은 생긴 것 답지 않게 마음이 여린 사람이었다. 아무 소리도 들리지 않고, 아무 물체도 보이지 않는 상황에서 이상하게도 그가 며칠 전에 했던 이야기가 생생하게 떠올랐다. 아마도 취침 점호를 끝내고 잠자리에 누웠을 때였을 것이다. 어찌된 일인지 평소대로라면 자리에 눕자마자 곯아떨어졌을 그가 도통 잠을 이루지 못했다.

"웬일로 잠을 안 자?"

별일이라는 듯이 묻는 내게 그가 나지막이 목소리를 깔았다.

"그러게……요 며칠 자꾸 잠을 설치네. 자꾸 옛날 생각만 나고, 부모님도 보고 싶고 그러네."

"그래도 자. 내일을 위해서……"

내 말에 그는 잠깐 눈을 감았다가 다시 뜨더니 더 낮은 목소리로 속삭이듯 말했다.

"어떤 산꾼이 지리산에 올랐다가 날이 어두워졌대. 할 수 없이 하룻밤을 산장에서 보내는데 그날따라 밖에서 심하게 바람이 불었나 봐. 그래서 이리저리 몸을 뒤척이고 있는데 갑자기 문이 벌컥 열리면서 한 떼의 군인들이 우르르 들어오더라는 거야. 군인들은 서로 쳐다보면서 그날 있었던 전투 얘기를 하고는 옷을 입은 채 나무 침상에 겹치듯 누워서 잠을 자더래. 산꾼은 산중에 군인들이 있다는 사실이 이상하긴 했지만 그렇다고 그들에게 물어볼 수도 없어서 가만히 지켜만 봤대. 그리고 그렇게 두어 시간쯤 지났을까. 자리에 누웠던 군인들이 약속이나 한 듯이 벌떡 일어나서 다시 밖으로 나가더래. 뜬눈으로 밤을 지새운 산꾼은 날이 밝자마자 산장지기에게 물어봤대. 혹시 근처에 군부대가 있냐고…… 그러면서 간밤에 있었던 일을 소상히 말해줬대. 그러자 그 말을 다 듣고 난 산장지기가 이렇게 말하더래. 당신도 봤어요? 그들은 육이오 때 죽은 군인들의 원혼이랍니다. 이 근처에서 큰 전투가 있었는데, 그때 죽은 군인들이 너무 많아서 피가 강을 이룰 정도였대요. 아마도 군인들의 원혼은 아직까지도 이곳을 사수해야 한다는 명령에서 풀려나지 못한 모양이에요……"

　스르르 감기던 눈이 저절로 떠졌다. 원혼이라니, 그것도 이미 삼십 년 전에 죽은 군인들의 원혼이라니…… 긴장을 한 탓에 나도 모르게 꿀꺽, 침을 삼켰다. 그런 나를 바라보던 그가 목소리를 더 낮게 깔았다. 나는 꿈결처럼 들리는 그의 목소리를 똑똑히 듣기 위해 청각을 곤두세웠다.

"난 가끔 이런 생각을 해. 전쟁 때문에 영원히 과거에 묻힌 영혼들, 그 영혼들은 대체 누가 책임질까 하는 생각…… 믿지 않겠지만 난 실제로 이런 일도 겪었어. 행군을 하고 온 날이었어. 내무반에 와서 잠깐 누워 있는데, 어디선가 노랫소리가 들리는 거야. 군가는 아니었어. 아주 옛날 우리 아버지 세대에 유행했던 「오빠는 풍각쟁이」라는 노래였어. 왜 있잖아. 옛날 여자 가수가 간드러진 목소리로 부르는 노래…… 난 대체 내무반에서 왜 그런 노래가 들리는 건지 우습기도 하고 신기하기도 해서 누운 채로 고개만 살짝 들고 쳐다봤어. 그랬더니 대여섯 명의 군인들이 빛바랜 카키색 군복을 입고 빙 둘러앉아서 발장단을 맞추며 노래를 하고 있는 거야. 대체 군대에서 무슨 그런 노래를 하냐고. 아무튼 난 「오빠는 풍각쟁이」를 들으면서 살짝 잠이 들었어. 그다음 날, 선임에게 물어봤지. 우리 부대에 왜 그런 노래를 하는 사람들이 있냐고…… 그랬더니 그 선임이 눈을 똥그랗게 뜨고 하는 말이 우리 부대에서 그들을 본 건 이미 십 년 전에 전역한 사람하고 나밖에 없다는 거야. 선임의 말에 의하면 그들은 한국전쟁 때 죽은 군인들이 분명하대. 하긴 군복도 지금 우리가 입는 거랑 완전히 다른 색이었거든. 그런데 말이야. 직접 내 눈으로 귀신을 봤는데도 하나도 무섭다는 생각이 안 들었어. 그냥 슬펐어. 영혼이 돼서도 자유롭지 못하다는 사실이 말이지……"

그날 밤, 나는 밤새 잠 못 이루는 그의 곁에서 덩달아 뒤척였다. 괜히 심란하고 불안했다. 아무 일도 일어나진 않았지만 금방이라도 어마어마한 일이 일어날 것 같아서 할 수만 있다면 침상을, 아니 부대를 이탈하고 싶었다.

그나저나 그는 전혀 연고가 없는 도시에서 적이 아닌 적의 총에 맞아 죽을 거라는 걸 짐작이나 했을까. 그의 영혼도 한국전쟁 때 죽은 군인들처럼 자신이 죽은 그 건물에서 지박령처럼 떠나지 못하고 있는 건 아닐까.

식당에서 벗어난 나는 남자가 내렸던 예식장 뒤편으로 천천히 차를 몰았다. 그곳에는 아담한 인공 호수가 있고 조금만 더 올라가면 모감주나무 군락지가 있다. 지난여름 우연히 그곳을 지나던 나는 노랗다 못해 황금색으로 흐드러지게 핀 모감주 꽃에 반해서 차를 세워놓고 한참 바라본 적도 있었다. 그날따라 바람까지 불어서 노란 꽃들이 비처럼 흩날리곤 했는데, 마치 하늘에서 작은 황금 덩어리들이 떨어지는 것 같았다. 그때 봤던 광경이 어찌나 황홀하던지 난 그 이후로도 몇 번이나 모감주나무 아래를 서성이곤 했다.

나는 운전석을 뒤로 젖히고 앞창을 향해 다리를 죽 뻗었다. 마지막 계절을 남겨둔 모감주나무는 여전히 매혹적이었다. 남들 눈에는 잎을 모두 떨군 앙상한 겨울나무로 보일지도 몰랐다. 하지만 자세히 보면 가지마다 채 떨구지 못한 열매들이 숲을 파고든 햇살에 투명한 속을 내보이고, 마른 낙엽 위에 떨어진 씨앗들은 검은 진주알처럼 반짝거렸다. 더없이 고요하고, 평화로운 풍경이었다. 슬슬 졸음이 밀려왔다. 나는 딱 십 분만 쉬기로 했다. 아무

눈총도 받지 않고 쉴 수 있는 장소가 있다는 것은 행운이었다.

어쩌다 여러 대의 택시가 서 있는 곳에서 쉴 때가 있었다. 장거리 운전을 했거나, 졸음을 이기지 못할 때였다. 하지만 그런 곳에서는 오래 쉴 수가 없었다. 늙수그레한 개인택시 기사들의 눈총 때문이었다. 법인택시 주제에 한가하게 쉴 틈이 어딨느냐는 눈빛을 도저히 당해낼 수가 없었다. 하긴 열심히 뛰어도 사납금 내고 나면 남는 건 별로 없다. 개인택시는 하는 대로 먹기 때문에 대기업 임원 수입 정도는 되지만 법인택시는 그렇지 않다. 택시 운전을 시작하면서 세웠던 목표대로라면 적어도 내년쯤에는 개인택시로 갈아타야 했다. 하지만 지금 상태로는 개인택시는 고사하고 지하 셋방을 벗어나는 것조차 요원하다.

잠깐의 휴식이 불편해진 나는 다시 안전벨트를 맸다. 그런데 어디선가 갑자기 고성이 들려왔다. 꾸짖는 것 같기도 하고, 악을 쓰는 것 같은 목소리는 환청처럼 들렸다가 점점 가까워졌다. 창을 내리고 주위를 둘러보았다. 한 남자가 모감주나무 군락지 쪽으로 걸어오면서 소리를 지르고 있었다. 자세히 보니 아까 택시를 타고 왔던 그 남자였다.

"죽어버려 대머리 새끼! 그 새끼 꼬붕들도 다 한꺼번에 뒈져버리라고! 인간도 아닌 새끼들! 내 인생 책임져, 개새끼들아! 니들이 뭔데, 니들이 신이야? 광주가 폭동이냐? 돈 없고 빽 없으면 깡패만도 못한 거냐? 이 찢어 죽일 놈들아!"

남자는 숨이 차는지 잠시 쉬었다가 소리를 지르고, 또 쉬었다가 다시 고래고래 소리를 질렀다. 그렇다고 살기를 느낄 만큼 위협적인 소리는 아니었다. 남자는 대숲이 아니라 모감주나무 군락지에서 임금님 귀는 당나귀 귀라고 외치는 복두쟁이 같았다.

그가 소리를 지르는 동안 가위에 눌린 것처럼 손가락 하나 까딱할 수가 없었다. 나는 꼼짝없이 운전석에 앉은 채 남자를 올려다보았다. 시간이 얼마나 흘렀는지 짐작도 할 수 없었다. 남자는 간혹 울먹이기도 했다. 혁, 하고 탄식하듯 내뱉는 울음소리가 모감주나무 군락지에 짧은 메아리를 남기면 곧바로 남자의 고성이 숲 전체로 울려 퍼졌다. 가냘픈 체구 어디에서 그토록 크고 절절한 소리가 나올 수 있는지 신기할 정도였다.

그는 대체 뭐 하는 사람이기에 내가 있는 모감주나무 군락지에서 그날을 들먹이는지 모를 일이었다. 그날에 대해서는 입 밖에 내거나 듣는 것도 금기였다. 적어도 내겐 그랬다. 나는 어머니나 아내에게조차 그날에 대해서 말한 적이 없었다. 그날 내가 어디에 있었는지, 무엇을 했는지, 무엇을 봤는지, 무엇을 느꼈는지 철저히 함구했다. 운전을 하다가 손님들 입을 통해 그날에 대해 듣는 날은 공치는 날이었다. 난 어디든 차를 세우고 마음이 진정되기만을 기다렸다가 곧장 술집으로 달려갔다. 일을 일찍 끝내는 바람에 사납금을 채우지 못하는 날도 많았다. 하지만 어쩔 수 없었다.

아마도 남자는 제풀에 지칠 때까지 소리를 지를 것 같았다. 나는 간신히 정신을 차리고 손가락을 조금씩 움직여보았다. 다행히 서서히 감각이 돌아왔다. 나는 남자가 모감주나무 군락지 안쪽으로 들어가는 것을 보면서 재빨리 그곳을 벗어났다.

차가 번화가로 접어들면서 두 명의 여자 손님이 택시를 잡았다. 시외로 가는 손님들이었다. 모감주나무 군락지에서 허비한 시간을 충분히 보상받을 수 있는 거리였다. 나는 미터기를 꺾었다. 미터기 안의 녀석도 조용히 달리기 시작했다.

여자들은 끊임없이 수다를 떨었다. 주로 가수와 배우들에 관한 가십거리였다. 문득 한 여자가 생각났다는 듯이 말했다.

"뉴스 봤지? 어쩜 수갑을 차고도 당당하더라."

"그럼 봤지. 근데 그날, 공중전화 부스가 전부 망가졌었는데 다음날 일어나보니까 전부 새 걸로 교체됐더래. 밤새 군인들 시켜서 바꾼 거지. 아무 일 없던 것처럼……"

또, 그날이었다. 심장이 터질 것처럼 벌렁거렸다. 나는 브레이크를 밟으며 간신히 말했다.

"내려…… 주시겠습니까? 제가 지금 미칠 것, 같아서요……"

"여기서요? 아직 멀었는데요?"

두 여자가 영문을 모르겠다는 듯이 서로의 얼굴을 쳐다보았다. 나는 다시 한 번 말했다.

"죄송합니다, 제가 도저히 운전을 할 수 없어서요…… 빨리…… 내려주시겠습니까?"

나는 차들이 쌩쌩 지나가는 도로 한가운데 차를 세우고 가슴을 움켜쥐었다. 그런 나를 본 여자들이 황급히 차에서 내렸다. 뒤에서 따라오던 차들이 욕지거리를 하면서 마구 경적을 울려댔다. 나는 여자들이 안전하게 길을 건너고 난 뒤 간신히 창을 내렸다. 코가 매울 만큼 찬바람이 기다렸다는 듯이 밀려들었다. 나는 두 눈을 감고 크게 심호흡을 했다.

맞은편에 쇼핑몰이 보였다. 최근에 새로 생긴 복합쇼핑몰이었다. 새로 생긴데다가 규모도 커서 분명 획기적인 상품들도 많을 터였다. 나는 지하주차장에 주차를 하고 이층으로 올라갔다. 주로 여성복과 란제리를 파는 이층 매장은 거의 세일 중이었다. 몇몇 여자들이 란제리 매장 앞에서 수북이 쌓인 속옷들을 헤치고 값싼 브래지어나 팬티를 골라내고 있었다.

나는 여자들 틈을 헤치고 매장 안쪽으로 들어갔다. 매대 한쪽에 마네킹 하나가 보였다. 머리가 없이 몸통과 팔다리만 있는 마네킹은 가슴선에 꼬불꼬불 레이스가 달린 핏빛 슬립을 걸치고 있었다. 도대체 세일 기간에 무슨 이유로 전시했는지 모르겠지만 핏빛 슬립은 전혀 야하지도, 섹시하지도 않았다. 더구나 속이 훤히 보이는 망사로 만든 슬립은 사춘기도 지나지 않은 여자애가 어설픈 어른 흉내를 낸 것처럼 촌스럽고 어색했다.

갑자기 까마득히 잊고 있던 장면 하나가 떠올랐다. 쓰러진 시신들 사이에서 하얀 교복을 입은 여학생이 피를 흘리는 광경이었다. 그날, 여학생이 흘린 피는 다른 누군가의 몸에서 튄 피와 섞여 하얀 교복을 적시고 있었다. 마치 행위예술가가 붉은 물감을 커다란 붓에 적셔 흩뿌린 것처럼 붉은 피는 크고 작은 점을 이루었다가 사선과 직선으로 교차하면서 점점 크게 번져나갔다. 그런 순간에도 공포에 질린 여학생은 시신들 틈에서 울음소리 한 번 내지 못하고 커다란 두 눈만 황소처럼 껌벅거렸다.

나는 아내의 앳된 얼굴을 생각했다. 서른이 훨씬 넘은 나이에도 고등학생처럼 보이는 아내는 그나마 야한 속옷을 입었을 때만 여자처럼 보였다. 내가 최대한 선정적인 속옷을 고르는 것도 그래서였다. 하지만 내가 몰입을 위해 사들인 속옷들은 한 번도 재생되지 못했다. 늘 화장실 쓰레기들과 함께 버려졌다.

나는 속옷 매장 여기저기를 기웃거렸다. 제복 입은 점원이 그런 나를 의심스러운 눈으로 쳐다보았다. 하긴 여성복 매장도 아니고 여성 란제리 매장을 샅샅이 훑어보는 남자를 정상적인 눈으로 보는 사람이 더 비정상일지도 몰랐다.

나는 점원의 따가운 눈총을 받으며 색색으로 진열된 팬티와 브래지어들을 지나쳐 내복이 진열되어 있는 매대로 걸어갔다. 그리고 그중에서 가장 평범하고 따뜻해 보이는 내복 한 벌을 집어 들었다. 생각해보니 아내에게 한 번도 내복을 사준 적이 없었다. 빨리 아내에게 내복을 입히고 날씨가 추우면 더 차가워지는 작고 하얀 발을 정성껏 주물러주고 싶었다.

집으로 오는 길에 공중전화 부스에 들러 아내가 있는 곳으로 전화를 걸었다. 나이가 지긋할 것 같은 여자가 전화를 받았다. 아내의 이름을 말하고 바꿔달라고 부탁했다. 삼 분 정도 지나서야 아내가 전화를 받았다. 졸음이 묻은 목소리였다.

"왜 전화했어요?"

"……돌아와. 내가 잘못했어, 무조건 잘못했어."

그러자 아내가 건조한 말투로 말했다.

"당신이 뭘, 잘못했는데요? 뭘 잘못했는지 알고나 있어요?"

"알아. 어쨌든 돌아와…… 기다릴게."

나는 아내가 대답하기도 전에 전화를 끊었다. 솔직히 아내의 대답을 듣는 게 두려웠다. 쇼핑백을 들고 터덜터덜 언덕을 올랐다. 가로등 불빛이 위태롭게 깜빡거리는 집 앞에서 나는 잠시 망설였다. 아무래도 호프집에 들러 맥주라도 실컷 마셔야 할 것 같았다. 나는 다시 언덕길을 천천히 내려갔다. 바로 그때였다. 누군가가 다급하게 나를 불러 세웠다.

"기사 양반! 거기 기사 양반 아녀? 빨리 좀 와봐. 아무래도 작은 녀석한테 뭔 일 있나봐. 불도 꺼져 있고 아무 소리도 안 나."

위층에 살던 노파였다. 나는 집에서 커다란 망치를 찾아 들고 노파와 함께 위층으로 올라갔다. 현관 유리를 부수고 문에 설치된 방범창을 간신히 밀어냈다. 문이 열리자마자 노파가 나를 밀치고 쏜살같이 뛰어들어갔다. 소주병과 담뱃갑, 라면 봉지가 너저분하게 널린 집 안에서 알 수 없는 냄새가 코를 찔렀다.

이 방 저 방 다급하게 둘러보던 노파가 화장실 문을 활짝 열어젖히고는 그 자리에 털썩 주저앉았다. 앙상해서 허깨비 같은 노파는 굽은 등을 더 둥글게 말고 딸꾹질처럼 꺽꺽거리는 소리를 토해냈다. 노파가 터져 나오는 울음을 삼키고 있었다. 나는 노파의 등뒤에서 타일이 군데군데 떨어진 욕실을 들여다보았다. 머리를 길게 풀어 헤친 남자가 좁은 욕조 안에 젖은 빨래처럼 늘어져 있었다. 핏물에 잠긴 몸뚱이가 아이처럼 가붓해 보였다.

남자의 창백한 얼굴은 많이 낯이 익었다. 어디서 본 듯한 얼굴이었다. 언뜻 모감주나무 군락지에서 봤던 남자와 동갑내기 부대원의 얼굴이 겹쳤다. 갑자기 소름이 끼치면서 머리카락이 곤두섰다. 나는 반사적으로 몸을 돌렸다. 빨리 달아나야 했다. 하지만 발이 바닥에 붙어 한 발짝도 움직일 수가 없었다. 나는 자꾸만 팔을 앞으로 휘저었다.

# 베이비오일

**양진채**

**작가의 말**

시간이 흐른다는 말을 생각한다.

정말 흐르는가.

어느 시간은 단단히 고여 도무지 움직이지 않는다.

움직이지 않을 뿐만 아니라

흐르는 모든 것을 뒤엎어놓는다.

2008년 『조선일보』 신춘문예에 단편소설 「나스카 라인」이 당선되며 작품 활동을 시작했다. 소설집 『푸른 유리 심장』, 5인 중편 소설집 『선택』, 장편소설 『변사 기담』이 있다. 제2회 스마트소설박인성 문학상, 2016년 문학비단길 작가상을 수상했다.

여름 해가 지고 있어요. 저렇게 붉은 해가 지평선으로 떨어지면 다음날엔 비가 온다고 하던가요? 짙은 노을이 날씨와 관계가 있었던 거 같긴 한데 그게 뭔지 잘 모르겠어요. 요즘은 자주 이래요. 뭔가 정황은 있는데 명확하지 않은 거요. 그건 길을 지나가다 보면 마주 오는 사람이 분명 아는 사람인데 누군지, 언제 어디서 봤는지 전혀 기억나지 않는 것과 같아요. 그렇지만, 아시죠? 그렇게 누구더라, 하면서 지나치지만 몇 분 지나지 않아 곧 그 존재를 잊어버리는 거요.

내 속에 불이 붙는 것도 그렇게 맥락이 없어요. 지금도 떨어지는 해 아래로 깔리는 노을이 불덩이보다 더 붉게 망막을 거쳐 가슴을 타고 명치 어디쯤 자리를 잡는 게 희미하게 느껴져요. 그럴 때 나는 생각해요. 내 속에서 또 불이 붙고 있구나 하고요. 아니, 차곡차곡 쌓이는구나, 쌓이고 쌓여 쇳덩이보다 더 단단하게 눌려 있구나 하고요. 언제 타오를지 모를 불이요. 그러나 아무리 눌러놓아도 종국에는 터지고야 마는 불이란 걸 알죠. 많은 날을 불씨가 자리 잡고, 불이 붙고, 타오르고, 다시 꺼지는 걸 느끼며 살아왔으니까요. 그러니까 지금부터 하려는 얘기는 불 이야기예요. 불이 전부인 이야기요.

기술학원으로 들어가던 나를 기억해요. 겨우 열여섯 살이었죠. 고등학교에 들어가야 했지만 비뚤어지고 있었죠. 선희와 어울려 다니는 게 좋았어요. 선희는 패싸움을 할 때 면도날을 씹어 뱉어 상대편 여자아이 얼굴을 피범벅으로 만들었다는 전설의 소유자로 아무도 함부로 하지 못했어요. 게다가 선희는 예뻤죠. 중학생으로 보이지 않을 만큼 늘씬했고, 부드러웠죠. 여드름 하나 없이 매끈거리는 피부와 찰랑대는 머릿결은 멀리서도 선희를 알아볼 수 있게 했어요. 별 특징 없는 얼굴에 아토피가 심해 수시로 긁어대어 각질이 일어나고 갈라지는 내 건조한 피부와는 여러모로 달랐죠. 선희가 면도날을 씹는 모습은 상상이 되지 않았지만 혼자 담배를 피우고 있을 때의 서늘한 모습은 어쩌면, 이라는 생각을 갖게 해요. 그렇지만 선희는 우리 중 제일 착했어요. 우리는 담배 한 대를 나눠 피우거나, 껌을 짝짝거리며 씹거나, 배달용 오토바이 뒤에 타고 앞에 앉은 아이에게서 끼쳐오는 땀 냄새와 바람을 맞거나, 몰려다니며 키득거리다 자는 게 전부였어요. 겨우 그 정도였는데 그게 그렇게 좋은 거예요. 아이들이 나를 불량하게 보고, 그래서 은근히 나를 피하는 걸 느끼는 것도 좋았죠. 찌질하게 공부만 파는 아이들과는 다른 세계를 살고 있다는 생각이 들었어요. 애들보다 좀더 어른이 된 기분이랄까요. 어차피 공부를 잘해서 대학을 갈 것도 아니고, 중하위권 아이들은 고등학교에 가서도 다른 아이들 들러리밖에 안 된다는 걸 진즉에 알고 있었으니까요. 물론 선희와 어울린다고 해서 내가 중심이 되는 건 아니었지만 선희만 곁에 있다면 무엇이든 좋았어요. 이래저래 들러리를 설 바에야 마음이 끌리는 데 가서 얼쩡거리는 게 낫지 않겠어요? 잘 아시잖아요? 버둥거려봐야 별수없다는 걸요. 그런데 그렇게 어울리는 것도 몇 개월 지나니 지루해지더라고요. 슬슬 불안해지기도 하고.. 결정적으로 오토바이를 타다 구른 뒤로는 이렇게 살고 싶지 않다는 생각이 들었어요.

그날은 슬리퍼를 끌고 라면을 사러 나왔는데 햇살이 너무 좋은 거예요. 발등에 닿는 온기가 느껴질 만큼 따뜻했는데, 간질거리는 것 같기도 하고, 따끔거리는 것 같기도 하고, 엄마 치마폭 같기도 한 게 사람 마음을 묘하게 흔들더라고요. 별거 아닌데, 겨우 햇볕이었을 뿐이었는데 그때 그 볕이 지금도 가끔 생각나요. 라면을 사러 가다 말고 버스 정류장 벤치에 앉아 햇살을 맞고 있었죠. 그러다가 배달하고 돌아가던 정식을 만난 거예요. 정식이 오토바이 뒷자리를 눈짓으로 가리키며 타라고 했지만 사실 타고 싶지 않았어요. 뒤에 배달통도 있었고, 뭐랄까, 봄날 내 발등에 닿는 햇볕에게 쪽팔린다는 생각도 들었는데, 그런 내 마음을 알까 봐 거절하지 못하겠더라고요. 정식이 일하는 중국집까지 먼 거리도 아니고 그냥 타고 갔다 오자 싶었죠. 좁은 뒷자리에 끼어 타고 출발한 지 몇 분 지나지 않지 않아 사고가 났어요. 왠지 찜찜한 게 불안했는데 출발하자마자 승용차랑 부딪친 거죠. 다행히 골목에서 나오는 차라 정식이도 나도 크게 다치지는 않았어요. 종아리가 쓸려 피가 맺히고 몇 군데 멍이 드는 정도였죠. 겨우 그 정도였어요. 오토바이 사고치고는 사고라고 부를 수도 없을 정도인. 다만 뒤에 있던 배달통이 엎어지면서 그릇 안에 남아 있던 음식물이 쏟아졌고 흘러나왔죠. 짬뽕 국물과 탕수육 소스였어요. 끈적끈적하고 붉은 국물이 흘러나와 쓰러진 내 가슴팍에 스며들었고, 사람들이 모여들기 시작했죠. 나는 벌떡 일어나 가슴팍을 가리고 절뚝거리며 내달렸어요. 정식이 뒤에서 불렀지만 뒤돌아볼 수 없었어요. 아직 햇볕이 내리쬐고 있었고, 땀이 후드득 떨어지고, 그 와중에도 콧속으로 스며드는 탕수육 소스의 달달하고 새콤한 냄새가 나를 더럽게 미치게 했어요. 현관에서 신발을 벗으려 할 때에야 슬리퍼도 없이 맨발로 집까지 왔다는 것을 알았어요. 방 옆에 딸린 화장실에 쭈그려 앉아 옷을 벗고 비누칠을 하고 몸을 씻었어요. 가슴에 붙은 짬뽕 기름 때문에 비누칠을 몇 번이나 하고 가슴팍이 벌게지도록 박박 문질러야 했죠. 화가 나더라고요. 어떻게 할 수 없을 만큼 화가 나는데 텔레비전에서는 삐삐밴드가 노래하고 있는 거예요.

식사하셨어요? 별일 없으시죠? 괜찮으세요? 수고가 많아요. 우리 강아지는 멍멍멍. 옆집 강아지도 멍멍멍. 안녕하세요? 오오 잘 가세요. 오오 좋은 꿈 꾸셔요. 좋은 아침이죠. 내일 또 봅시다. 동방예의지국. 지금 사람들은 1995년. 옛날 사람들은 1945년. 안녕하세요? 오오 잘 가세요. 오오 좋은 꿈꾸었니? 좋은 아침이야. 내일 또 보자. 니가 보고 싶어. 나는 누군가가 정말 필요해. 내일 우리 같이 여행을 떠나볼까? 안녕하세요? 오오 잘 가세요. 오오 안녕.

「안녕하세요」였죠. 수건을 감고 있었지만 머리카락에서 물이 뚝뚝 떨어지고 있었어요. 다른 때 같았으면 삐삐밴드의 펑크록 연주에 맞춰 같이 방방 뛰었을 텐데 그냥 선 채로 그 노래를 듣고 있었어요. 정말 멍멍멍거리며 울고 싶었죠. 괜찮지 않았거든요. 한순간 모든 게 다 안녕하지 않았어요. 짬뽕 국물로 얼룩진 티셔츠를 쓰레기통에 처박아버리고 선희에게 집에 들어간다는 메모만 남기고 나왔어요. 집에 들어가봤자 별수없다는 건 알고 있었어요. 별수가 있었다면 더 일찍 집에 들어갔겠죠. 하루를 꼬박 자고 일어나니 이제 뭘 해야 되나 싶었어요. 선희가 삐삐를 했어요. 100. 돌아오라는 뜻이었어요. 삐삐, 아시죠? 무선호출기요. 전화를 해달라고 상대방 호출기에 전화번호를 남기는 거죠. 그런데 번호 말고도 약속된 숫자로 짧은 메시지를 전달할 수도 있었어요. 지금도 쓰고 있는 8282, 1004가 다 그때 생겨난 거예요. 이 정도는 무슨 뜻인지 알고 있겠죠? 0124는 무슨 뜻인 줄 아세요? 숫자 0은 '영', 1은 영어로 '원', 2는 '이', 4는 '사', 그래서 0124는 '영원히 사랑해'라는 뜻이 되었어요. 삐삐를 쓰는 사람들끼리 약속 숫자를 만든 거죠. 선희가 보낸 100은 영어의 back하고 발음이 같아서 돌아오라는 뜻이 되었죠. 나는 982를 보냈어요. 굿바이.

이미 학교는 정학 처리가 된 뒤였어요. 계란으로 멍든 허벅지를 문지르고 있는데 아버지가 방으로 들어와 어정쩡하게 선 채로 내게 기술을 배우면 어떻겠느냐고 했어요. 기숙학원에서 지내면서 미용이나 요리 같은 걸 배울 수 있다는 거예요. 나라에서 다 지원해주는 거라 돈도 들지 않는다고 했죠. 기술을 배우면 취직도 금방 할 수 있다고 했고요. 돈을 벌 수 있다는 거죠. 아버지는 처음엔 부드럽게 말했지만 내가 심드렁하게 대꾸하자 나중엔 뺨을 때렸어요. 입안에 뭉근하게 고인 피를 뱉으며 생각했죠. 차라리 거기서 일 년만 죽었다고 생각하고 미용 기술을 배우자. 아버지랑 있는 것보다 나을 것 같았어요. 알았어. 그 대신 탕수육 시켜줘. 퉁퉁 부은 볼을 하고, 마지막으로 탕수육 한 접시를 다 먹은 다음 집을 나왔죠. 선희가 어떻게 번호를 알았는지 집 전화를 걸어왔길래 같이 기숙학원에 들어가자고 했어요. 선희랑 같이 있으면 좋을 것 같았거든요. 다행히 선희도 조금 망설이는 것 같더니 차라리 잘됐다고 했어요. 사귀던 남자 친구가 선희를 스토커처럼 괴롭혔거든요. 숨을 데가 필요했던 거예요. 우린 미용 기술을 잘 배워 같이 미용실을 차릴 꿈을 꾸었죠. 그때까지 머리도 자르지 않기로 했어요. 풍성하고 긴 머리카락에 굵은 웨이브를 넣은 첫 파마를 서로에게 해준 뒤 여행도 가기로 했죠. 동해로 일출을 보러 가기로요.

　기숙사에 들어간 지 며칠 지나지 않아 잘못 들어왔다는 걸 알
았어요. 따분한 윤리 교육을 받아야 했고, 가끔 머리카락을 잘라
보는 게 전부였어요. 미용 기술을 배우기는 했는데 매일 점호와
구타도 이어졌어요. 외출도 할 수 없었고 편지조차 검사를 맡아
야 했어요. 텔레비전도 제대로 볼 수 없었죠. 8시 저녁 '점호'를
한 뒤에는 기숙사 1층과 2층에 사감 한 명씩을 배치하고 자동문
을 잠갔어요. 우린 철문을 쇠사슬로 연결한 자물쇠로 잠그는 소
리를 매일 들어야 했죠. 이렇게 잠긴 문은 기숙사 건너편 본관
건물에 있는 숙직실 직원만이 밖에서 카드로 열 수 있게 돼 있었
어요. 우린 무시당했고 거칠게 다뤄졌죠.

　삐삐밴드가 노래했어요.

　설탕에 찍어 딸기를 먹었어. 딸기밭에서 하루 종일 놀았어. 한
참을 놀다 보니 하루가 다 갔어. 하루는 왜 스물네 시간일까. 수
박 아줌마는 얼룩무늬 치마. 참외 할머니는 귀머거리 할머니. 사
과 외숙모는 친절한가 봐. 딸기 내 친구는 사랑스러워. 딸기를
사달라고 졸랐어. 딸기를 먹지 않고 웃기만 했어. 나는 왜 이렇
게 너를 좋아하는 걸까. 나는 왜 니가 좋은지 몰라. 그건 정말 몰
라 나도 몰라. 새빨간 딸기는 너무 아름다워. 포도 아저씨는 꿈
꾸는 사람. 좋아 좋아 좋아 딸기가 좋아, 좋아 좋아 좋아 딸기가
좋아. 딸기가 제일 좋아 맛있어.

　나는 삐삐밴드처럼 딸기가 좋다고, 딸기가 먹고 싶다고, 달콤

한 딸기 좋아 좋아 외쳤지만 딸기를 먹을 수는 없었죠. 난 안녕하지 못했어요.

그래도 선희랑 같이 있는 게 얼마나 다행인지 몰랐어요. 선희가 곁에 없었다면 미쳐버렸을지도 몰라요. 나와 선희는 전화도 삐삐도 칠 수 없게 되자 노트에 글을 썼어요. 0부터 9까지 숫자로만 된 글이었죠. 선희는 여기서 나가면 매일 삐삐만 치겠다고 했어요. 그러려면 잊지 말아야 한다고 했죠. 지금도 기억할 수 있어요. 선희가 숫자를 쓰면 내가 읽었죠. 그 애가 0124라고 쓰면 나는 영원히 사랑해, 라고 말했죠. 그 애가 0000을 쓰면 나는 보고 싶어, 했죠. 선희도 나도 우울해졌어요. 우린 겨우 열여섯이었거든요. 선희의 노트는 암호 같은 숫자로 가득했어요. 1010235, 8253, 0000, 0179, 041004, 11, 1041, 1717177, 224100005, 11555, 337, 3575, 522, 5233, 8080, 9797. 이거 말고도 많았죠. 우리는 숫자의 조합이 만들어낸 언어로 글을 썼어요.

열렬히 사모해, 빨리 와, 보고 싶어, 영원한 친구야, 영원히 사랑해 나만의 천사, 너와 나란히 있고 싶다, 일생 동안 영원히 사랑해, 사랑해, 둘이서 만나요, 이리로 와요, 힘내요, 사무치게 그리워, 보고 싶어, 미안해, 바보, 다 구질구질해, 이런 식이었죠. 어느 날은 04041004만 쓰고 또 쓰는 날도 있었어요. 빵 먹고 죽어, 빵 먹고 죽어, 빵 100개 먹고 영원히 죽어, 라는 뜻이었죠. 어떤 날은 빵을 잔뜩 쌓아놓고 질릴 때까지, 아니, 정말 죽어도 좋을 때까지 먹고 싶을 때도 있었거든요.

갇혀 살아야 하는 기숙학원처럼 우리가 숫자로 만들어낼 수 있는 말들은 금방 벽에 부딪혔어요. 처음엔 숫자로 의미나 문장을 만드는 재미가 있었는데 더 이상 만들 말도 없었고 만들기도 싫어졌죠. 그렇게 만들어서 비밀 암호 일기처럼 쓰다가도 이걸 밖에 나가서 써먹을 수나 있을까 생각하면 맥이 빠지기도 했고, 당장 재수 없는 사감 욕을 하고 싶었는데 숫자로 변환하고 나면 욕 맛이랄까, 욕이 좀 거칠고 차진 맛이 있어야 하는데 숫자로 된 욕은 그런 맛이 안 나더라고요. 욕이 갑자기 표준어로 바뀐 느낌이랄까요. 아주 얌전한 자세로 욕을 하는 기분이랄까요. 할 게 없으니 매일 몇 자 적긴 했는데 흥미가 없어지더라고요.

나는 내가 불에 타 죽을 거라는 걸 알아요. 내 몸의 꼭꼭 응축된 불씨가 그렇게 말하고 있어요. 내가 그 불씨 때문에 가슴이 아프다고 하면 사람들은 폐가 안 좋아 그런 걸 거라고 얘기해요. 그럴 땐 할 수 없이 고개를 끄덕여요. 폐가 안 좋은 건 맞아요. 쨍하게 추운 겨울이나 황사가 심한 봄에는 마스크를 쓰고 단단히 무장을 해도 가슴이 막히고 아픈 건 어쩔 수가 없어요. 지금도 아침에 일어나면 제일 먼저 날씨를 확인해요. 춥거나, 바람이 불거나 황사가 심한 날은 아예 밖에 나갈 엄두도 내지 않으니까요. 고개를 끄덕여도 그건 더 이상 이 얘길 하지 말아야겠다는 거지, 그 사람 말에 동의하는 건 아녜요. 포기 같은 거예요. 이제까지 누구도 제 말을 진심으로 믿는 사람은 없었어요. 그러나 저는 알아요. 제 몸의 불씨가 저를 한순간 잿더미로 만들어버릴 거라는 걸요.

몸이 불타올라 순식간에 재로 변하는 인체 자연발화 현상은 아직 미스터리라죠. 정확한 원인이 밝혀지지 않았으니 미스터리인 건 맞지만, 원인이 밝혀지지 않았다고 해서 그런 일이 일어나지 않은 건 아니죠. 80킬로그램의 몸이 순식간에 타버려 4킬로그램의 재로 변했는데 주변은 말짱하다면 그걸 무엇으로 설명할 수 있을까요? 몸이 불타버렸는데, 그렇게 불타려면 엄청난 열이 필요했을 텐데 몸 말고는 주변이 타지 않았다는 건 무엇으로 설명할 수 있을까. 그건 몸에서 불이, 그것도 상상할 수 없을 정도의 높은 열이 발생해서 스스로를 태웠다고밖에는 설명이 안 돼요. 인간의 몸이 그렇게 재로 남으려면 최소한 2000℃의 열이 필요하다고 해요. 그 사람들 몸 어디에 그런 열을 낼 징조가 숨어 있었을까요? 그들은 자신의 몸이 그렇게 불타오르리라고 짐작은 하고 있었을까요? 저는 그게 궁금해요. 제 몸의 불씨가 그 징조 같거든요.

그 일이 있기 전까지 저는 불에 대해 특별히 생각해본 적도 없었어요. 열여섯, 그해 여름에 일어났던 불 말이에요. 우린 기술학원 기숙사에서 살았지만 저녁 8시 점호를 하고 나면 밖에서 잠긴 문 안에 쇠창살로 가로막힌 창문을 가진, 그야말로 교도소와 다를 바 없는 곳에서 살았어요. 명색이 국가에서 운영하는 기술을 가르쳐주는 학원인데, 우리는 가출했거나 윤락 행위를 했거나 불량하다는 이유를 들어 감옥과도 같은 기숙사에서 생활을 해야 했죠. 교화가 필요하다고 했어요. 이 사회에 나가 바르고 착하게, 성실하게 살 인간으로 만들어야 한다고요. 그게 기술을 배우는 만큼 중요하다고요.

우린 누가 텔레비전에서 선전하는 크라운산도를 보고, 먹고 싶어, 하면 다들 나도 나도 했죠. 우린 어렸고 잠시 방황을 했을 뿐이었고, 기술을 배워 제대로 살아볼까 생각한 여자아이들이었어요. 달콤한 딸기든, 크림이 든 산도든 뭐든 먹고 싶었어요. 지금도 어떻게 그런 곳에서 생활할 수 있었을까 생각하면 몸서리쳐져요. 그러니까 그 일은 터질 수밖에 없었던 거예요. 내 여기 명치에 불씨가 당겨지기 시작한 날도 그날부터였죠. 그건 몇 달 전 텔레비전에서 보았던 백화점 붕괴 사고보다 더 끔찍했어요. 텔레비전으로 보는 사고가 아니라 내 눈앞에서 일어난 사고였으니까요.

그날은 뭔가 분위기가 이상했죠. 며칠 전에도 7호 방 언니들 몇 명이 도망치다 담장 위 전자감응 장치가 된 철조망을 건드는 바람에 경비한테 걸려 죽도록 맞기도 했어요. 전자제품 상점에 선풍기가 없어서 못 팔 정도라는 뉴스가 나올 만큼 더워서 살만 닿아도 짜증이 솟았죠. 무엇보다 우리를 감금하고 있는 쇠창살을 참을 수가 없었어요. 그것 때문에 더 더운 것 같았으니까요. 2층의 언니들이 탈출을 모의했죠. 사감 체포조와 신호조와 방화조 등 역할을 분담했어요. 불은 1층 4, 8, 9호에, 2층은 12, 14,

19, 20호에 지르기로 했어요. 휴지, 이불 등을 쌓아 놓고 불을 지른 뒤 밖에서 출입문을 여는 혼란한 틈을 타서 탈출을 시도하기로 했죠. '신호에 따라 일제히 방 안에 불을 지른 뒤 출입문 옆 화장실에 숨어 있다가 문이 열리면 밖으로 빠져나간다.' 그게 우리 계획의 전부였어요.

그래요, 계획대로 전화선을 끊었고, 사감을 감금했고, 불을 붙였죠. 다만 불이 그렇게 순식간에 번지리라고 생각하지 못했고, 불이 났는데 밖에서 문을 그렇게 늦게 열 줄 몰랐죠. 무엇보다 우린 불을 몰랐어요. 불은 맹렬하게 타올랐고, 독한 연기를 뿜었어요. 불을 잘 붙게 하려고 뿌린 베이비오일이 유독가스를 뿜었고 금방 베니어판으로 된 사물함에 옮겨 붙어 불길을 치솟게 했죠. 불이 순식간에 번지고 검은 불꽃과 연기가 날름거리며 사물함을 집어삼키고 깨진 창문으로 솟구쳤어요. 우린 아우성치며 화장실로 도망갔죠. 문이 금방 열릴 줄 알았어요. 창문 깨지는 소리가 났고, 창문 여기저기서 불꽃이 치솟고 있으니 당직이 금방 문을 열 거라고 생각했어요. 우린 입을 틀어막고, 목을 움켜쥐고 화장실에서 얼른 문이 열리기만을, 담장 너머의 사람들이 몰려오기만을, 신선한 공기가 불과 연기를 몰아내고 우릴 구해 주기만을 간절하게 바랐죠. 조금 전까지 우리를 억압했던 모든 것들로부터 해방되었다는 흥분과 설렘, 결기는 한순간 사라진 지 오래였어요. 우린 무서웠고, 모두 불을 피해 화장실에 몰렸지만 출입문도 창문도 2중, 3중의 잠금장치와 쇠창살로 막혀 있었어요. 어떻게든 창문 유리창을 깨고 쇠창살을 뜯으려 했어요. 사방이 막힌 벽에서 창문만이 유일하게 밖을 보여주고 있었으니까요. 유독가스가 퍼지면서 모두들 목을 움켜잡았고 숨 쉬기 괴로워했고, 비틀거렸고 쓰러졌어요. 겨우 몇 번의 숨이 우리 목숨을 앗아갔어요. 유언 따위는 남길 수도 없었죠. 소방관이 출동했지만 잠긴 문을 열고 창문을 뜯느라 구조가 지연되는 동안 우린 모두 죽음의 문턱을 서성거리고 있었던 거예요. 그다음은 다 아시는 내용대로예요. 150명 중에서 37명이 질식해서 사망했고 16명이 중경상을 입었죠. 이 모든 일이 15분 만에 벌어진 거예요. 단 15분 만에요.

우리 학원은 윤락행위방지법에 따라 적발된 소위 윤락 여성이 10여 명 있었을 뿐, 나머지는 나처럼 가출 청소년 등이었어요. 도(都)의 지원을 받아 기독교 자선사업재단에서 운영하던 재활교육기관이었죠. 우리는 이른바 '요보호 여성'들이었어요. 우리가 사회에서 환영받지 못하는 사람들이라고 해서 1년간 교도소처럼 사회와 차단된 생활을 강요하는 것은 명백한 인권 유린이었지만 사고가 일어나기 전까지는 그저 무료로 기술을 가르쳐주는 학원이었을 뿐이었어요.

그날 나는 살아남았죠. 유독성 연기를 들이마신 기관지와 폐를 치료하느라 병원에서 두 달 동안 살았고, 아버지는 보상비로 겨우 병원비만 정산하고 사라져버렸어요. 나는 퇴원을 한 뒤로 가까운 도서관 정기간행물실에 가서 지난 신문을 펼쳐보았어요.

중학교 1학년 때 도서관 청소 당번을 맡아 한 학기를 보냈기 때문에 도서관이라는 데가 그리 낯선 공간은 아니었거든요. 나는 도서관에서 그 일을 보도한 신문들을 다 찾아 읽었죠. 병원에 있는 내내 궁금했거든요. 그날의 화재가 어떤 것이었는지, 왜 우리는 빨리 구조되지 못했는지, 불길은 왜 그렇게 세차게 타올랐는지. 넓은 책상 위에 신문을 펼쳐 사회면을 찾아 기사를 읽었죠. 그렇게 끔찍한 일이 일어났는데 기사는 얼마 지나지 않아 1심 재판이 열린다는 데서 끝나 있었어요. 허망했죠. 37명의 어린 여자들이 한꺼번에 화장실에서 불에 타 죽었는데 겨우 며칠 기사에 나오는가 싶더니 사라져버렸더라고요. 그건 그 기숙학원을 폐쇄하겠다는 통보와 같은 거였어요. 정확한 원인이나 대책이 아니라 폐쇄처럼 그냥 막아버리고 덮어버리는 거죠. 그렇게 잊히겠죠. 사람들의 머릿속에서도요. 우린 이 사회에서 별 볼 일 없는 애들이었으니까요.

도서관 밖으로 나와 벤치에 앉았어요. 가끔씩 바람이 불어왔죠. 어느새 가을이 깊어져 있었어요. 추석도 지난 뒤였고요. 화단 꽃사과가 잔뜩 매달려 가지가 늘어질 정도였어요. 짧은 가을볕이 제 왼쪽 뺨에 닿았어요. 손바닥을 가만히 얼굴에 대어보았죠. 따뜻한 뺨이었어요. 그냥, 뺨이 따뜻하다, 라고 생각하고 있었는데 왈칵 눈물이 쏟아졌어요. 잊히겠죠. 많은 일들이 어느 순간 시선에서 비껴갔고 잊혔으니까요. 저도 그렇게 잊어왔으니까요. 잊히겠죠. 그런데 이렇게 잊힐 거라고 생각하니 가슴에 뜨거운 파스라도 붙인 것처럼 화끈거리고 싸하네요.

이제 내 곁엔 선희가 없어요. 같이 파마를 하고 일출을 보고 미용실을 차리기로 했던 선희가 없어요. 많지 않은 말을 숫자로만 적어야 했던 선희가 없어요. 그런데 뺨이 따뜻하다니. 기사 속에 등장하던 철없는 원생이란 말이 가슴을 찔렀어요. 그날 불이 잘 안 붙을까 봐 이불과 휴지에 베이비오일을 뿌린 건 나였어요. 그때나 지금이나 내 피부는 건조했고, 여름에도 베이비오일을 발라야 했었거든요. 피부 자극 없는 순한 베이비오일에서 치명적인 유독가스가 나왔다니 믿을 수가 없었어요. 제가 이불에 그 베이비오일을 뿌리지 않았다면 선희는, 친구들은 죽지 않았을까요?

선희가 쓰러지는 걸 봤어요. 창틀에 매달려 있다가 떨어져 쓰러진 선희는 미친듯이 목을 움켜잡고 긁었죠. 목에 수십 개의 긴 손톱자국을 남기고, 긴 머리카락을 사방으로 헤집은 채 쓰러졌어요. 그렇게 아름다웠던 선희가 쓰러진 거예요. 여름이었고, 입과 코를 틀어막을 적당한 천도 없었고, 그럴 여유도 없었어요. 우르르 몰리던 와중에 넘어졌던 나는, 화장실 마포걸레에 얼굴이 처박혔죠. 변기를 닦고, 바닥을 닦던 더러운 걸레에 처박혀 숨을 쉬었어요. 곰팡이와 썩은 오물 냄새가 역겨웠는데 젖은 걸레에서 차마 입을 뗄 수가 없었어요. 숨은 쉴 수가 있었으니까요. 쓰러진 선희를 끌어당기려 했는데, 끝까지 선희 손을 놓지 않았는데 눈을 떠보니 병원이더라고요. 그때 죽었더라면 어땠을까 하는 생각을 해요. 불씨가 타오를 때마다요.

　그날 도서관 앞 벤치에 앉아 빨갛게 익은 꽃사과를 바라보고 있는데 명치끝이 아프더라고요. 체했다거나 답답하다는 것과는 달랐죠. 명치끝이 아픈데 숨이 잘 쉬어지지 않았어요. 숨을 쉴 때마다 가슴이 오르내리는 게 보일 정도로 숨이 거칠었죠. 숨이 막힐 것만 같았어요. 발바닥에서는 열이 나고 간지러웠어요. 얼굴까지 달아올라 머릿속까지 땀이 솟았죠. 신발과 양말을 벗고, 천천히 숨을 쉬어보려고 해도 소용이 없었어요. 무엇보다 가슴이 타는 것처럼 뜨거워 어떻게 할 수가 없었어요. 가슴을 때려도 보고 눌러봐도 가라앉질 않았어요. 그때였어요. 바람이 불어왔고, 무언가 타는 듯한, 메케하면서도 고소한 냄새가 났어요. 미친 사람처럼 코를 킁킁거리며 냄새를 쫓아갔죠. 도서관 옆 공원 화장실 한쪽에서 드럼통에 낙엽을 모아 태우고 있었어요. 주머니에서 재빨리 마스크를 꺼내 쓰고, 목도리로 입을 가린 다음 드럼통을 들여다봤어요. 환경미화 조끼를 입은 아저씨가 나를 흘 깃거리더니 불씨를 뒤적였죠. 불이었어요. 낙엽을 태우는 불이었죠. 연기가 많이 나지 않았어요. 그나마 뒤적일 때마다 나는 연기도 흰색에 가까웠죠. 잘 마른, 습기 없는 낙엽들은 연기도 없이, 치솟는 불길도 없이 제 몸을 태우며 숨죽여 불을 품고 있었어요. 냄새도 좋았어요. 부드럽고 고소하다고 생각되었어요.
　그 불이 사그라질 때까지 보고 있었죠. 아저씨가 낙엽 태우는 거 처음 보냐고, 뭐 볼 게 있다고 그걸 그렇게 뚫어지게 보냐고 했던 거 같은데 뭐라고 대답했는지는 기억에 없네요. 낙엽이 다 타버린 뒤 돌아서려다 말고 손에 쥐고 있는 양말을 보았어요. 그때에야 조금 전 타는 것같이, 찌르는 것같이 아팠던 통증이 어느 사이엔가 사라졌다는 걸 알았어요. 왜 그랬는지 그때는 알 수 없었죠. 그것보다 그렇게 끔찍한 불구덩이에서 살아남았는데, 불만 봐도 겁이 날 것 같은데 불을 따뜻하고 포근하다고 느끼는 게 놀라웠어요. 아뇨, 끔찍했죠. 선희를, 친구를, 언니들을 앗아간 그 불을 어떻게 따뜻하다고 느낄 수 있는지, 제가 무서웠어요. 그런 일은 반복되었죠. 불을 보는 동안은 놀랍도록 평온했고, 따뜻했고, 나중에는 희열까지 느꼈죠. 그리고 정신을 차리고 나서는 그런 내게 치를 떨었고요.

열여섯 이후로 지금까지 오랫동안 떠돌기도 했고, 죽도록 일도 했고, 사랑도 했죠. 그런데도 그런 일들이 내겐 도통 기억나지 않아요. 내가 기억하는 건 모두 불이었죠. 떠돌 때도, 일에 지쳐 잠들었을 때도, 사랑을 나눌 때도 불씨가 불쑥불쑥 들어왔죠. 처음엔 샤워기를 틀어놓은 채 온몸으로 물을 맞으며 열이 식기를 기다리기도 했고, 동네를 몇 바퀴 뛰어다녀보기도 했고, 냉장고 속에 얼굴을 들이밀기도 했고, 기도를 해보기도 했어요. 어떤 것을 해봐도 소용없었어요.

그래요. 불을 보기 위해 불을 질러야만 했어요. 타오르는 불꽃을 보아야 가슴속 불씨가 잦아들었어요. 처음엔 주로 시골을 떠돌았죠. 잔가지나 낙엽을 모아 태울 수도 있었고, 버려진 집에 들어가 나무토막 등을 태울 수도 있었죠. 나는 한 번도 본 적이 없었지만 선희가 입에 물고 자근자근 잘라 상대방에게 뱉었다는 면도날이 자꾸 떠올랐어요. 면도날을 물고 있는 입이요. 제 입안이 베일 각오를 하고 물어야 했을 면도날이요. 처음엔 종이 몇 장을 태우기도 했고 길거리 쓰레기를 모아 태우기도 했어요. 담배를 피워 불꽃을 보기도 했죠. 그러다 참기 어려우면 논두렁을 태운다든지, 야산에 불을 놓는다든지 그랬죠. 다행히 인명 피해는 없었지만 조마조마했죠.

라이터의 부싯돌이 부딪치고 불이 붙으면 두려움 속에서도 알 수 없는 기대가 솟았죠. 불이 번지지 않게 조심하려고 하면서도 걷잡을 수 없게 번지기를 바라기도 했어요. 매번 아슬아슬한 줄타기를 했죠. 불이 번지는 걸 막으려고 불길을 모으거나, 흙을 뿌리거나, 신발로 잔 불씨를 눌러 밟으면서도 어딘가에서 불씨가 살아 번져주기를 바랐어요. 그렇게 불을 지르면서 선희를 잊어보려 했어요. 목이 피범벅이 되도록 긁어대던 선희를 잊어보려 했어요.

삐삐 숫자 3575가 있어요. 사무치다라는 뜻이에요. 삼오칠오는 사모치오와 비슷해서 사무치오가 되고 다시 사무치다는 뜻이 된 걸 거예요. 선희와 나는 3575, 그러니까 사무치다는 말은 한 번도 안 써봤어요. 사무치다니요. 우린 겨우 열여섯인데 뭘 그렇게 사무칠 일이 있겠어요. 사무친다는 말을 쓰기에는 좀 낯간지

럽기도 하고, 우리가 너무 늙어버린 것 같아서 안 썼죠. 그런데 떠도는 내내 그 많은 말 중에 3575가 맴도는 거예요. 국도를 따라 걷는 내내, 해가 떠서 지는 것을 볼 때도, 바람이 달라져 점점 추워질 때도, 문득문득 걷다가 멈춰 서서는 다른 말도 아닌 사무친다는 말을 떠올렸어요. 선희의 아름다운 모습이 아니라 손톱자국 선명한 가늘고 긴 목이 떠오르는 것처럼요. 그래요. 사무쳤어요. 어디랄 것도 누구랄 것도 없는데 제 속은 온통 사무친다, 라는 생각뿐이었어요. 겨우 열여섯 살 계집애가 정처 없이 걸으면서 사무친다고 생각하다니요.

꿈에 나타난 선희는 무표정한 얼굴로 나를 보다가 무슨 말을 할 것처럼 입을 벌리더니, 훅, 하고 면도날 조각을 내뱉었어요. 미처 가리기도 전에 면도날 조각이 얼굴에 박히고 피범벅이 되는데 아픈 줄도 모르고 선희야, 선희야 부르는 거예요. 그러면서 꿈에서도 선희야, 넌 죽었잖아, 하고 생각해요. 꿈이구나 하면서도 다시 꿈을 꾸는, 몇 겹의 꿈을 꾸다 깨어나길 반복해요. 그때도 나는 3575를 떠올려요. 사무친다라는 게 뭔지 모르는데, 너무나 사무치는 거예요.

악건성인 내 피부는 불을 지르고 열기를 맞으면서 더욱더 메마르고 갈라지고 피가 나기도 했어요. 그래도 베이비오일만은 차마 살 수가 없더라고요. 베이비오일은 제 피부에 보습을 주는 순한 오일이 더 이상 아니니까요. 명치끝을 조이는 통증에서 벗어나기 위해 불을 지르고, 그 지른 불에 오르가슴을 느낄 때, 나는 선희가 나와 같은 기분으로 입에 면도날을 물었겠구나 생각했어요. 그즈음엔 꿈에 나타나 면도날을 뱉는 이가, 선희인지 나인지도 분간이 안 됐죠.

아무에게도 말 안 했지만 칼 만드는 공장에서 일한 적도 있어요. 걷다가 지칠 대로 지쳐 찾아 들어간 곳이었죠. 철판과 쇳조각이 쌓여 있어 위험한 곳인데 이상하게 불 냄새가 맡아지는 거예요. 싸한 불 냄새는 그동안의 불 냄새와 달랐어요. 날카로웠죠. 무시무시했어요. 가능하다면 도망치고 싶었죠. 마음은 그런데 몸은 어느새 공장 안을 기웃거리고, 불 냄새가 나는 곳으로 끌리듯 들어가 불 앞에 앉는 거예요. 뭐라고 설명할 수 없는 복잡한 감정이었어요. 불 앞이라고 했지만 2미터 이상의 거리가 있었는데도 불꽃이 맹렬한 정도를 넘어서 엄청난 힘과 열기로 쇠를 단련시키고 있었던 거예요. 나중에야 알았지만 그 열은 칼 모양에 맞게 프레스로 재단한 스테인리스 강판을 단련하는 과정이었어요. 레일을 타고 들어간 칼이 가마 안에서 4시간 동안 1010℃ 화염을 견디는 거예요. 1010℃의 열기가 어느 정도 뜨거운 것인지 짐작할 수 있으세요? 1010℃ 6미터 길이의 화염을 견디고 나면 4미터 구간 동안 다시 급랭을 하는 거예요. 그렇게 가마를 통과하고 나면 칼은 세 배는 단단해졌죠. 그게 끝이 아니었어요. 칼이 휘어지거나 변형이 없는지 살피고 곱게 펴준 칼을 잘모아서 다시 액체질소를 부어 영하 196℃로 30분 동안 완전 급랭을 시키는 거죠. 그런 다음 롤러에 천연접착제를 바르고 그 위에 금강석 가루를 묻혀 두 시간 정도 말린 다음 칼을 매끈하고 날렵하게 가는 거예요. 그런 과정을 거쳐야 시중에서 볼 수 있는 칼이 되었죠.

여기에 있는 동안, 뜨겁다거나 차다, 라는 말이 얼마나 깊은지 알았어요. 칼을 칼이게 하는 온도는 먼 우주의 별과 같은 것이라 생각했어요. 아주 뜨겁거나 차다는 건 만질 수도 짐작할 수도 없을 정도로 멀었으니까요. 아무도 다가갈 수 없는 온도를 오르내려야 칼처럼 단단해질 수 있다는 것도 알았죠. 그래서 불에 매혹되었는지도 몰라요. 불이 저를 끊임없이 부르는 건 아마도 그래서일 거라고 불 앞에서, 아직 칼이 되지 않은, 칼 모양의 쇠를 바라보며 중얼거렸죠.

공장 사람들은 불 앞에 앉아 있는 나를 몇 번 내보내기도 하고, 쫓아내기도 했지만 돌아서면 다시 불 앞에 와 앉으니, 나중에는 포기하고 잡일을 시키더라고요. 처음엔 허드렛일을 했는데 나중에는 레일 앞에서 재단한 칼을 가지런히 통에 담는 일을 할 수 있었죠. 레일을 타고 뜨거운 가마로 들어가는 칼을 보는 동안은 나도 모르게 몸이 빨려 들어갈 뻔한 적도 여러 번 있었어요. 사장님은 내게 불에 타 죽어야 속이 시원할 년이라고 했죠. 끔찍한 욕이었는데, 무서운 기세로 뿜어내는 불꽃을 보고 있으면 사장님 말대로 언젠가 저 불에 타 죽을 것만 같았어요. 저런 불이라면 썩거나 부패하지 않고, 지독한 냄새도 없이 완전히 연소해 몇 줌의 재로 남을 것 같았거든요. 매일 불에 타 죽는 상상을 했고, 꿈을 꾸었기 때문에 그 어떤 것도 무섭지 않았어요. 나를 보는 다른 사람들이 나를 무서워했을 뿐이죠. 불에 미친년이라고 쑤군댔지만 그때가 제일 행복했던 때 같아요. 지금도 가끔 그 공장 앞에서 서성여요. 칼을 연마할 때 나는 쇳가루는 아무리 마스크를 써도 나같이 폐가 안 좋은 사람에겐 버티기 어려웠어요. 피를 토하는 것을 본 사장이 송장 치울 수 없다고 쫓아내다시피 했죠. 사실은 폐도 폐지만 눈이 점점 나빠져 쫓겨날 즈음엔 안경을 써도 잘 안 보일 지경이 됐어요. 매일 그 센 불을 빨려 들어갈 듯 보고 있었으니 그럴 만도 했어요. 그래도 다른 사람처럼 보안경을 쓰고 볼 수는 없었어요. 다른 것도 아닌 불이었으니까요.

거기에서 나온 뒤로는 엉망이었어요. 다시 가슴에 불씨가 당겨졌거든요. 불씨는 팽팽한 활시위를 당기고 있었어요. 언제든 시위를 떠나 어딘가에 단단하게 박힐 준비를 하고 있었죠. 가슴에서 피잉, 날 선 소리가 날 정도였어요. 좋은 사람을 만나 연애도 하고 결혼도 했는데 늘 불안했어요. 어느 날은 가스레인지 위의 불꽃에 빠져들어 내 손을 태울 뻔하기도 했어요. 다행히 머리카락을 조금 태운 선에서 끝났죠. 그게 무서워 비싼 돈을 들여 전기레인지로 바꿔야 했죠.

이젠 누구도 삐삐를 갖고 있지 않죠. 삐삐밴드도 사라진 지 오래고요. 지금은 숫자로 글을 적는 사람은 없을 거예요. 젊은 애들은 ㅇㅈ이니, ㅇㄱㄹㅇ식의 약자를 쓴다죠? 삐삐는 고대 유물처럼 느껴지는데 그날 그 불 속에서 쓰러지던 아이들은 지독히도 안 잊혀요. 내가 베이비오일만 안 뿌렸어도 불이 커지지 않았을까요? 그랬으면 이 답답한 가슴도, 불도 모른 채 살아갈 수 있었을까요?

전시회를 본 적이 있어요. 빌 비올라의 영상이었죠. 영상을 보는 순간 얼어붙었어요. 상영실 앞은 암막이 쳐져 있었고 실내도 암흑 그대로였어요. 안내를 따라 실내로 들어서면서부터 두려움과 묘한 기대감이 증폭되었어요. 어둠 속에서 불이 들끓고 있었죠. 한 벽을 가득 차지한 화면에는 그야말로 화염만이 있었어요. '불의 여인'은 영상 시작부터 여인의 검은 실루엣 뒤로 온통 불이 활활 타오르는 장면이었어요.

불이 타오르고 있었죠. 오로지 화염 소리만 가득했어요. 무엇을 태우는 소리도 아닌, 불꽃이 맹렬히 서로 부딪치고 타오르는 소리였어요. '불의 여인'이라는 제목을 보지 않았다면 전면에 등장해 있는 사람을 여인이라고 보긴 어려웠어요. 내 눈에는 여인이라기보다 중세의 사제처럼 보였거든요. 외출을 나갈 때 입는 모자 달린 검은 망토 같은 것을 입은 사제.

검은 실루엣의 여인은 영상이 시작되고 한동안 꼼짝하지 않고 있었어요. 움직이는 것은 현란하게 타오르는 화염뿐이었어요. 소리로, 움직이는 불로, 꼼짝도 하지 않는 여인으로 온통 신경을 집중시켰죠. 모든 감각이 터질 것만 같았어요. 여인이 미세하게 움직이고 있다는 것을 안 것은 늘어뜨린 팔과 허리 사이의 틈으로 불꽃이 언뜻 보일 때였어요. 그렇게 내내 움직임 없이 서 있던 여인이 한순간 두 팔을 양옆으로 벌리는가 싶더니 그대로 앞으로 쓰러졌어요. 세워놓은 물건이 중심을 못 잡고 쓰러지듯 그렇게 쾅당. 그런데 바닥에서 불꽃이 아니라 물이 튀었어요. 물! 여인의 몸을 받은 것은 불이 아니라 물이었어요.

여인은 그렇게 쓰러지듯 물속으로 떨어졌죠. 그때까지 여인 앞에 물이 있다는 것을 전혀 몰랐어요. 영상은 내내 화면 가득 화염과 그 앞에 서 있는 검은 실루엣 여인을 비출 뿐이었거든요. 튀어 오른 물은 배경의 불 때문에 붉었어요. 여인을 삼킨 수면이 잔잔히 흔들렸어요. 그때에야 카메라 앵글은 천천히 아래로 내려와 물을 비추기 시작했죠. 불을 비추는 물 역시 온통 붉었어요. 제멋대로 타오르던 불꽃은 수평으로 흔들리는 물결을 따라 불의 결을 이뤘죠. 불을 비추는 물. 누군가 그 장면만 떼어놓고 봤다면 물이 아니라 불이라고 했을 거예요. 불이면서 물인, 물이면서 불인. 화면 가득 불이면서 물인 잔영만 남았죠.

'불의 여인'과 짝을 이루는 영상은 '트리스탄의 승천'이었어요. 물이었죠. 흑백 영상 속, 사내는 젖어 있었어요. 사내가 누워 있는 석판도, 사내의 몸도 물에 흠뻑 젖어 있었죠. 석판 주변의 물은 부글부글 끓어오르는 것처럼 보이지만 얼음처럼 차가운 푸른빛이었어요. 물소리가 요란하죠. 그런데 그 소리가 불이 타오르는 소리와 같았어요.

석판 위에 누워 있는 사내의 머리와 배꼽쯤에서 물방울이 솟아오르기 시작했어요. 솟은 물방울은 하늘로 올라갔죠. 점점 많은 물이 하늘로 솟았고, 온몸이 젖은 사내가 천천히 움직였죠. 고개를 들고 어깨를 일으켜 세우려다 다시 눕고, 돌아누우려다 다시 눕고, 한쪽 무릎을 세워보고, 고통스러워 보였죠. 결국 사내는 무언가에 들리듯 상체부터 천천히 일으켰어요. 사내 자신이 일으켰다기보다는 어떤 끌어당김이 사내를 일으켜 세운 것 같았어요. 사내 몸은 물의 힘으로 공중 부양하듯 들어올려지고 천천히 위로 상승하다가 화면에서 사라지죠. 솟아오르던 물세례는 차차 사그라지고 물방울로 잦아들면서 마지막에는 젖은 바닥 위의 빈 석판만이 남아요.

떠밀리듯 밖으로 나와서도 맹렬히 타오르는 불길이 귓가를 떠나지 않았어요. 불의 소리였어요. 아니 그것은 물의 소리인지도 몰라요. 멀미가 일듯 울렁거려 주저앉고 말았어요. 일렁인다. 나는 앞뒤도 없이 떠오른 그 말을 붙들었죠. 물론 눈이 점점 더 나빠져 그렇게 보였을 수도 있어요. 그러나 그것만은 아닐 거예요. 영상을 보는 동안 마(麻) 소재의 원피스를 얼마나 꼭 쥐어 잡고 있었는지 허벅지 부근만 잔뜩 주름지고 구겨져 있었죠. 원피스를 손바닥으로 문지르며 구김을 펴보려 했지만 소용없었죠.

불의 여인이 망설임도 없이 넘어지던 모습, 물과 불이 하나가 되어 붉게 흔들리던 광경이 잊히지 않았어요. 나는 알고 있었어요. 나도 저 여인처럼 죽으리라는 것을요. 꽈당! 한순간 그렇게 넘어져 죽으리라는 것을요. 영상 속의 불과 물은, 그 옛날 칼 만드는 공장을 다시 떠올리게 했어요. 여인과 사내는 1010℃ 화염을 견디고, -196℃의 급랭 구간을 견디던 칼과 같았어요. 뜨거운 불과 급랭 구간을 거쳐 균열 온도가 되어야 비로소 단단한 칼이 돼요. 그 균열 온도가 제겐 재로 변하는 순간이 될 거예요. 두려웠어요. 허청거리면서 걸었어요. 그렇게 끝까지 걸어야 할 것 같았어요. 어둠이 오고, 발바닥에 물집이 잡히고, 터지고, 그래도 걸었어요. 넘어질 때마다 소스라쳤죠. 이제야 알았던 거예요. 불을 찾아들고, 도망쳐보고 다시 불을 찾아들고, 불에 빠지고, 이 모든 과정이 살기 위한 몸부림이라고 생각했는데 실은 죽기 위한 거였어요. 가차 없이 꽈당! 그러게 넘어져서는 1010℃ 열에 순식간에 타버리는 거요. 내 몸이 스스로 불에 타올라 재로 변해버리는 거요. 걸음을 멈출 수가 없었어요.

감식반이 가장 중요하게 찾는 게 발화 지점이라죠? 어디서 불이 시작됐는지 찾아내는 거요. 내가 당신에게 메일을 보낸 이유이기도 해요. 당신의 블로그를 찾게 된 건 우연이 아니에요. 내가 찾아올 수 있도록 당신이 많은 장치를 해놨다고 생각하는 건 단지 착오일까요? 이 세계의 미스터리를 찾아 글을 올리는 당신 블로그는 찾는 사람들이 많았죠. 뭔가 이 세계에서 밝혀지지 않은 것들이 많다는 것에서 불안과 위안을 찾는 사람들이었어요. 다른 사람들은 몰라도 난 눈치챌 수 있었어요. 당신이 그 많은 미스터리 중에서 인체 자연발화에 가장 많은 관심을 가지고 있다는 것을요. 몇 번의 댓글만으로도 충분했어요. 당신은 당신과 같은 사람을 찾고 있었던 거예요. 아닌가요? 내가 불을 찾아 돌아다녔다면 당신은 불을 불러오는 사람이라고 해야 할까요. 당신 블로그를 처음 방문한 날 알았죠. 당신도 나처럼 불에 미쳐 있는 사람이라는 것을요. 나도 이제껏 나와 같은 사람을 만나지 못했으니 당신도 그랬을 테죠? 우리가 영원히 못 만났다고 해서 내가 존재하지 않는 것은 아니듯이, 당신도 그렇게 존재했을 거예요. 불이 전부인 삶을요. 어떻게 하다가 그렇게 되었을까 궁금하긴 한데 굳이 듣고 싶진 않아요. 그건 처음에 말했던, 분명 아는 사람인데 누군지, 언제 어디서 봤는지 전혀 기억나지 않는 사람, 그렇게 누구더라, 하면서 지나치지만 몇 분 지나지 않아 곧 그 존재를 잊어버리는 일과 같기 때문이에요. 당신 얘기가 궁금하면서도 실은 궁금하지 않은 이유이기도 해요.

이젠 지팡이가 없이는 걷는 것도 힘들어요. 시력이 완전히 사라지는 순간, 눈앞의 모든 것이 깜깜해지는 순간이 제 마지막이 될 거예요. 가장 밝게 타오를 테죠. 명치끝이 아프네요. 발바닥은 타버릴 것처럼 화끈거려요. 2000℃의 열이란 과연 어느 정도 뜨거운 것일까요. 순식간에 타버린다니, 고통도 느끼지 못할 테죠. 제게도 균열 온도가 있을까요? 이제 곧 당신이 가장 두려워하면서도 기다리던 당신의 모습이자 내 모습을 보게 되겠죠. 777 행운을 빌어주세요.

# 철거 후

**이경희**

**작가의 말**

얼었던 강이 녹으면서 꽃들이 피기 시작했다.

아직 봄바람의 기세가 남아 있긴 하지만 취수장의 붉은 담벼락을

기어오르는 담쟁이를 보니 공연히 설렌다. 은빛 강으로 조롱조롱한 새끼들을

달고 나온 어미 오리도 반갑고, 노인의 삐걱거리는 낡은 자전거 소리조차

따스하게 느껴진다. 처음 맞는 봄이 아닌데, 올 겨울은 유난히

한 세기를 지나온 듯 힘이 들어 노란 꽃들에게 자꾸만 눈이 간다.

아주 오래도록 이 평화로운 봄의 향연이 계속되기를 바라지만

어두운 역사의 수레 또한 더 찬란한 봄을 위한 행진이라 믿고 싶다.

2008년 『실천문학』 신인상에 단편소설 「도망」이 당선되며 작품 활동을 시작했다. 소설집 『도베르는 개다』, 장편소설 『불의 여신 백파선』 『기억의 숲』, 5인 중편 소설집 『선택』, 산문집 『에미는 괜찮다』가 있다.

그가 알고 있는 역사란 시간이 쌓이고 이야기가 자라나 만들어지는 것이 아니라 부실한 시간과 공간을 부수고 허물어버린 철거 작업에 불과했다. 문명은 그저 언젠가는 자신의 손으로 무너뜨려야 하는 가장 파괴적이고도 생산적인 질서라고 생각하는 사람이었다.

덕분에 명성산업은 그의 아버지가 삽과 곡괭이 몇 자루로 일을 시작한 지 오십 년 만에 탄탄한 중소기업으로 성장했다. 전국의 아파트 재건축과 노후화된 건축물 철거는 물론 공공건물부터 개인에 이르기까지 명성산업이 하는 일은 매우 광범위했다. 한마디로 부숴주고 치워주고 버려주는 일은 무슨 일이든 마다하지 않는다는 것이 그의 경영 신조였고, 일감을 한번 물었다 하면 수의계약은 물론 입찰에서조차 거의 떨어지는 법이 없었다.

오늘은 명성산업이 또 한 번 도약할 수 있는 중요한 날이었다. 정부 인사와 기관, 단체부터 구경 나온 시민들까지 수천여 명의 사람들이 광화문 앞 세종로 광장에 마련된 광복 50주년 경축기념식장에 모였다. 그는 멀리 국립박물관을 뚫어지게 바라보았다. 박물관 정면을 가리고 있는 하얀 가림막에 쓰인 "구 조선총독부 건물 철거, 겨레의 정궁 경복궁 복원"이라는 글자들이었다. 그는 한껏 들뜬 모습으로 가림막 글자들을 한 글자 한 글자 비장하게 읽었다. 기념식장에 정식으로 초청을 받은 것은 아니지만 오늘의 주인공은 왠지 그 같았다. 하긴 기념식보다 중요한 것이 건물의 철거 장면일 것이었다. 박물관 뒤에는 벌써 명성산업의 이동식 크레인이 도착해 대기 중이었다. 기사는 현장에 있던 크레인 기사 중 기술이 가장 뛰어난 사람을 골랐다. 작업에 투입된 직원들 또한 크레인 기사와 호흡이 잘 맞는, 현장에서 이십 년 이상 잔뼈가 굵은 사람들만 뽑아서 데려왔다. 기념식이 끝나고 그가 사인만 보내면 오늘의 하이라이트라고 할 수 있는 철거 작업이 시작될 터였다.

그는 맨 뒤 좌석과 좌석 사이 통로에 서 있었다. 명진은 그의 바로 뒤 사람들 속에서 그를 지켜보았다. 명성산업에서 일하는 마지막 날이었다. 그에게 해고 당한 지는 3개월이 지났다. 광복 50주년 경축기념식이자 총독부 건물 철거 당일인 오늘이 그가 명진에게 제대로 마무리하고 나가라고 한 그날이었다. 명진은 서운하지도 않고 시원하지도 않은 기분으로 그의 어깨너머에 있는 박물관을 보았다.

3개월 전 명진은 그에게 다섯 건의 일을 입찰받았다는 보고를 했다.

"세 건은 수의계약으로 일을 따고 두 건은 입찰로 성공했습니다. 그런데, 아쉽게 떨어진 두 건은 그 지역의 다른 입찰자들하고 담당 공무원들이 끈끈하게 딱 붙어 있어 우리 방법이 먹히지 않았습니다."

  보고를 마친 명진은 고개를 떨군 채 그의 결단을 기다렸다. 차라리 잘된 것도 같았다. 이참에 사표를 내고 남태평양의 작은 섬 팔라우로 가 스킨스쿠버 강사나 하며 사는 것도 나쁘지 않을 것 같았다. 자격증도 있고 미리 가서 터 잡은 친구도 있으니 마음만 먹으면 떠나지 못할 것도 없었다. 물가에 가지 말라는 부모님만 설득하면 가능한 일이었다. 이번엔 왠지 명성산업을 나가야 할지도 모른다는 불안감과 후련함으로 머릿속이 복잡했다. 명진은 그가 한시라도 빨리 명성산업을 떠날지 말지 결정해주길 기다렸다.

"멍청한 새끼! 누가 너더러 머리 쓰라고 했냐? 돈하고 힘만 쓰라고 했지. 그 새끼들이 끈끈인지 딱풀인지 붙어 있다고 해도 그거 하나 못 떼놔! 안 떨어지면 짤라버렸어야지?"

  그는 박 과장이 자신의 말을 무시했다고 생각했다. 끈끈함 때문에 입찰에서 떨어졌다는 소리를 도저히 이해할 수가 없었다. 돈이 부족하거나 힘이 모자라서 떨어졌다면 적당히 넘어가려 했는데, 우리 문제가 아니라 그들의 끈끈함이란 문제 때문에 일이

틀어졌다니 명진을 용서할 수가 없었다. 그가 알기로 입찰에 떨어진 두 건은 수의계약으로 따낸 세 건과 비교할 수 없을 정도로 공사 금액이 큰 것이었다. 명진은 고개를 숙인 채 죄송하다는 말만 반복했다. 말끝에 바로 그만두겠다는 소릴 하고 싶었지만 그랬다가는 멀쩡히 걸어나갈 수 없을지도 몰랐다. 솔직히 그가 무서웠다. 대학 졸업하고 빌빌거리던 자신을 고향 후배라고 서울로 데려와 십여 년 가까이 밥벌이하게 해준 것은 고마웠다. 하지만 아무리 노력해도 일에 대한 보람이 느껴지지 않을뿐더러 시간이 갈수록 그에 대한 막연한 두려움은 더 커졌다.

그가 물을 마시는 동안 명진은 살짝 고개를 들어 사무실 분위기를 살폈다. 그의 친구이면서 명성산업의 금고를 맡고 있는 남 부장은 검정 양복에 분홍색 와이셔츠 차림으로 앉아 컴퓨터 게임에만 열중했다. 현장 감독 중 구 부장과 이 부장, 김 부장 모습이 보였고 자신과 함께 공사 입찰을 담당하고 있는 김 과장이 애처로운 눈길을 보내고 있었다. 현장에서 일하는 직원들까지 합하면 명성산업의 직원 수는 이백여 명이 넘었다. 명진이 없어도 명성산업은 아무 지장이 없었고 자신을 대신해 일할 사람은 김 과장도 있고 다른 직원들도 많았다. 아무나 할 수 있는 일이지만 누구나 해낼 수 있는 일은 아니라는 것이 그동안 명진이 해온 일이었다. 명진은 문득 자신의 전공이 역사라는 사실을 깨달았다. 대학에 다닐 때 말고는 한 번도 써먹어본 적 없는 역사가 왜 그 순간 떠올랐는지, 어쩌면 파괴와 폭력의 현장에 자신을 너무 오랫동안 방치했기 때문인지도 몰랐다. 그런 것들에 대한 두려움이 자신에 대한 연민으로 바뀌었다. 명진은 그동안 전공과는 동떨어진 현장에서 거칠고 험한 일을 하면서 살아왔다. 어느 때는 재건축 현장에서 몽둥이를 들었고 또 어느 때는 누군가의 손가락에 강제로 인주를 묻힌 적도 있었다. 그의 말 한마디가 누군가를 위협하기도 했으며 아무 잘못 없는 누군가를 교도소에 보내기도 했다. 우습게도 까맣게 잊고 지냈던 역사란 말이 떠오른 것은 어쩌면 그렇게 살아온 자신이 한심해서라기보다 단정할 수 없는 어떤 연민이 불쑥 솟구쳤기 때문이었다. 명진은 천천히 고개를 들어 용기를 냈다.

"사표 내겠습니다."

그가 비운 물병을 박 과장에게 던지며 다시 소리쳤다.

"그럼, 계속 다닐라고 했냐? 일을 망쳤으니 책임지는 게 당연하지. 이번 일 마무리하는 대로 김 과장한테 모두 인수인계하고 나가!"

그의 말에 당황해하거나 놀라는 사람은 없었다. 남 부장은 여전히 게임을 즐겼고 현장 과장들 역시 당연한 일상인 양 긴장하지 않은 태도로 앉아 있었다. 명진을 향했던 김 과장의 안타까운 눈빛도 어느새 체념인지 한계인지 모를 눈빛으로 바뀌어 그에게로 향해 있었다. 명진이 사표를 내면 김 과장의 일은 더 늘어날 것이고 일에 대한 부담과 책임 또한 김 과장 몫이 될 테니 김 과장이 그의 눈치를 살피는 것은 당연했다.

회의는 쉽게 끝날 분위기가 아니었다. 명진이 사표 내는 것으로 결론이 났지만 입찰받은 일에 대한 브리핑이 아직 남아 있었다. 명진은 이번 일이 마지막 일이라 생각해 그에 대한 원망을 가라앉혔다. 지금까지 해온 일을 그에 대한 원망으로 무시당하고 싶지는 않았다. 명진은 자신 앞에 놓인 생수병을 열어 마시고는 천천히 일어나 성공한 입찰에 대해 설명하기 시작했다.

"자세한 현황은 현장 답사를 마치고 난 뒤 다시 말씀드리는 걸로 하고 오늘은 입찰받은 건물의 위치와 공사 기일에 대해서만 간단히 말씀드리겠습니다. 이미 알고 계신 분들도 있겠지만 이번에 입찰받은 공사는 두 건으로 한 건은 다섯 동짜리 재건축 연립주택 철거이고, 또 한 건은 국립박물관 철거입니다. 연립주택 철거는 신경 쓸 일이 없지만 국립박물관 철거는 국민들이 많은 관심을 가지고 지켜보는 일이라 우리 회사의 명예를 걸고 잘해야 할 것입니다."

"잠깐! 뭐라고? 다시 말해봐?"

명진을 해고한 것으로 자신의 역할은 끝났다고 생각했던 그에게 어느 순간 명진의 말이 훅 들어왔다. 명성산업의 명예라니? 그는 명진의 입을 통해 나온 명예라는 말이 낯선 듯 새로웠다. 지금까지 수많은 일을 해왔지만 회사의 명예를 운운하며 일한 적은 한 번도 없었다. 명진도 그랬지만 다른 누구도 그에게 명예에 대해 논한 적은 없었다. 그가 몸을 바로 세우자 게임에 빠져 있던 남 부장도 컴퓨터에서 눈을 뗐다. 그들의 반응에 명진은 자신이 말실수한 것인가 해서 다시 그의 표정을 살폈다. 다행히 나가라고 소리치던 모습은 아니었다. 그래도 명진의 목소리는 처음보다 작아졌고 순서를 잃어버린 말들은 우왕좌왕했다.

"그게…… 대통령이 박물관을, 박물관은 치욕스런 식민 잔재라, 민족정기를 바로 세워야 한다고 대통령이……"

그는 답답해서 참을 수가 없었다.

"야! 그러니까 대통령이 박물관 부수라고 했다는 겨?"

"네에."

그의 손에서 빈 플라스틱 물병이 우그러졌다. 커피잔이 아니라 다행이지만 긴장을 늦출 수는 없었다. 언젠가는 그가 신고 있던 구두를 벗어 던져 입술이 터진 적도 있었고 한번은 그가 책상위로 날아와 주먹을 날린 적도 있었다. 그의 폭력이 미치지 않는 사람은 명성산업에서 남 부장 한 사람이었다. 남 부장만이 그의 폭력과 폭언에서 자유로울뿐더러 그 어떤 제재도 받지 않았다. 실제로 명성산업 사장인 그보다 남 부장의 실권이 더 세다고 할수 있었다. 부장이라는 직함만 있을 뿐 아무런 하는 일 없이 컴퓨터 게임에 몰두하거나 현장에 나가 직원들 군기를 잡는 것이 전부였다. 공식적인 관계는 남 부장이 아래지만 사석에서는 구사장이 남 부장을 모시는 분위기가 짙었다.

건실한 중소기업 명성산업의 진짜 얼굴을 알면서도 쉽사리 떠나지 못하는 데는 모두 그만한 이유가 있었다. 명진도 그렇지만 그가 월급 외에 기분대로 챙겨주는 특별 상여금과 보복에 대한 두려움 때문이었다. 명성산업에서 무사히 퇴사하려면 명진처럼 회사에 큰 손해를 입혔거나 잘못을 저질렀을 때였다. 그것도 그가 나가라고 해야만 가능한 일이지 자발적인 퇴사는 좀처럼 용납되지 않았다. 명진은 그의 손을 의식하며 자신이 쓸데없이 너무 많은 말을 했다는 걸 깨달았다. 그와 남 부장의 이해를 구하려면 자칫 위험한 결과를 초래할 수도 있었다. 두 사람에게 설득은 자신들에 대한 도전이고 불손이었다. 명진은 남 부장의 짙은 쌍꺼풀이 자신을 향해 껌벅거리는 걸 똑바로 볼 수 없었다.

"박물관이 그렇게 오래된 건물이야? 나는 한 번도 가본 적 없는데? 구 사장은 거기 가봤어?"

남 부장이 묻자 빈 물병을 쥐고 있던 그가 손아귀 힘을 풀었다. 명진을 쏘아보던 눈빛은 남 부장에게로 향했다. 잠시 긴장을 늦춘 명진은 마른침을 삼켰다. 다른 직원들도 그의 대답을 기다렸다.

"경복궁은 가봤는데 거긴 가본 적 없어. 어디 있다고?"

남 부장이 말했다.

"경복궁 안에 있다잖아."

그는 왠지 앞뒤가 맞지 않는 것 같아 다시 명진을 똑바로 쳐다보며 물었다.

"야, 경복궁 안에 박물관 있는 거 맞아?"

"네 맞습니다."

명진은 불필요한 설명을 덧붙이지 않았다. 하지만 남 부장의 궁금증이 명진을 가만두지 않았다.

"대통령이 당장 부수라고 지시할 정도면 되게 오래된 건물인 모양이야? 근데, 물색없이 그걸 왜 경복궁 안에 지었다니? 다른 땅도 많은데?"

명진은 선뜻 대답하지 않았다. 모른다고 할까 그냥 가만히 있을까? 명진은 정답을 말해주고 싶어 순간 갈등이 생겼다. 남 부장의 눈동자 돌아가는 소리와 모두의 숨결이 명진의 가슴을 옥죄어 더 이상 참을 수가 없었다. 명진은 고개를 들어 모두를 바라보았다. 곧 철거될 박물관이 어떤 시간을 지나왔는지 그들에게 꼭 말해주어야 한다는 무언가가 옥죄고 있던 가슴을 뚫고 툭 튀어나왔다. 그들에 의해서 사라지거나 부서질 처지는 자신이나 박물관 모두 다르지 않았다. 명진은 자신에게 주어진 마지막 항변인 양 박물관의 역사에 대해 설명했다.

"우리가 철거해야 할 박물관은 본래 경복궁 흥례문을 부수고 만든 것입니다. 그러니까 일제강점기 일본에 의해서 흥례문이 철거당한 뒤 그들이 조선총독부를 세운 것입니다. 한마디로 조선의 정기를 끊어버린다는 명목으로 조선총독부를 지어놓고선 조선을 수탈하기 위해 온갖 정책을 만든 곳으로……"

"잠깐! 잠깐!"

그가 손을 쳐들며 명진의 말을 끊었다.

"그러니까, 우리가 철거해야 할 박물관이 조선총독부였다는 거야?"

명진 대신 남 부장이 대답했다.

"그렇다고 하잖아. 근데 말여, 그 조선총독부 예전에 윤봉길 의사가 도시락 폭탄 던진 곳 아녀?"

그가 실소하며 남 부장에게 말했다.

"그건 안중근이지, 안중근이 던졌다가 실패했잖아."

"구 사장도 참, 안중근은 상해서 폭탄 던진 사람이고 총독부는 윤봉길 맞다니까."

"아니야, 윤봉길은 도시락 폭탄으로 일본놈 죽이려고 했던 사람이야. 너는 대학까지 나왔으면서 그것도 모르냐."

"구 사장도 참, 윤봉길이 맞다니까."

"확실해?"

"대학 졸업장 그냥 딴 거 아녀. 나도 한때는 공부 좀 했다니까."

남 부장 말에 확신에 차 올라갔던 그의 입꼬리가 슬그머니 늘어졌다.

"그런가? 안중근이 조선총독부에 도시락 폭탄 던진 사람 맞는데……"

"구 사장도 참, 우리가 아무리 힘쓰는 일만 해서 먹고산다고 하지만 우리 역사는 알고 있어야지. 역사를 알지 못하면 그노무 새끼들한테 또 당한다니까. 일찍이 우리 아부지가 말씀하시길, 나라 잃은 민족은 미래가 없다고 하셨지. 그러니까 다시 말하면, 윤봉길 김구 안중근 모두 상해에 임시정부 수립하고 의열단으로 활동했던 사람들이야. 조선총독부 폭파하려다 실패한 사람은 윤봉길이 맞고, 안중근은 일본 왕인 이토 히로부미 죽이려다 실패한 사람이라니까."

"아! 참 그렇구나, 내가 잠깐 착각했다."

그는 바로 자신의 오류를 인정했다. 남 부장은 대학을 졸업하고 자신은 고등학교 중퇴라는 사실을 상기했기 때문이다. 그가 남 부장한테 밀리는 또 한 가지는 보잘것없는 집안에서 자란 자신과 달리 남 부장의 아버지가 초등학교 때 그의 담임이었다는 사실이다. 그는 처음부터 불리한 교육 환경에서 자란 자신을 인정하면서도 남 부장의 주장을 쉽게 믿지 않았다. 사업적 파트너로서의 남 부장만 인정하려는 그의 태도를 볼 때마다 사람들은 명성산업의 실세가 누구인지 다시 한번 확인하게 되었다. 그는 명성산업의 공식적인 대표일 뿐 회사의 모든 결정권은 남 부장한테 있었다.

그렇다고 그가 남 부장에 대한 열등감이 큰 것은 아니었다. 남 부장이 명성산업의 실권자 역할을 하는 것은 사장인 그가 그 두 가지 사실을 인정하고 받아들이기 때문이었다. 조선총독부 폭파범이 누구인지에 대한 남 부장과 그의 주장은 명진이 알고 있는 사실까지 헷갈리게 만들었다. 다른 직원들 역시 두 사람의 엇갈린 역사적 사실에 대해 의견이 갈렸는데, 대부분이 남 부장의 주장에 한 표를 던지는 눈치였다. 사장인 그의 말이 맞는 거 같다고 한 사람은 사무실에서 근무하는 여직원 둘뿐이었다. 그가 착각이라고 인정할 수밖에 없었던 것도 남 부장의 말에 무게를 실은 다른 직원들 때문이었다. 진실은 진실을 선고하는 자들의 무지에 내맡겨졌다.

명진은 말없이 창밖을 바라보았다. 매미와 자동차 소리로 달궈진 여름이 불꽃을 튀겼다. 가슴에서 그 여름보다 더한 화기가 솟구치는 걸 명진은 애써 다스렸다. 각오는 했지만 두 사람의 주장을 반박했을 때 그들이 보일 반응이 어떨지도 자신 없었다. 하지만 명진의 의지는 이미 시위를 벗어나 역사를 공부하던 대학생의 모습으로 되돌아가 있었다.

"저기…… 조선총독부 폭파는 의열단 출신인 김익상이라는 사람이 거행했습니다. 그가 일본인 전기 수리공으로 위장해 들어가서는 폭탄 두 개를 던졌는데, 하나는 실패하고 하나만 터졌답니다. 상해로 도망쳐 또 다른 거사를 하려다 실패해서 체포되었고, 오랜 옥살이를 하다가 풀려나긴 했는데, 결국 일본 경찰에 의해서 암살당했다는 기록이 있습니다. 그러니까, 안중근 의사는 이토 히로부미를 사살한 뒤 체포되어 뤼순감옥에서 사형을 당했고, 윤봉길 의사는 상해에서 열린 일본의 전승 축하기념식에 폭탄을 던진 뒤 현장에서 사로잡혀 사형선고를 받은 뒤 얼마 후에 총살되었습니다. 그러니까…… 국립박물관으로 사용한 조선총독부 건물은 우리의 아픈 역사를 두고두고 증명해야만 하는 아주 중요한 현장이라고 할 수 있습니다."

이야기하는 동안 명진의 시선은 주로 창밖을 향해 있었다. 누구의 눈과도 부딪치지 않았다. 겁을 먹거나 눈치를 봐야 하는 역사는 사실에서 비켜갈 수 있었다. 명진은 온 힘을 다해 용기를 냈다. 일이 아닌 다른 이야기를 그토록 길게 해본 것은 처음이었다. 자신 안에 그와 같은 언어들이 살아 있었다는 것이 놀라웠다. 사표를 요구한 명성산업에 가하는 무모함의 반격이라 해도 후회하지 않았다. 회의실은 잠시 어색한 침묵이 흘렀다. 명진의 역사 이야기에 사람들의 반응은 대체로 길을 묻는 외국인을 대한 듯 당황해하는가 하면, 못 들은 척 엉뚱한 곳을 바라보았다. 가장 뻣뻣한 자세로 앉아 명진의 얘기를 경청한 사람은 남 부장이었다. 이야기 초반에는 반격을 가할 눈초리로 명진을 주시하더니 결론쯤에 이르러서는 아까 그가 남 부장의 주장에 꼬리를 내렸듯 남 부장의 눈꼬리도 아래로 처졌다. 명진 앞에서 그들은 모두 주동자와 공범자의 태도를 취했지만 명성산업이라는 힘의 논리는 더 이상 명진의 주장에 박수를 보내지 않았다.

잠깐의 어색한 침묵이 명진과 역사를 인정한 전부였다. 명진은 기다렸다. 자신의 얘기에 쐐기를 박든 주먹을 날리든 방어하거나 피하지 않을 생각이었다. 그들은 그들만의 방식대로 이야기를 만들거나 풀어가는 사람들이었다. 방향을 잘못 잡은 매미한 마리가 회의실로 날아들었다. 한 여직원이 급하게 파리채를 들고 매미를 향해 달려갔다.

"정신 사나워. 그냥 둬!"

남 부장이 소리쳤다.

"그려 그냥 둬, 며칠 울다 죽겠지."

그가 말하자 남 부장이 뒤이어 다시 한마디 했다.

"매미는 죽기 전에 더 맹렬하게 운다잖아. 안 그래 박 과장?"

명진은 남 부장의 질문이 자신을 향해 쏜 화살이라는 걸 모르지 않았다. 모든 일을 소리 없이 조용하고도 잔인하게 처리하는 남 부장이었다. 명진은 자신의 처지가 곧 죽어버릴 매미와 다름없다는 걸 모르지 않기에 마지막 용기를 발휘했다.

"존재감 없이 사는 것보다 한여름 상징으로 살다 죽는 것도 나쁘지 않지요."

"그래 맞아, 짧고 굵게 사는 게 멋있지. 박 과장도 그렇게 살고 싶구나?"

두 사람을 지켜보던 구 사장이 입을 열었다. 전 같으면 꼬박꼬박 말대꾸하는 명진을 그냥 두고 보지 않았을 텐데, 오늘은 무슨 일인지 성질만큼 몸을 놀리지 않았다.

"박 과장, 쓸데없는 소리 집어치워! 쪽발이 새끼들이 지은 건물을 우리 박물관으로 썼다니 그게 말이 되남? 도대체 어떤 놈이 그런 정신 빠진 일을 시킨 겨? 하여튼 우리나라는 그래서 안되는 겨. 일찍이 우리 아버지가 말씀하시길 쪽발이 새끼들하고 우리나라 거시기 쪽 놈들하고는 상종을 하지 말라고 했는데, 이번에 아주 딱 걸렸어! 그 쪽발이 새끼들이 지은 건물 제대로 부숴줄 겨."

그는 연신 명진을 향해 소리쳤다. 회의실 사람들은 그의 공격 목표가 명진이 아니라 총독부 건물이라는 사실에 안도했다. 그러나 명진은 여전히 자신을 겨냥하고 있는 그의 눈초리에 안심할 수 없었다. 흥분하면 방향감각을 잃고 날뛰는 그였다. 명진은 그의 관심사가 계속해서 쪽발이에 머물기를 바라며 그의 말에 수긍하는 모습을 보였다.

"구 사장 말이 맞아. 아무리 건물이 없어도 그렇지, 총독부 건물을 어떻게 박물관으로 썼대. 한마디로 자존심이 없는 나라여. 그래도 이번 대통령은 생각이 있는 모양이네, 그거 부수라고 한 걸 보면."

남 부장이 구 사장의 말을 거들고 나섰다.

"남 부장, 우리 그 쪽발이 새끼들이 지었다는 조선총독부 건물 멋지게 부수자! 우리 국민들 속 시원하게, 한 방에 때려 부수자고!"

"좋아! 그 쪽발이 새끼들한테 본때를 보여주자. 안중근하고 윤봉길 선생님이 못한 거 우리가 해내면 되잖아, 안 그래?"

남 부장이 벌떡 일어나 주먹으로 책상을 내리치며 말했다.

"좋아! 박 과장, 다이너마이트 백 박스만 준비해."

"좋아 남 부장, 우리 이 새끼들한테 본때를 보여주자."

사람들은 남 부장과 그의 결연한 의기투합을 지켜보며 야릇한 표정을 지었다. 두 사람이 그토록 의견이 잘 맞는 것은 처음이었고 두 사람이 그처럼 일에 대한 관심을 적극적으로 보인 것도 처음이었다. 하지만 명진은 두 사람의 엉뚱한 관심사를 그대로 내버려둘 수만은 없었다.

"사장님, 그곳은 경복궁이라 함부로 철거하면 안 됩니다."

"대통령이 부수라고 했는데 뭐가 안 된다는 거야? 너 혹시 친일파냐?"

그가 의혹 가득한 눈길로 명진 곁으로 다가왔다. 회의실 분위기는 또다시 불안에 출렁거렸다. 바닥에 떨어진 매미를 찾아 든 여직원이 조심조심 회의실 밖으로 나가며 명진을 흘깃거렸다. 그의 튀어나온 배가 명진의 가슴에 와 닿았다. 명진은 뜬금없는 그의 친일 물음에 순간 당황했다.

"그런 거 아닙니다."

"그런데 뭐가 문제라는 거야?"

"제 말은 그러니까, 박물관 철거를 반대한다는 뜻이 아니라 경복궁이기 때문에 다른 건물들에 피해가 가지 않도록 조심스럽게 철거를 해야 한다는 뜻입니다. 물론 박물관은 철거 결정이 난 사안이니 공사를 해야겠지만, 건물은 건물로서의 역사성이 있기 때문에 때로는 그걸 증명하기 위해서라도 보존할 가치가 있는 것들도 있다는 뜻입니다."

"너 왠지 그 총독부 건물 철거하는 거 반대한다는 투로 들린다. 왜 그래? 할아버지가 혹시 순사라도 해먹었나?"

그의 집요한 눈빛이 명진을 몰아세웠다. 역사를 거론한 것이 또 문제였다. 꼼짝없이 친일로 몰린 명진은 더 이상 그를 이해시킬 자신이 없었다. 그들에게 총독부 철거는 작업의 타당성과는 무관하게 편을 가르는 값싼 정치의 문제에 불과했다. 명진은 편

가르기의 언어에 휘말릴 수밖에 없는 자신의 무력함을 보았다. 그토록 손쉬운 낙인에 대한 두려움 때문에 축 처진 어깨가 명진을 부끄럽게 만들었다.

"그렇지 않습니다. 저는 다만……"

"구 사장, 짤린 애 갖고 왜 그래? 우리도 가끔은 때려 부수기 아까운 건물이 있잖아. 그 총독부 건물도 우리 박물관으로 쓴 걸 보면 잘 지은 모양이지. 현장 답사하러 갈 때 같이 가. 그 쪽발이 새끼들이 지은 건물이 어떻게 생겼는지 눈으로 봐야 폭파 계획을 세울 거 아냐."

남 부장은 볼일이 있는 듯 한마디 건네고는 시계를 확인하며 회의실 밖으로 나가버렸다. 뒤늦게 울린 문소리에 놀란 사람들의 시선이 순식간에 흐트러졌다. 회의 종료였다. 남 부장이 나간 이상 그도 더 이상은 회의를 진행하려 하지 않을 것이었다. 그가 명진을 향해 회의 종료를 선언했다.

"아무튼 이번 일 제대로 마무리하고 나가라, 무슨 소린지 알지?"

박 과장이 대답했다.

"잘 알겠습니다."

그 정도면 충분했다. 두려움에 떨긴 했지만 비겁했다는 생각은 들지 않았다. 명진은 축축한 손바닥을 비비며 사무실 밖으로 나가는 그의 뒷모습을 보았다. 과거와 손쉽게 단절하는 방법으로 철거를 결정하는 그의 무모함이야말로 그가 나라를 사랑하는 방법이었는지도 모른다. 그의 넓은 등짝 어딘가에서 솟구치고 있는 애국심이 심상치 않게 느껴지는 것도 그 때문일 것이었다. 그에게는 부수는 것이 곧 정의였고 사랑이었다. 그래도 명진은 감당하기 어려운 문제를 들먹이며 기운을 뺀 것 같아 씁쓸하기만 했다.

밖은 여전히 뜨거웠고 매미 소리는 귀가 따가울 지경이었다. 명진은 속절없는 매미 소릴 뚫으며 어딘가로 걸었다. 그와 남 부장의 눈을 의식하지 않아도 되는 점심시간이었다. 명진은 김 과장과 함께 사무실에서 되도록 멀리 떨어져 있는 식당으로 향했다.

며칠 뒤 명진은 현장 답사를 위해 서둘러 국립박물관으로 갔다. 정문 앞에서 만나기로 한 그들은 보이지 않았다. 약속 시간보다 십 분이나 늦었다. 먼저 들어간 것은 아닌가 싶어 김 과장에게 전화를 걸었다. 구 사장과 남 부장을 태우고 출발한 김 과장은 출근 시간이라 차가 엄청 밀린다고, 도착하려면 족히 삼십 분은 더 걸릴 것 같다고 했다. 한껏 여유로워진 명진은 박물관 앞에 몰려 있는 관광객들을 보았다. 대부분이 일본인 관광객들이었다. 호기심이 발동한 명진은 어슬렁어슬렁 일본인 관광객들 사이를 돌아다녔다. 한 남자가 박물관을 가리고 있는 대형 현수막을 가리키며 손가락질을 했다. 현수막에는 "민족정기 바로 세워 통일로 세계로"라는 글이 쓰여 있었다. 일본인 남자가 뭐라 말했는지는 정확히 알 수 없지만 그의 손가락질과 얼굴로 보아 좋은 뜻은 아닌 듯싶었다. 명진은 그 일본인 남자의 옆구리를 스치고 지나갔다. 그들이 주인인 땅에 발을 들여놓은 듯 걸음이 빨라졌다. 곧 철거될 건물에 대한 관심이 우리보다 그들이 더 큰 듯했다. 박물관의 주춧돌까지 에워싸고 사진을 찍는 여자들 역시 잃어버린 자식을 다시 만난 양 만지고 쓰다듬으며 안타까워했다. 그들로부터 멀찍이 벗어난 명진은 품을 수 없는 자식인 양 박물관에 대한 그들의 애정을 지켜보기만 했다. 르네상스 양식과 바로크 양식을 차용해 네오르네상스 양식으로 지었다는 박물관의 위용은 백색의 화강석이 뿌리는 빛이었다. 눈부신 빛이 치욕과 영광을 대신해 우리와 그들을 다시 만나게 하고 있었다. 명진은 하얀 기둥에 기대섰다. 그대로 박물관의 상징이 되고 싶었다. 그들의 사진 속에서 굴욕이 아닌 눈부신 빛으로의 상징이 되고 싶었다.

저만치 사람들 사이를 뚫고 김 과장이 손짓하며 나타났다. 김 과장 뒤로 늠름하게 걸어오는 그와 남 부장의 모습도 보였다. 두 사람이 함께 현장 답사를 나온 것은 처음 있는 일이었다. 입찰 결과와 결재 말고는 현장 일에 별 관심이 없던 두 사람은 박물관 앞에 나란히 서서 대형 현수막을 올려다보았다. 좀 전 현수막을 가리키며 비웃던 일본인들하고는 전혀 다른 모습이었다. 현수막에 적힌 글을 큰 소리로 읽은 그는 남 부장에게 국기에 대한 맹세문을 읊자고 제안했다. 남 부장이 동의하자 김 과장과 명진도 따르지 않을 수 없었다. 우리는 사람들에게 둘러싸인 채로 국기에 대한 맹세문을 읊었다. 사람들이 웅성거렸다. 박수를 치는 사람도 있고 수군거리는 사람도 있었다. 세 사람을 박물관 안으로 안내해야 할 명진은 그들의 알 수 없는 비장함에서 빨리 벗어나고 싶었다.

"사장님, 그만 안으로 들어가서 살펴보시죠?"

그러나 구 사장은 다른 소리에 먼저 반응을 보였다. 몰려 있는 일본인들이었다.

"저 쪽발이 새끼들이 여기가 어디라고 와서 지랄들이여!"

"구 사장, 쟤네들 다 알아들으니까 말조심해. 지들이 지은 건물 철거한다니까 우리 욕하러 온 거겠지. 무서운 것들이야. 우리 저것들이 보는 앞에서 이놈의 건물 조국의 이름으로 흔적도 없이 폭파해버리자."

"남 부장, 대통령도 그 모습 보면 아주 통쾌할 거야."

"당연하지, 보기 싫다고 빨리 없애라고 했다잖아."

"그럼, 외관부터 살펴보시죠?"

김 과장이 두 사람을 앞장세웠다. 명진은 그와 남 부장의 어떠한 행동도 막을 수 없다는 걸 알면서도 이상하게 초조함이 사라지지 않았다.

"어지간해선 넘어가지 않겠는데?"

그가 묻자 김 과장이 대답했다.

"철근하고 콘크리트로 지어서 아주 단단합니다. 외벽은 또 화강석을 붙여놔서 특수한 방법을 동원하지 않으면 허물기 어려울 것 같습니다."

"걱정할 거 없어. 다이너마이트로 폭파하면 돼."

그는 주먹을 불끈 쥐며 자신감을 보였다. 박물관 꼭대기 중앙에 있는 돔 모양의 탑을 올려다보던 남 부장이 뭔가 떠오른 듯 그의 곁으로 다가와 말했다.

"구 사장, 저거부터 끌어내려야 해. 저게 쪽발이 새끼들의 목을 상징하거든."

"맞네! 저걸 먼저 부숴버려야겠다."

단시간에 의기투합해 작전을 짠 두 사람은 다음 작전을 위해 박물관 안으로 들어갔다. 자신의 설 자리를 파악한 명진은 조심스럽게 김 과장 뒤를 따라다녔다. 네 사람은 바깥보다 비교적 한산한 박물관 일층 중앙홀로 들어섰다. 수십 개의 황금색 대리석 기둥이 높은 천장을 향해 쭉쭉 뻗어 있는 게 한눈에 들어왔다. 한 층도 아니고 두 층도 아닌 다섯 층 높이였다. 천장은 고개를 뒤로 바짝 젖혀야 볼 수 있을 정도로 높았다. 기둥은 많지만 막히거나 굽은 곳 또한 없었다. 크고 넓은 공간이 하늘을 향해 열려 있었다. 햇빛과 바람은 넓은 창으로 들이쳤고 그 안의 사람들은 더없이 평화로웠다. 폭력의 흔적은 보이지 않았다. 스테인드글라스 창을 통과한 수십 수만 개의 빛들만 있을 뿐이었다. 명진은 혼란스러웠다. 그토록 감쪽같을 수는 없는 일이었다. 명진은 신성을 위해 세웠을 회랑을 따라 걸었다. 사람들은 빛 주변으로 줄줄이 모였다가 흩어졌다. 시간과 빛의 공간을 침범해 쌓은 것이 역사라면 우리도 그들도 주인이 아니었다. 지금 이 자리를 지키고 있는 것들이 주인이었다.

　광복 50주년 경축기념식은 문화체육부 장관의 엄숙한 축사로 시작되었다. 어둠과 빛을 강조하는 장관의 축사에 구 사장은 누구보다 열렬한 환호를 보내며 박수로 화답했다. 기념식장에 내걸린 대형 스크린 속에선 환호하는 시민들 모습이 보였다. 누군가는 통쾌하다고 말하고 또 다른 누군가는 감개가 무량하다고 했다. 명진은 점점 불어난 사람들 속에서 목만 간신히 쳐들고 있었다. 앞으로 나갈 수도 뒤로 빠질 수도 없는 상황이었다. 명진은 그를 찾았다. 그에게 마지막 인사를 하고 식장을 그만 빠져나갈 참이었다. 그러나 바로 앞에 있던 그는 보이지 않았다. 방금까지 보였던 그의 큰 머리통이 감쪽같이 사라져버린 것이었다. 명진은 그를 찾기 위해 사람들 사이를 헤치며 조금씩 앞으로 나갔다. 저만치에서 무대 중앙을 가로질러 박물관 뒤쪽으로 뛰어가고 있는 그가 보였다. 그가 무전기를 들고 크레인이 대기하고 있는 방향으로 바람처럼 내달리고 있었다. 명진은 그를 뒤쫓았다. 그에게 꼭 인사하고 떠날 이유가 없는데 무슨 일인지 그를 따라가지 않으면 안 될 것 같았다. 짐작대로 그는 크레인이 있는 곳으로 달려가 대기하고 있던 기사를 운전석에서 끌어내렸다. 기사와 직원들이 놀라 왜 그러는지 물었지만 그는 대답 대신 크레인의 시동을 걸어 사다리를 작동시켰다.

"지켜보기나 해, 이 일은 내가 직접 할 거야."

그가 이번 일에 명성산업의 명예를 걸겠다고는 했지만 설마 행동으로 보여줄 거라고는 생각지 못했다. 크레인 기사와 직원들이 말렸지만 그는 듣지 않았다. 그는 이미 자신의 역사를 만들기 위한 상징이 되고자 결심한 터였다. 북소리가 울렸다. 폭죽이 터지고 불꽃이 하늘을 날았다. 마침내 첨탑의 상부가 그의 크레인에 매달려 허공을 떠돌았다. 그가 그토록 분노하며 말하던 쪽발이들의 상징인 첨탑이 그에 의해서 싹둑 잘린 채로 허공을 맴돌다 바닥으로 떨어졌다. 크레인 위에서 그가 소리쳤다.

"여러분! 대한민국 만세입니다!"

지켜보는 시민들은 감격의 박수를 보냈다. 마치 오늘에서야 진짜 해방을 맞은 듯 너나없이 축제 분위기였다. 명진은 크레인 위 영웅을 보았다. 그는 지금껏 한 번도 해보지 못한 상상할 수 없는 금액의 철거 공사를 수주한 표정이었다.

"내가 본때를 보여준다고 했지, 쪽발이 새끼들……"

그 어떤 의사보다 비장한 얼굴로 그가 말했다. 명진은 공연히 헛웃음이 나왔다. 그의 거사는 분명히 성공했는데, 그것이 왜 자랑스럽고 감격스럽지 않은 것인지, 혹시 명성산업을 떠나게 되어 그런 것은 아닌지, 생각할수록 씁쓸하기만 했다.

# 집합주유소

### 정태언

**작가의 말**

G는 종종 자기 내부에서 자동화된 무언가에 함몰될 때가 있다.

자동화된 그 대상이 '어느 날 우연히' 낯설어질 때

G는 길을 잃고 쩔쩔맨다.

삶의 행로를 이끌어오던 이정표 같은 자동화된 믿음 따위들.

'어느 날 우연히'가 없다면 우리 삶은 얼마나 황폐해질까.

그것이 몰고 오는 중중무진(重重無盡)의 세계에서 G는

움켜쥘 무언가를 찾고 있다.

2008년 『문학사상』 신인상에 단편소설 「두꺼비는 달빛 속으로」가 당선되며 작품 활동을 시작했다. 소설집 『무엇을 할 것인가』, 5인 중편 소설집 『선택』이 있다. 2012년 대산창작기금을 수상했다.

*

  어느 날 우연히 「해 뜰 날」이란 노래 가사가 '집합'과 '아이큐 84'를 모두 소집했다. 서로 간에 아무런 관계도 없는 그 셋은 G를 놓고 연합 전선을 구축한 듯싶었다. 도무지 그 '집합'도, '아이큐84'도, 게다가 그날 그것들을 불러모은 「해 뜰 날」도 모두 환영 같았다. 그것들은 점점 G의 속을 점령해 들어왔다. 머릿속이 복닥거렸다. 중학생인 자기 아이에게 올바른 학습 능력을 길러주려다가 벌어진 일이었다.

  소설을 쓰는 G는 집으로 돌아오며 이것을 써볼까 아주 잠깐 혹했다. 얼른 그는 고개를 저었다. 개연성 없이 '어느 날 우연히' 훌쩍 달려드는 연쇄적인 여러 일들, 기억들. 아아, 소설이란 얼마나 합리적이고 이성적인 것인가. 거기에 우연은 틈을 비집고 들어올 수가 없다. 물론 몇십 번의 우연이 엉켜 빚어낸 여러 운명과 사건들로 채워진 소설을 쓴 작가도 있기는 하다. 『닥터 지바고』를 쓴 파스테르나크 같은 위대한 작가들이라면 예외일 것이다. 문단 말석에 있는 소설가 G에게는 가당치도 않았다. '어느 날 우연히' 같은 무책임한 단어를 나열하면 안 되는 것이었다. 그럼에도 그날 우연스레 '해 뜰 날', '아이큐84', '집합'은 꼬리를 물었다. 암호 같았다. 하기야 사는 게 때로는 암호를 푸는 것인지도 몰랐다. G도 그날 그 암호를 풀려고 끙끙거렸다. 세 개의 이어지지 않는 단상들. 하나로 뒤엉켜 뭔가가 있으니 알아맞혀 보라고 꼬드겨대는 그 단상들. G는 그날 자기에게 불쑥 찾아든 그것들 사이에 분명 뭔가가 있을 것이라고 믿기 시작했다. 일단 그 셋에 대해 곱씹어볼 필요가 있었다. 미간에 골을 만들며 골똘하던 G는 언뜻 어떤 깨달음을 얻은 것 같아 무릎을 탁 쳤다. 중중무진(重重無盡). 언젠가 자기 소설에도 넣었던 웅숭깊은 말이었다. G는 얼른 눈을 감았다. 잠시 뒤 환영처럼 아주 가는 색색의 빛들로 촘촘히 짠 그물 같은 게 자신의 몸을 향해 쫙 펼쳐지며 날아드는 것을 느꼈다. 그 빛의 그물 사이에서 '해 뜰 날'이, '집합'이, 그리고 '아이큐84'가 그물코에 매달려 반짝이는 게 아닌가. 냇가에서 투망을 던졌다가 끌어올릴 때 뜨문뜨문 그물 이쪽저쪽에 걸려 파닥이며 비늘을 반짝여대는 송사리들처럼. 그 셋은 거리를 둔 채 그런 빛들을 점멸시키고 있었다. 거기까지였다. G는 다시 눈을 떴다.

## 1. '집합'에 대해

그날 G는 아이와 함께 집으로 돌아오다가 택시 기사와 실랑이를 벌였다. 집합주유소 때문이었다. 아이가 불러온 파장에 맘이 편치 않던 터에 그 집합주유소, 아니 그날따라 G의 머릿속에서 껄끄럽게 굴던 그 '집합'을 사용한 상호에 그만 곤두섰던 심사를 터뜨리고 말았다. "어디로 갈까요?" "세인트병원 근처요." "어디라구요?" 택시 기사가 다시 물어왔다. "아, 구립도서관 있는 사거리 지나 세인트병원 있지 않습니까?" G의 목소리엔 짜증이 물씬 묻어났다. 아이는 G의 눈치를 흘금거렸다. "아, 거기면 집합주유소라 하셔야지요." "뭐요? 거기 어디 집합주유소가 있단 말이요?" G는 버럭 소리를 질렀다. 이사 온 지 일 년이 넘었는데 택시를 탈 때 자주 벌어지는 일이었다. 그날은 유독 그 '집합'이란 단어가 깔깔하게 G에게 다가들었다. 아이는 그의 눈치를 살피다가 자기와는 무관하다는 듯 차창 밖으로 시선을 던졌다. G는 아이도 택시 기사도 다 못마땅했다. 입술을 꼭 여미고 얼굴을 찌푸린 채 얼른 그 집합주유소, 아니 세인트병원이 나타나기만 기다렸다.

집합주유소가 사거리 모퉁이에 자리했던 것은 1995년 초봄 어느 날이라 했다. 주유소 오픈 기념행사 때 나누어주던 기념품을 받으러 갔던 사람은 그날 줄을 서서 기다리는데 눈앞이 뿌옇게

황사로 뒤덮였다며, 분명 초봄임을 강조했다. 또 다른 사람은 초
봄이 아니라 늦가을 무렵이라고 우겼다. 가로수로 심어놓은 은
행나무에서 바닥으로 떨어진 은행들이 퀴퀴한 냄새를 풍기고 있
던 것을 생생히 기억한다고 했다. 그럼에도 일치하는 점은 집합
주유소가 1995년에 개장했다는 사실이었다. G는 이상했다. 바
삐 돌아가는 일상에 그깟 주유소 하나가 들어선 해를 정확히 기
억한다는 게 얼른 수긍이 안 갔다. 그해를 기억할 어떤 특별한
일이 있었는가. 물론 그해에도 큰 사건들이 많았다. 그런 큰 사
건들은 여느 때처럼 일어났고 그다음 해들도 계속 그랬다. 그럼
에도 1995년을 콕 집었다. 인근에 세상 사람들의 주목을 끌 만한
것은 도통 없었다. 가령 그해 가스 폭발로 어마어마한 인명 피해
를 낸 지하철 공사장이나 폭삭 주저앉은 백화점 같은 것이 들어
설 곳이 아예 아니었다. 또 그해 일본에서 일어난 무시무시한 지
진의 진원지 같은 곳도 절대 아니었다. 다시 말해 역사의 연표에
남을 만한 가치도 없는 게 사람들의 기억 속에 각인되어 있다니.
집합주유소는 도로 확장을 할 때 사거리 모퉁이에 있던 나대지
에 들어섰다. 그래 봐야 그깟 주유소가 얼마나 대단했겠는가. 집
합주유소 자리 근처로는 단독주택들과 연립주택들이 늘어서 있
었다. 붉은 벽돌로 지은 집들은 엇비슷했다. G가 사는 집도 그
중 한 곳이었다. 지금 집을 구할 때 본 등기부 등본에서 1989년
지은 것을 G는 확인했다. 집합주유소가 들어오기 전에 이 주택
가들이 형성된 것 같았다.

G는 기괴스럽기만 했다. 한낱 주유소가 들어섰던 1995년을 기억한다니. 대한민국에, 한반도에, 그리고 지구상에 더 뇌리에 남을 사건들이 수두룩한데 어찌 그것들을 다 기억한단 말인가. G는 그런 정황에 어리둥절해 눈만 꿈쩍였다. 물론 집합주유소가 사람들의 이목을 끌었을 만한 여지는 있었다. 위치 덕분에 근처를 지나다니는 자동차나 행인들에게 쉽게 그 존재감을 드러냈을 것이었다. 그렇다 쳐도 딱 짚어낸 1995년이라니. 이미 자취를 감춘 주유소가 생긴 해를 기억해내는 저들에게 G는 그저 놀랄 뿐이었다. 그해를 기억하는 사람들은 자신들과 관계한 중요한 일들이 공교롭게 그해에 겹쳤기에 그럴 수도 있다고 G는 한발 물러섰다.

G도 처음에는 그 집합주유소가 없어진 지 얼마 지나지 않았다면 택시 기사들이 '거긴 집합주유소라고 말씀하셔야지요' 등의 말에 고개를 끄덕였을 것이다. 그건 5년이 지나서 없어졌다. 없어진 지가 10년 가까이 되었다는 얘기다. 그 자리에는 지금 하이마트가 들어왔다. 그럼에도 하이마트는 물론 바로 건너편의 세인트병원도 집합주유소에 눌려 존재감이 없었다. 택시 기사들도 동네 사람들도 으레 집합주유소였다. 누군가 G가 사는 동네 사람에게 세인트병원에 병문안을 가려고 그 위치를 물으면 필시 이런 답이 나올 것이었다. "병원이 어딘가 하면 말이지, 집합주유소 건너편이야." G가 우연히 들은 주인집 남자의 전화 통화 내용이었다. 이게 G가 알고 있는 집합주유소의 전부였다.

G는 아이와 함께 세인트병원에서 내렸다. 아이는 종이봉투에 담긴 참고서를 들고 얼른 G를 앞질러 집 쪽 골목으로 들어섰다. G 역시 몇 권의 책이 담긴 봉투를 들고 건물 옥상에 설치한 세인트병원 간판을 올려다보았다. 분명 '세인트병원'이라고 주황색 형광등으로 된 큰 글자들이 또렷이 눈에 들어왔다. 멀리서도 보였다. 또 집합주유소 자리에 있는 이층짜리 하이마트도 나름 늠름하게 사거리를 지키는 중이었다. 거스름돈을 돌려받으며 G는 택시 기사에게 다시 주지시켰다. "자, 이게 세인트병원이요. 여기 어디 집합주유소가 있단 말입니까. 저 병원 생긴 지가 언젠데." "아, 거야 알지요. 그런데 세인트병원 가자는 사람 거의 없어요. 대개 집합주유소라고 하지. 그러니까 우리도 따라 하는 겁니다."

G는 대로변의 오층짜리 세인트병원을 대곤 했지만 택시 기사들은 대개 고개를 가로저었다. "글쎄요, 그 병원은 잘 모르겠는데요." "아니 그 병원이 들어선 지가 오랩니다. 이제 십 년 가까워져 와요. 이 근처에서 제일 높은 건물인데 그 병원을 모른다하시니 참." G가 억울하다는 듯 항변을 해도 기사들은 '글쎄요' 하는 표정이었다. G는 저리로 쭉, 좌회전, 우회전을 해달라다가 그 병원 앞에 차를 세우면 꼭 한마디 했다. "이게 세인트병원이에요." "에이, 손님. 이 자리면 집합주유소라고 하셨어야지. 그러면 얼른 찾아왔을 텐데." "아니, 집합주유소가 뭡니까. 집합인

지 명제인지 그 주유소가 없어진 게 언젠데. 더구나 택시 하시려면 저 병원 이름 정도는 아셔야지."" 병원이 얼마나 많은데 그걸다 어떻게 압니까."" 이쪽에 저 건물 말고 더 높은 게 있어요?집합주유소는 벌써 저 땅속에 묻힌 지 오래됐다 이 말입니다."막무가내였다. "다음부터는 집합주유소 가자고 하세요. 그러면기사들도 금방 알아들을 겁니다."" 아니 있지도 않은 집합주유소에 가자고 하라구요?" 그것은 보이지도 않는 지하 도시에 가자고 하는 것과 다를 바가 없었다. G는 결코 목적지를 집합주유소라고 말하지 않았다. 슬슬 오기 비슷한 게 일어났다. 어느 날G가 술에 취해 겨우 잡은 택시 기사도 세인트병원을 완강히 거부하며 집합주유소를 들먹였다. 벨이 꼬인 G는 꼬인 혀로 목적지를 바꾸었다. 그의 집에서 차로 십 분 정도 떨어진 곳이었다.지금은 축대 일부분만 남아 있지만 언젠가 관아가 있었다는 팻말을 본 게 문득 떠올랐던 것이다. "'C 관아'로 갑시다!"" 손님,뭐요? 'C 관아'요? 이 분이 놀리시나. 관아면 조선 시대 관청인데 어디 그런 게 있느냐 말입니다."" 그럼 좋다 이거요. 'C 관아자리'로 갑시다!"" 이럴 거면 내리세요. 지금 영업 방해하는 겁니다."" 그러니 세인트병원 가자 이 말이요. 있지도 않은 집합주유소로 간다면 C 관아로 가자는 거와 뭐가 다르단 말이요?" G의 말도 점점 거칠어졌고, 기사는 사납게 차를 몰아 병원 입구에서 급정거를 했다. 아마도 그 지하에 묻힌 집합주유소와 관계된유령들이 날뛰는 것만 같았다. 씩씩대며 거스름돈을 받아 쥔 G

는 손가락으로 병원 간판을 가리켰다. "저거 보이지요? 세인트병원이라 쓴 것!" 주황색의 형광등으로 된 세인트병원이란 글자가 환한 빛으로 G를 맞았다. "이 근처 어디에 집합주유소가 있냔 말이요?" G는 문을 쾅 닫았다.

집합주유소에 대한 애착은 집요했다. 도무지 이해할 수 없는 집합주유소의 존재. 툭하면 긴 사다리차가 굉음을 내며 이삿짐을 오르내리는 아파트들과는 달리 여긴 오래 산 토박이들이 많았다. G는 자기 또래인 집주인에게 물었다. "집합주유소가 얼마나 컸길래 여기 오자 하면 택시 기사들이 꼭 집합주유소 타령을 합니까?" "집합주유소가 큰 게 아니고 이 근처에 하나뿐이었으니까 사람들 입에 붙었지요." "아니 누가 주유소나 충전소 이름 기억해요? 대충 위치만 기억하는 게 보통 아닌가요? 그럼 집합주유소에서 가스 충전도 했습니까? 택시는 LPG 넣으니까 기사들이 유독 고집하는 건지, 원!" "거긴 기름만 팔았지, 가스는 없었어요." "근데 왜 기사 열이면 아홉은 세인트병원은 모른다 하고 여태 집합주유소만 붙들고 늘어질까요?" "여기 사람들도 거지반 그렇게 말해요. 입에 배서 그렇지요. 저 건너 골목에 '수정마트'라고 있었지요. 문 닫은 지 꽤 됐는데 거기 사람들 택시 타면 수정마트 가자고 해요. 내비게이션에도 아직 수정마트가 뜨니까." 더 얘기해봐야 뻔했다. G는 고개를 저었다.

한번은 세인트병원을 아는 택시가 걸렸다. 반가웠다. 신호를 기다리는 동안 G는 깜빡 졸았나 보았다. 근데 눈을 떠보니 낯선 풍경이었다. 미터기를 보니 8천 원이 넘었다. G의 집까지 할증이 붙어도 5천 원 정도면 충분했다. "여기가 어딥니까? 세인트병원 가자는데." "가고 있지 않습니까?" 기사가 내려놓은 데는 '세인트병원'이 아니라 '세인트의원' 앞이었다. 이층 상가에 '세인트의원'이라는 초록색 글자가 눈에 들어왔다. 기가 찼다. 집합주유소에 가자고 하면 끝났을 일이었다. 그래도 G는 고집을 꺾지 않았다. 그 말을 하기가 정말 싫었다. 있지도 않은 곳을 가자고 할 수 없다는 생각은 점점 분노로 바뀌었다.

G가 세인트병원의 존재를 안 것은 8년 전쯤이었다. 그때 병원이 그전부터 거기 있었다는 사실도 알았다. 교통사고 환자나 거동이 불편한 노인들이 주로 입원했다. G의 처 외숙모도 중풍이 와서 그곳에 2년가량 입원해 있다가 돌아가셨다. G도 두어 차례 병문안 간 적이 있었다. 물론 그때도 집합주유소는 없었다. 집합주유소를 들먹일 까닭이 없는 것이다.

이 동네로 이사 와서 기괴한 점이 집합주유소를 끈덕지게 움켜잡고 있다는 것뿐만은 아니었다. G의 집 바로 옆에 높은 담장을 두른 나대지가 있었다. 구도심이라도 어쨌든 도시 한복판인데 넓은 나대지가 남아 있다는 게 이상하긴 했었다. 군데군데 오가피 등 귀한 나무들을 심고 가꾸어 약재에 관심이 많구나란 생각만 했다. G의 집은 단독주택 이층이어서 나대지 위에서 벌어지는 상황이 한눈에 들어왔다. 지난 봄, 땅 주인은 G의 집 아래

담장에 바짝 붙여 닭장을 만들고는 닭을 키우기 시작했다. 처음에 가져온 닭은 회색 털 사이사이 여러 빛깔이 박힌 제법 모양이 있는 애완용이었다. 문제는 그게 시도 때도 없이 울었다. 소리도 명징한 '꼬끼요'가 아니라 잔뜩 목이 쉰 것같이 허스키했다. 처음에는 '꼭-히-요' 하고 쉰소리로 시작해 한 옥타브씩 고래고래 음을 높였다. 그러다가 힘에 부쳤는지 저음의 풀이 죽은 '꼭-이-요'가 이어졌다. 아침뿐 아니라 한밤중, 대낮 가리지 않았다. 언젠가 복날 즈음 G는 주인에게 슬쩍 물었다. "그거 언제 잡아드실 거예요?" "이건 잡아먹는 닭 아니요. 이게 화초닭인데." '화초닭'이란 말에 G는 그만 입을 다물었다. 그리고 얼마 지나지 않아 다른 닭 소리들이 들려왔다. 나대지에 들여놓은 컨테이너에 가려 보이지는 않지만 한두 마리가 아니었다. '꼬기요'는 여기저기서 들려왔다. 거기다가 비라도 오면 퀴퀴한 닭똥 냄새가 집 안으로 흘러들었다. G가 담배를 피우려 발코니에 나갈라 치면 뒤쪽 '비둘기맨션' 주민들은 G를 노려보았다. 닭 소리가 나는 곳이 G의 집이라고 여기는 모양이었다. 거기서는 나대지가 보이지 않았다. 혼잣말로 툴툴댈 때 '닭'이라는 명사가 가끔씩 들려왔다. 그러다가 G와 눈이라도 마주치면 얼른 창가에서 물러났다. 어느 날, 추석 다음날이었던 것 같았다. G는 아주 오랜만에 만난 나대지 주인과 다투었다. "여름 내내 닭 소리에 잠을 설쳤다구요. 닭똥 냄새도 말이 아닙니다. 화초닭이면 댁에 가져다 기르세요." "젠장, 내 땅에다 내 맘대로 닭도 못 기르면 어디다 기르냐고!" "여기가 논밭 있는 시골입니까?" G와 나대지 주인의 목소리가 골목에 울려 퍼졌다. 흥분한 G는 슬리퍼를 대충 발에 꿰고 나대지로 들어가는 문으로 뛰어 내려갔다. 집주인이며 '비둘기맨션' 사람들은 멀리서 G를 바라보고만 있었다. 컨테이너 옆으로 하얀 털을 가진 열댓 마리의 오골계들이 모여 구구 댔다. 화초닭은 여전히 허스키한 '꼭-히-요'를 외쳤다. 그날 G가 핏대를 올리며 소리 지른 결과라고는 '비둘기맨션' 사람들로부터 닭을 기른다는 누명을 벗은 게 다였다. 나대지 주인도 양심은 있는지 닭들을 줄인 것 같았다. '꼬끼요'는 한여름 같지는 않았지만 여전했다. 집주인이 G에게 전한 말에 따르면, '비둘기맨션' 사람들도 몇 달 동안 잠을 설쳤다고 뒤늦게 털어놓더라는 것이었다. G는 혼자만 바보가 되는 것 같아서 동네에 정나미가 떨어졌다. 얼른 계약 기간이 끝나기만을 기다렸다. 그때까지는 집합주유소 소리도 계속 들어야 했다.

그날 집합주유소가 G의 심기를 평소보다 유독 더 들쑤셔놓은 까닭은 집합주유소의 실체보다도 그 '집합'이란 단어 때문이었다. 물론 애초부터 '집합'이라는 상호는 G의 귀에서 버석거렸다. 1995년이면 좀더 세련된 상호를 가져다 쓸 수 있지 않았을까. 규모가 큰 것을 강조했다면, 가령 '코끼리'라든가 '매머드'같이 귀염성 있으면서도 거대함을 나타내는 상호를 쓰는 경우도 많았다. '코끼리주유소', '매머드주유소' 등. 직접적이긴 해도, '종합'이란 단어를 붙여 '종합분식', '종합전기'같이 그쪽 분야에 엔간한 것은 다 갖추어놓았다는 점을 강조하는 상호도 많지 않은가. 다소 허풍 섞인 것 같아도 솔직한데다 귀여운 구석이 있었다. 그런데 '집합'이 대체 뭐란 말인가. 기껏해야 휘발유, 경유, 등유밖에 더 팔았겠는가. 그게 아니라면 차에 기름을 넣어야 할 때 모두 그리로 집합하라는 명령조의 구호를 상호로 사용했을 수도 있었다. '집합!' G는 그 '집합'을 들춰낼 때마다 은근 심사가 뒤틀렸다. 그런데 그날은 '집합'이 G에게 다른 의미였다. G의 아이가 누구나 다 맞출 수 있을 만큼 빤한, 이 동네 사람들에게 집합주유소같이 빤한 시험문제의 답을 틀렸다고 들이밀었다. 그게 그만 평소 마뜩잖았던 집합주유소란 상호에 철컥 달라붙고 말았다.

그날의 '집합'은 G를 분개하게 했던 수학의 한 단원을 떠올리게 만들었다. 학창 시절 G는 그 '집합'이라는 개념 때문에 쩔쩔맸다. 대체 그게 뭐란 말인가. '착한 학생들의 집합'. 이것은 집합이 될 수 없다는 거였다. 확실히 그의 반은 '착한' 아이들과 '못된' 아이들로 나뉘었다. G처럼 키가 작아 앞에 앉은 아이들을 덩치만 믿고 괴롭히는 녀석들은 분명 '못된 학생들의 집합'에 속해야 했다. 그런데 그것은 집합이 아니란다. G는 기가 찼다. 그럼에도 옆 친구들에게는 '집합'이 쉽고도 재미있었던 모양이었다. G는 종잡지 못했다. 더군다나 전체집합이니, 부분집합이니, 교집합이니, 차집합이니 마음대로 다른 접두어를 붙이고 등장하는 집합들에 고개를 절레절레 흔들었다. 하나의 원소로서 그 성원이었는데 조건이 맞지 않으면 가차 없이 내팽개치는, 매몰차고도 비인격적 처사를 대놓고 종용하는, 수학의 '집합' 단원이 끔찍했다. G는 집합 문제를 풀 엄두를 못 냈다. 조건에 맞지 않는 성원들은 낙인같이 죽죽 그어진 사선 자국을 남기며 제외됐다. 거기다가 공집합이란 말에 그만 수학책을 덮고 말았다. 공집합을 의미하는 부호 'ø'는 그래도 괜찮았다. 그런데 공집합을 말하는 또 다른 부호가 있었다. 텅텅 비어버린 중괄호 '{ }'. 아무것도 없는데도 위엄을 부리며 행세를 떠는 꼴에 G는 그만 기가 질렸다. 지금이 어느 세상인데 쭉정이만 남은 그게 왜 큰소리를 치며 원소가 되어야 하는지 전혀 이해할 수 없었다. 그 집합의 원소들은 모두 괄호 밖으로 질질 끌려 나와도 그것은 끝끝내 남았다. 비워두면 비워뒀지, 절대로 집에 들일 수 없다며 문을 꽁꽁 걸어 잠그고 있는 그런 공집합의 탐욕. 문밖에서는 내쫓긴 원소들이 덜덜 떨며 자기들을 다시 받아줄 문이 열리기만 고대하고 있지만 헛수고일 뿐이다. 대체 거기에 무엇이 들어가면 된단 말인가. 조건을 충족시키지 못하면 그냥 길거리에 내몰린 채 비참한 최후를 맞이해야 한다. G의 기억에는 집합이 그랬다. 그래서 강하게 '집합' 단원을 거부했고, 비장하게 삭발하는 기분으로(사실 그때 남학교에 다니던 학생들 대부분이 반삭을 하고 있을 때니까) 수학 책을 덮어버렸다. 나중에 주워들은 이야기지만, 수학에서 집합의 개념이 도입되며 근대 수학과 현대 수학이 나누어졌다는 것을 알았다. 그 말을 듣자마자 G는 자기가 현대인이 아닌 근대인이라는, 즉 뒤처진 구시대의 인물이라는 점을 쓸쓸하게 자각했다. 어쨌든 G는 자기가 수학을 못하게 된 가장 큰 요인이 집합의 그 매정함에서 비롯되었다고 단정했다. 그 집합이란 게 없었다면 수학을 좀더 잘했을 것이고 그랬다면 좀더 괜찮은 대학을 갈 수 있었고, 그랬다면 지금보다 훨씬 나은 삶을 살고 있었을지도 모른다는 망상에 사로잡히기도 했다. G는, 지금 자기가 변변치 않은 것에는 얼마간 집합 탓도 있다고 여겼다. 그런데 택시를 탈 때마다 매번 집합주유소라니. 정말 오래전 자취를 감춘 집합주유소는 공집합 ' { } '처럼 사라지지 않고 끈질기게 남아 있었다.

거기다가 집합주유소란 상호를 들을 때마다 이상하게 온몸에 불쾌감이 전해졌다. 그것은 군대처럼 제복을 필요로 하는 사람들에게 주로 통용되던 구호였다. 물론 시절이 어느 때인지도 모르고 사회 곳곳에서는 아직도 '집합!'이라는 소리가 들려오기도 한다. '모여!'나 '모이세요!'가 아닌 '집합!' 별 차이가 없는 말인데도 G는 그 말을 들을 때면 갑자기 침을 꿀꺽 삼키고는 쩝쩝한 가운데 얼른 그 집합의 범주에, 조건에 들려고 황황히 발걸음을 옮기는 자신을 알아채곤 했다. G의 그런 행동 밑바닥에는 그 집합에 꼭 끼어야만 한다는 절실함 같은 게 깔려 있었다. '집합' 소리에 맞춰 행동하지 못했다가 '뺑뺑이'를 돌던 시절, 그리고 꼭 끼여야 할 자리인데 방심하다 '집합' 소리를 못 듣고 낭패를 보았던 많은 경우들.

군 훈련소 시절, G는 그 집합에 들지 못해 분대원들의 분노를 자아냈다. G는 그때 훈련소에서 초복, 중복, 말복을 보냈다. 훈련이 막바지에 이를 무렵, 그러니까 말복 날 각개전투 측정이 있었다. 분대가 한 조가 되어 고지 점령을 해야 했다. 포복으로 철조망을 통과한 뒤 다시 진흙탕과 여러 장애물을 지났다. 숨도 못 쉴 정도의 지열이 코로 밀려들었다. 거기다가 기관총 소리, 폭탄 터지는 소리 등등. G는 어떻게 고지까지 올라갔는지 몰랐다. 고지에 적군 대신 서 있는 시커먼 고무 타이어를 착검한 소총으로 찔렀던 것까지 기억났다. 돌아서자마자 바로 밑 참호 속에 엎어져 토하기 시작했다. G가 정신을 차렸을 때는 혼자였다. 그런데 밑에서 같이 뛰었던 분대원들이 고지 쪽으로 흐느적대며 다시 올라오는 게 아닌가. 혼란스러웠다. 곧 G는 사태를 파악했다. 고지 점령 뒤 밑에서 집합해 인원 점검을 할 때 한 명이 빠진 것을 발견한 교관은 전우도 버리고 온 놈들이라며 호통을 쳤다는 것이다. 처음부터 다시 시작해 고지 점령을 하며 G를 찾아오라는 명령을 받은 분대원들의 눈은 정말 분노로 이글거렸다. 말복 날, 두 번씩이나 고지 점령을 해야 했던 그들의 눈. G는 애써 그 눈길들을 피했다. 덜컥거리는 철모를 한 손으로 누르며 분대원들과 허겁지겁 뛰어 내려갔다. 그게 다가 아니었다. 그 일로 G의 중대는 단체로 '얼차려'를 받았다. 그의 철모에 하얗게 찍힌, 눈에도 잘 띄는 훈련병 번호 '100'이라는 숫자와 함께 G는 훈련을 마칠 때까지 집합의 원소이기는 했지만 동료들의 따가운 시선을 받았다. 제대로 된 집합의 조건을 충족시키지 못해 벌어진 쓰디쓴 기억. G는 그 일을 두고두고 떠올렸다.

집합주유소가 문을 열었다는 그해, G도 어느 집합의 원소가 되려고 정신없이 뛰던 기억이 스치고 지나갔다. 아이가 막 태어났을 때였다. 여기저기 문을 두드렸지만 어느 누구도 제대로 불러주지 않았다. 그의 앞에는 공집합 '{ }' 같은 세계가 문을 닫아걸고 모른 척했다. 어쩌다가 원소가 되라고 조건을 제시한 집합은 무서웠다. 그때마다 쩔쩔매다가 끝내는 도망쳐버렸다.

짐짐하게 발걸음을 옮기는 G는 그날 일진이 사납다고 입술을 꼭 깨물었다. 어쨌든 불쾌한 '집합'이었고, 집합주유소였다. 이게 전부 자기 아이가 그 노래 가사를 제대로 해석하지 못해 생긴 일이라고 치부했다. 아이는 벌써 집으로 들어갔는지 골목에 없었다. G는 아이가 자신과는 달리 여러 조건을 내건 집합 속에서 당당한 원소로 자리하길 간절히 바랐다. 그런데 교과서에 실린 빤한 노랫말 정도를 알아채지 못하다니. G는 고개를 저으며 아이가 사라진 골목으로 들어섰다. 그의 손에서 책을 넣은 봉투가 덜렁거렸다.

## 2. 해 뜰 날

그날, 「해 뜰 날」이 갑자기 먹구름처럼 찾아온 날, 중학교에 다니는 아이는 학교에서 본 시험지를 G에게 들이밀었다. 아이의 중간고사가 끝난 주말이었다. "아빠, 이거 아세요? 이거 아빠 또 래면 다 아는 노래 같은데. 근데 왜 답이 틀렸는지 진짜 이해가 안 돼요." 아이는 씩씩댔다. 국어 시험지 속에 「해 뜰 날」이 있었다. '어? 이게 왜 여기 있지?' 당혹스러웠다. G는 허둥대며 시험지를 잽싸게 훑어 내렸다. 아무 연고도 없는 지방에 갔다가 불쑥 마주친, 별로 얼굴을 맞대고 싶지 않은 그런 사람을 우연히 맞닥뜨렸을 때의 느낌이었다. G는 얼굴을 붉히며 주저주저했다. 대체 뭐가 어렵다는 것인지 이번에는 찬찬히 시험문제를 훑었다. 아이는 그 '해 뜰 날'의 숨은 뜻을 잘 알지 못했다. 속뜻이라 할 것도 못 됐다. 어쩜 저 정도 의미를 못 알아챈단 말인가. 초등학교에 다니는 아이들도 척척 맞힐 수 있는 수준인데. G는 속으로 답답했다. 적당한 사례나 비유를 들어주면 쉬울 일이었다. 제일 설득력 있는 비유, 생생한 비유를 어디서 찾겠는가? G는 직접 경험한 것으로 아이를 일깨우는 게 제일 설득력이 있지 않을까, 그런 충동이 아주 잠깐 일었다. 그의 입으로 털어놓기는 난처했다. 더구나 평소 거짓말을 잘 못하는 G는 살아 꿈틀대는 다른 비유를 끌어올 자신도 없었다. 아이의 국어 시험지를 보니 컴퓨터용 수성펜으로 채점을 해놓은 상태였다. 얼핏 봐도 동그라미들

보다는 직직 그어진 사선들이 많았다.

> 쨍하고 해 뜰 날 돌아온단다
> 꿈을 안고 왔단다 내가 왔단다
> 슬픔도 괴로움도 모두 모두 비켜라
> 안 되는 일 없단다 노력하면은
> 쨍하고 해 뜰 날 돌아온단다
> 뛰고 뛰고 뛰는 몸이라 괴로웁지만
> 힘겨운 나의 인생 <u>구름</u> 걷히고
> 산뜻하게 <u>맑은 날</u> 돌아온단다
> 쨍하고 <u>해 뜰 날</u> 돌아온단다
> 쨍하고 해 뜰 날 돌아온단다

(송○○ 작사/신ㅁㅁ 작곡/ 송○○ 노래)

G의 얼굴이 벌게졌다. 어떻게 저 노래가 교과서에 실린단 말인가. G는 얼른 수긍할 수 없었다. 그런데 그 가사가 버젓이 실렸지 않은가. 세상이 너무도 많이 달라졌다. 그 노래가 이제 지나간 역사의 흔적으로 교과서에까지 실렸으니 말이다. '노래가 되는 말'이란 단원에 소개된 가사였다. 정말 거기서 시험문제가 나왔고, 아이는 그 문제들을 죄다 틀렸다. 채점한 국어 시험지는 엉망이었다. '쨍하고 해 뜰 날 돌아온단다'가 G의 귀에 잉잉거렸다. 그 밖의 문제들은 눈에 제대로 들어오지도 않았다. 잠시 뒤

G는 학부모의 자리로 돌아왔다. 기가 막혔다. "이 녀석아, 너 대체 시험공부는 어떻게 한 거니? 기껏 학원까지 보내놨더니 이게 뭐야, 맞은 개수를 세는 게 더 빠르잖냐. 그리고 이것도 몰라? 초등학교 애들도 다 알겠다." 아이는 우그러진 표정을 진 채 입을 다물었다. G는 「해 뜰 날」에 대한 문제를 주르륵 읽어나갔다.

Q1: 이 노래에서 말하는 이의 태도와 가장 관련이 깊은 것은?
① 앞날에 대하여 기대와 확신을 가지고 있다.
② 고난과 역경을 극복한 기쁨을 만끽하고 있다.
③ 자신이 처한 현실을 받아들이지 못하고 있다.
④ 희망찬 앞날을 맞이하기 위해 슬픔을 감추고 있다.
⑤ 미래에 대한 두려움을 이겨내기 위해 노력하고 있다.

아이는 답을 ⑤번으로 적었다고 했다. G는 기가 차 큰소리를 지르려다 말았다. 두번째 문제는 서술형이었다.

Q2: 위에서 밑줄 친 '구름', '맑은 날', '해 뜰 날'의 의미는 무엇인가?

G는 눈을 부릅뜨고 어떻게 썼느냐고 다시 물었다. 잠시 목젖 아래에서 대기하던 울컥하는 것을 기어코 입 밖으로 꺼내놓고 말았다. "야, 그게 어떻게 답이니! 학원 간다고 나가서 PC방만 갔지? 이걸 어떻게 모르니? 너 당장 스마트폰 내놓고, 학원도 집

어치워! 자습서 사줄 테니 이제부턴 집에서 해!" 아이는 '해 뜰 날'을 '자기가 하고 싶은 것을 하는 날'이라 적었다고 했다. '맑은 날'도 '해 뜰 날'과 같다고 적었나 보았다. "그럼 '구름'은 뭐라 적었니?" 아이는 아무 대답도 없었다. 시험지의 문항 밑에 끄적거려놓은 꼬깃꼬깃한 글씨가 흐릿하게 G의 눈에 들어왔다. '살기 힘든 날'이라고 적혀 있었다. 정답으로 제시된 답과 다르면 아예 오답 처리를 한 모양이었다. 이 노래 가사에 어디 머리를 감싸쥘 숨은 뜻이 있는가. 저 노래가 유행할 때 초등학교 코흘리개에서부터 노인들까지 그 가사를 흥흥거렸다. 상투어 같기는 해도, 밝고 희망찬 앞날을 꿈꾸며 무조건 '해 뜰 날 돌아온단다'라고 주문처럼 외우면 그뿐인 노래 아닌가. G는 속이 뜨거워졌다.

"그럼 넌 누가 봐도 알 수 있는 객관식 문제는 왜 틀렸니? 저노래 가사 보면 당연히 ①번이지." "아빠, 그게 왜 ①번만 답이에요? 전 그렇게 생각 안 해요. ①번은 거짓말이라고요. 정말은 ⑤번이 정답이에요. 우리 반 애들이 쓴 답 중 ⑤번도 많아요. 전저렇게 쓴 사람 보면 솔직하지 못하고 비겁하다고 생각해요. 싫으면 싫다거나, 무서우면 무섭다고 하지, 저렇게 오지 않을 '해뜰 날'이 있다고 주접떨고 있잖아요. ③번도 맞는 거 같아요. 그래도 ①번은 아니에요." 아이는 사춘기를 건너는 중이었다. G가어쩌다 아이를 야단치려 하면 이렇게 대들었다. "왜 북한에서 못쳐들어오는지 아세요? 우리나라 중학생이 무서워서래요. 그니까 그만 하세요." 더 이상 윽박지르지도 못했다. 뭐라 논리적인 답을 줄 수도 없었다. G도 구린 데가 있었다. 아이 말처럼 싫으면 싫다고, 무서우면 무섭다고, 그렇게 해보지 못했다.

G도 '쨍하고 해 뜨라'던 주문을 걸던 시절이 있었다. 고등학교에 올라가 수학 시험을 봤을 때였다. 수학의 첫 단원을 차지했던 게 다름 아닌 '집합'이었다. 이미 밝힌 대로 G와 '집합'은 그리 좋은 인연이 아니었다. 시험이 끝나고 확인하라고 나누어준 그의 수학 답지에는 달랑 동그라미 하나와 5라는 숫자가 외롭게 서 있었다. 앞에 붙어야 할 숫자가 없었다. 번호마다 사선으로 그어진 붉은 볼펜 자국만 답지를 채웠다. 분명 5점이었다. 이상하게도, 아니 G가 행한 전생의 업보 탓인지는 몰라도, 수학 선생은 중3 때 담임과 너무도 닮았다. 그는 큰 덩치에서 뿜어 나오는 힘으로 사정없이 대걸레 자루를 휘둘렀다. 거기다가 정말 열이 오르면 매를 맞아야 할 아이들을 두 명씩 짝을 지어놓고는 서로 번갈아가며 상대방의 따귀를 올려붙이도록 했다. 그게 쉬운 일인가. 늘 시시덕거리며 지내는 친구들끼리 서로의 뺨을 갈긴다는 것이. 입장이 곤란해 슬슬 상대방의 뺨을 건드리면 수학 선생은 그 아이를 불러 세웠다. "그게 때리는 거냐? 이리 와!" 그러곤 본때를 보였다. 그에게 뺨을 맞은 학생은 서너 걸음 뒤로 밀려 바닥에 쿵 나가떨어졌다. 그러면 교실 안으로 그 음향효과가 확실히 나타났다. 짜-악! 짜-악! 서로의 뺨을 향해 혼신을 다하

여 손바닥을 올려붙였다. 그런 날이면 학교가 끝나고 집으로 돌아가는 길에 운동장 한구석에서 서로 치고받고 하는 아이들이 꽤 됐다. "너 이 자식, 평소에 나한테 감정 있지?" "인마, 그게 무슨 소리야?" "그럼 난 살살 때렸는데 넌 왜 그리 세게 쳐, 이 자식아!" 그런 일은 수업 시간에 칠판에다 내놓은 수학 문제를 못 풀 때 벌어졌다. 그런데 G는 중간시험에 그만 5점을 맞고 말았던 것이다. 10점, 15점은 있어도 5점은 G 혼자였다. 수학 선생은 번호순으로 반 평균 30점을 못 맞은 아이들을 불러내 대걸레 자루를 휘둘렀다. 점점 차례가 다가올수록 대걸레 자루가 누군가의 엉덩이를 파고드는 둔탁한 소리가 G의 심장을 쑤시고 들어왔다. 심장이 뛰는 소리는 매 맞는 소리에 비해 경쾌했다. 픽-쿵쾅쿵쾅, 픽-쿵쾅쿵쾅! 드디어 G였다. "어쭈, 5점! 이 새끼가 놀려?" 매 맞으려고 교탁에 엎드려뻗쳐를 하려는 G를 세우더니 우선 따귀를 냅다 갈겼다. "이 새끼야, 넌 우선 '나는 5점입니다!'를 문제 수만큼 외쳐!" 문항 수는 모두 20개였다. 그것도 사지선다형은 하나도 없는 전부 주관식 문제였다. G는 수학 선생이 시키는 대로 '나는 5점입니다!'를 외치기 시작했다. 음악 감상이라도 하듯 씩씩대던 숨을 고르며 수학 선생은 눈을 지그시 감은 채 '나는 5점입니다'를 듣고 있었다. G의 목소리가 조금씩 잦아들었다. "나는 5……점임……다." 열 번을 넘지 못했다. 그는 G의 뺨을 다시 후려갈겼다. G는 그 숫자를 다 채우고 엎어져 대걸레 자루를 온몸으로 힘겹게 받아냈다. 주위는 온통 캄캄했다. 지구에는 빙하기처럼 해가 비쳐들지 않을 것 같다는 엉뚱한 생각이 들기도 했다. 무엇보다도 부끄러웠다.

다음날은 고등학교 첫 소풍이었다. 원체 내세울 게 없어 쭈뼛대던 G에게 스무 번의 '나는 5점입니다!'는 너무 큰 충격이었나 보았다. 매 맞은 자리는 우둘투둘한 자국을 남기며 두툼하게 부어올랐다. 교복 바지에 그 자리가 쓸릴 때마다 살이 발라지는 아픔을 느꼈다. G는 왕릉 밑에서 쭈그려 앉아 점심으로 싸 간 김밥을 혼자 먹었다. 아이들이 소나무 숲에서 말타기를 하며 뛰어놀았다. 자유 시간이 끝나고 반별로 모였다. 장기자랑이나 게임 같은 것을 하는 시간이 이어졌다. G의 반에는 별로 나대는 아이들도 없었다. 한참을 쑥덕대다가 시시한 수건돌리기를 했다. 걸리는 사람은 장기를 선보이는 벌칙이 뒤따랐다. 반장이 게임 규칙을 설명했지만 G는 모든 게 귀찮고, 쑥스러웠다. 아직도 머리에는 '나는 5점입니다'가 강하게 남아 있었다. 갑자기 아이들이 G를 보고 손가락질을 하며 큰 소리로 웃어댔다. G는 등뒤에 떨궈진 수건을 집어 재빨리 다른 제물을 찾아야 하는데 전날의 일 때문에 넋이 나가 있었다. G는 다시 아이들 앞으로 나서야만 했다. 한참을 머뭇거리다가 진언을 읊기 시작했다.

아이들이 킬킬대며 박수를 쳤다. 왜 그때 하필 그 노래가 스쳐갔는지 G는 몰랐다. 당시 유행하던 노래도 많았고, 또 G가 좋아하지도 않는 뽕짝이라 그걸 고를 까닭이 없었다. 두고두고 왜 그 노래를 불렀나 생각해도 그 선곡에 도통 납득이 가질 않았다. 학교 앞에는 분식집과 복덕방이 나란히 붙어 있었다. 가끔 라면을 먹으러 갈 때면 희한하게도 복덕방에서 틀어놓은 카세트에서 그 방정맞은 노래가 울려 퍼졌다. 몇 번 듣다 보니 귀에 거슬리던 그 박자와 가사가 어느덧 G의 머릿속에 자리했던 모양이었다. 나중에야 애써 G는 그 의미를 부여했다. 자기도 열심히 해서 '나는 5점입니다'라는 수렁 속에서 빠져나온다는 각오가 무의식적으로 튀어나왔는지도 몰랐다고. 어쩌면 그의 영혼이 얼른 그 진언을 외우라 시켰는지도 모를 일이었다. 빨리 부르라는 아이들의 재촉에 G는 '해 뜰 날'이 온다는 그 긴 진언을 한 자도 틀리지 않고 읊었다.

아이들은 「해 뜰 날」을 곧 잊었다. 그런 뽕짝류는 팝송을 읊조리는 아이들의 관심을 끌 만한 곡조가 아니었다. 맑은 날, 해 뜰 날이 되기 위해서는 구름이 걷혀야 했다. 해가 안 뜬 날이 있었던가. 늘 해는 그 자리에 있었고, 지구는 그 주위를 빙글빙글 맴돌았다. 사실 고등학교 시절 동안 G에게는 해가 뜬 날이 별반 기억에 없었다. 대체로 궂은 날씨가 G의 시야를 덮었다. 아마도 태양은 제자리에 있지 않고 멀리 달아났나 보았다. G는 수학의 집합뿐 아니라 아이들 사이의 집합에서도 점차 멀어져 갔다. 그래도 가끔씩 속으로 '쨍하고 해 뜰 날'이 돌아올 것이라고 자그맣게 웅얼거리곤 했다. 그 '집합'이 없어도 되는 날을 꿈꾸었다. 그 덕분에 지금 '삼류'라는 수식어가 붙은 소설가로 살림에는 도움도 못 되는 글을 간간 써내고 있는지도 몰랐다.

G는 며칠 전에도 TV에서 그 가수를 보았다. 디지털 TV는 화면 속 얼굴에 여드름이 남긴 미세한 홈까지 다 잡아냈다. 그럴수록 출연자들의 얼굴은 점점 짙은 분장으로 뒤덮였다. 「해 뜰 날」을 부르던 가수도 얼굴에 화장을 한 덕분일까, 아니면 너무 보톡스를 맞은 덕분일까, 나이에 걸맞지 않게 피부가 탱탱했다. 정말이 긍정적인 진언이 그에게 그런 얼굴과 '해 뜰 날'을 가져다준 걸까. 왕릉에 쪼그려 앉아 혼자 도시락을 먹던 날이 그 가수 얼굴 위로 어른거렸다. G는 리모컨을 쥐고 있던 엄지손가락을 꽉 눌러 얼른 채널을 돌렸다. 무책임하게 그 「해 뜰 날」을 유행시켜 자기 같은 사람들을 미혹 속으로 몰아넣은 것 아니냐는 항변이 리모콘 위로 묻어나는 것 같았다. 그 가수의 얼굴을 두른 짙은 화장처럼, 오지도 않을 '해 뜰 날'이 있다고 우겨대는 그 억지스러움 같은 게 정말 분장처럼 느껴졌다. G는 어쩌면 아이가 쓴 답이 정확하다는 생각이 들었다. 싫으면 싫다고, 무서우면 무섭다고 말 못하게 하는 그 '쨍하고 해 뜰 날'이 무슨 소용이란 말인가. 그럼에도 아이에게 동조해서는 안 되었다. G는 아이를 다그쳐 참고서를 사자고 서점으로 나섰다.

## 3. IQ84

실로 「해 뜰 날」을 기억해낸 것은 한참 만이었다. '집합'을 거부한 결과 뿐 아니라 「해 뜰 날」은 또 다른 것도 아주 밝게 비춰

주었다. 어둠 속에 웅크린, 고칠 수 없는 성적표의 점수 같은, G
의 아이큐 숫자였다. IQ84.

  G는 아이와 함께 대형 서점에서 국어 참고서를 샀다. 이제는
「해 뜰 날」 같은 것은 틀리지 말라는 염려 섞인 G의 바람이 국어
참고서를 건네는 손에 실렸다. 이제 「해 뜰 날」 가사를 읽고 '미
래에 대한 두려움을 이겨내기 위해 노력하고 있다'가 아니라 남
들처럼 '앞날에 대하여 기대와 확신을 가지고 있다'라고 답하라
는 바람이었다. 그래야만 집합의 세계로 들어가 사회의 원소로
살아갈 것 아닌가. G는 아이가 자기 같은 삶을 살지 않았으면 했
다. 서점을 빠져나오는데 아이는 영화를 보자며 G를 붙들고 늘
어졌다. "우리 반 애들 거의 다 봤어요." 그 건물 오층이 멀티플
렉스 영화관이었다. 쯧쯧. G는 혀를 차며 마지못해 표를 샀다.
아이는 꼭 그래야만 되는 것처럼 팝콘과 콜라를 요구했다. 길게
선 줄 뒤에서 차례를 기다리다가 큰 종이 용기를 받아 쥐고선 자
리에 앉았다. 영화가 시작되기를 기다릴 때 광고들이 빠르게 스
쳐갔다. 처음에는 휴대폰 광고였다. 그것도 아이가 사달라고 조
르던 기종이었다. 아이의 입에서 또 그 말이 튀어나올까 얼른 화
면이 바뀌라고 조바심을 냈다. 다행히도 아이는 콜라가 든 종이
컵을 한 손에 쥐고 다른 손으로 팝콘이 든 용기를 헤적였다. 그때
였다. G는 화면 위로 선명히 부각되고 있는 광고에 숨이 멎었다.

# IQ84

G 스스로도 얼굴이 하얘진 것을 느꼈다. 안면 근육도 딱딱하게 굳어 들었다. 멘트가 이어졌다. 그렇지만 얼어붙은 G의 귓가에서 울리는 그 내용은 하나도 알아먹을 수가 없었다. 아이가 굳어진 자기 얼굴을 알아챘을까, 잠깐 우려스러웠다. G는 그 84란 두 자릿수를 여태 입에 올려본 바가 없었다. 아내도, 아이도 당연히 몰랐다. 아이가 초등학교 저학년일 때 학교에서 받아온 여러 항목이 적힌 카드에는 세 자리로, 그것도 꽤 높게 IQ 숫자가 찍혀 있었다. G의 것보다 한참 진화된 숫자. 그 결과표를 들고 G는 안도의 한숨을 내쉬었다. 그날 흐뭇한 표정으로 G는 소주 두어 병을 비웠다. G의 아내는 그가 왜 그리 기분 좋아하는지 몰랐다. 그냥 아이의 지능이 꽤 높다는 것, 장래에 잘될 거라는 흐뭇한 기분에 술잔을 기울인다고 짐작했을 것이다. 거기다가 EQ 수치도 상당히 높게 나왔다. 그런 아이가, 들뜬 그를 기분 좋게 취하게 만들었던 아이가, 그에게 어떤 자랑스러움을 심어준 아이가 그 '해 뜰 날'의 의미를 모르다니. 이건 아이가 아닌 G의 자존심 문제였다. 그런데 나오기 싫다는 아이를 윽박질러 데리고 나온 그의 주제를 알라고 일깨워주는 것 같은 광고. IQ84. 관람객들의 시선도 죄다 그 광고에 집중되고 있었다.

IQ84는 스크린 위에서 몇 초 동안 꼼짝도 안 했다. G도 그렇게 미동도 없이 스크린만 바라보았다. 진공상태가 된 귓속으로 윙윙거리는 소리만 꽉 들어찼다. 스크린에 머물던 IQ84의 정체는 책 광고였다. 『IQ84』는 G가 처음 보는 책이었다. 소설을 쓴다는 작자가 영화관 광고에까지 등장하는 책을 모르다니, G는 부끄러웠다. 일본의 유명 작가가 썼다는 대작. 그 작가의 이름은 G도 익히 알았다. 그의 작품 몇 편은 읽은 바 있었다. 수많은 그의 작품들이 번역되어 서점마다 깔렸다. 감성을 앞세웠다는 그의 소설들. 그 작가는 우리나라에서 어떤 한국 작가보다 유명하고 위대했다. 『IQ84』는 그의 역작이라는 자막이 흘렀다. 아이큐 84가 의미하는 바가 무엇일까. 누군가 자기와 같은 아이큐의 소유자가 있어, 그것이 만들어낸 충격 아니면 그게 빚어낸 사건, 그것도 아니면 비록 아이큐 84이지만 '노력하면 쨍하고 해 뜰 날 돌아온단다' 따위의 충고나 인생을 뒤바꾼 성공담 따위를 늘어놓고 있는 것은 아닌가. 그런 냄새가 풀풀 났다. G가 상상하는 범주는 그따위였다. 느닷없이 진동으로 바꾸어놓은 휴대전화가 요란스레 몸통을 떨어댔다. 꼭 받아야 할 전화였다. 얼른 허리를 굽힌 채 어두운 계단을 더듬어 상영관 밖으로 빠져나왔다.

다시 안으로 들어가 어둠이 눈에 익기만을 기다렸다. 아이는 계단 옆 좌석에 앉아 여전히 우물우물 팝콘을 먹고 있었다. 슬며시 그 곁에 앉았을 때 아이큐 84에 대한 광고는 이미 지나갔다. 아마 아이는 G의 표정을 못 본 것 같았다. 하필 아이를 다그쳐 끌고 나온 날, 보란듯이 스크린 위에 떡 자리를 차지하고 있던 아이큐 숫자. 신의 뜻 같기도 했다. 아이는 놔두고 너 자신에게 돌아가 충실하라는, 그런 계시. G는 「해 뜰 날」이 불러들인 자기의 아이큐 숫자를 떨쳐버리려 스크린에 시선을 집중시켰다.

다음번 상영될 영화 예고편이 굉음을 냈다. 여전히 찜찜했다. 얼마나 대단한 책이기에 영화관에다 그 비싼 광고료를 지불하고 광고를 한단 말인가. 왜 아이큐 84를 내세웠을까. 지능이 모자란 사람을 소재로 코미디를 그리고 있는가. 개그 프로그램을 보면 많은 분량을 그렇게 채우기 다반사였다. 남들보다 지적으로 떨어지거나 아니면 외모가 처진다든가 하여튼 '모자람'을 전면에 내세웠다. 불쑥 등장한 IQ84 앞에서 G는 꼭 자신의 과거를 스캔당해 낱낱이 발가벗겨진 기분이었다.

아이는 좋다고 키득거렸다. G는 하나도 재미가 없었다. 미래의 로봇들이 펼치는 전투와 또 로봇들을 조정해서 적을 괴멸시키는 인간들의 유치한 논리. 아이큐 84짜리한테도 유치했다. 그 조야한 영화를 두고 천만 관객 돌파니 떠들어댔다. 종잡을 수 없는 스토리가 이어졌다. 마치 예전에 아이큐 검사를 위한 문항들을 앞에 놓고 되는대로 찍을 때 같았다. 잔상으로 남은 장면들과 이해한 부분들을 되는대로 막 연결해보아도 천만 명이 볼 영화는 아니라는 생각이 강하게 치밀었다. 그런 것을 돈 뺏기고 시간 뺏겨가며 보고 있는 게 언짢았다. 이제 G에게 그 로봇 영화는 한물 건너갔다. 주인공 격인 로봇이 여러 형태로 변신하여 적을 제압하는 장면이 화면을 메울 때도 광고의 'IQ84'란 잔상만이 그의 눈앞에서 어른댔다. 팝콘을 다 비운 아이는 영화에 푹 빠졌다. 불편해하는 G 따위는 아예 신경이 쓰이지도 않는 모양이었다. 슬슬 부아가 치밀었다. G는 뜨악한 얼굴로 영화관의 어둠 속에 웅크리고 있었다. 깊은 곳에서 없는 듯 숨죽이고 있다가 벌떡 일어난 그의 아이큐 숫자처럼 줄줄이 떠오르는, 또 그 숫자가 만들어놓은 셀 수 없는 편린들. 그것들은 무채색으로 뿌옇게 피어나며 곰팡내 같은 퀴퀴한 냄새를 풍겼다. 차마 버리지 못하고 창고 같은 데 넣어두었다가 잊어버린 물건처럼, 그렇게 방치했다가 퍼런 곰팡이가 잔뜩 슬어 치울 엄두가 나지 않는 그런 물건처럼, 아이큐 84가 그랬다. 강렬하게 그의 눈을 파고든 'IQ84'.

시계를 보니 영화가 끝나려면 아직 삼십 분은 더 남았다. G는 곁눈질로 아이의 옆얼굴을 흘끗 보았다. 아이는 입까지 헤벌린 채 영화에 빠져들어 있었다. 요사이 G는 아이에게서 그런 표정을 못 보았다. G는 몸을 비비 꼬며 뻗었던 발을 오므렸다. 발밑에 놓은 아이의 참고서 감촉이 발뒤꿈치에 와 닿았다. 다시 아이가 밉상스러워졌다. 저딴 유치한 영화를 보고 좋아라 하니 그 뻔한 '해 뜰 날'의 의미 파악도 못한 게 아니냐는 못마땅한 시선을 영화에 빠져든 아이에게 던졌다. 더더구나 아이큐도 좋게 나온 녀석이었는데. G는 다시 미간을 찌푸렸다. 영화가 끝날 때까지 내내 '해 뜰 날'과 '아이큐84'는 영화 속 로봇처럼 합체와 분리를 계속했다.

G는 단 한 번 아이큐 검사를 받았다. 중학교 3학년 때였다. 아

이큐 검사를 한 날, 그는 한 시간 반이나 걸어서 학교에 갔다. 차비가 없어서가 아니었다. 아긴 차비로는 학교 앞 분식집에서 파는, 엄지손톱만 한 크기의 작은 소시지 위에 주먹만 하게 밀가루를 입혀 튀겨 파는 핫도그를 사 먹을 참이었다. G는 아이큐 검사가 무엇인지 몰랐고, 어떤 문항들은 생각하기가 귀찮아 되는대로 찍어 골랐다. 결과가 84였다. 그는 애써 그 숫자가 자기 것이 아님을 주지시켰다. 정말 최선을 다해 문항들에 답을 한 게 아니라고 믿었다. 그런데 그 숫자는 그게 진실이라고 G 앞에 증거를 들이밀었다.

G의 중3 때 담임은 도덕 과목을 담당했다. 괴상한 인물이었다. 공부를 못해서 때리는 것 정도는 G도 뭐라고 할 생각이 없었다. 그런데 담임은 등록금을 늦게 낸다고 대걸레 자루를 휘둘렀다. 반장 아이는 집이 갑자기 망하는 바람에 아직 임기가 남았음에도 그 자리를 빼앗겼다. 얼른 다른 아이를 반장에 임명했다. 담임은 아이큐 검사 결과가 나왔을 때 50명 정도 되는 그의 반 아이들의 숫자를 일일이 불렀다. 아이들 대부분은 인간의 지능을 갖고 있었다. 이른바 세 자리 숫자였다. 두 자리라 해도 90대는 넘기고 있었다. G의 차례였다. 담임은 뜸을 들였다.

"여러분, 우리 큰애가 요즘 읽고 있는 책이 있다. 고등학교 다니는데 학교에서 독후감 쓰라고 한 책이 『1984』라는 소설이야. 물론 나야 진즉에 읽었지. 여러분 우리 반에는 거기 어울리는 아이큐를 가진 학생이 있다. 아이큐가 1984라면 어떠니?"

G는 담임의 그런 질문이 작위적이라고 느꼈다. 억지로 꿰맞추기 식의 썰렁한 질문. 아이들은 '와-아!' 하는 탄성과 그런 게 어디 있냐는 '에-이' 소리로 나뉘었다. "그럼 84는 어때? 이걸 어떻게 사람의 아이큐라 할 수 있나? 여러분, 우리 반에는 원숭이가 두 마리 있다. 이 정도면 침팬지하고 뭐 비등비등하다고 해야겠지. 아니 침팬지가 더 높을 거야. 「혹성탈출」이란 유인원 나오는 영화 본 사람? 거기 나오는 침팬지가 얼마나 영리한가 봐라. 아이들의 웃음소리가 교실 안을 메웠다. 웃음소리는 정말 여러 가지 음색을 띠었다. 꺄르륵. 깔깔. 하하. 몇몇은 주먹으로 책상을 쾅쾅 내려치며 웃어댔다. 담임은 그 웃음이 사윌 때까지 잠자코 있었다. 그때 G가 할 수 있는 반응은 후끈 달아오른 얼굴을 아래로 떨구는 일밖에 없었다. 그렇게 G에게는 84란 번호가 부여됐다. 다른 한 마리에게는 G보다 1이 적은 83이란 숫자가 매겨졌다. G는 그 아이큐 84란 게 아이큐 1984처럼 작위적이라는 느낌을 떨칠 수 없었다.

G의 담임은 늘 아는 체를 많이 했다. 그것도 중학생들의 귀에는 들어오지도 않을 어려운 철학 이야기를, 아마도 그가 대학에서 철학을 전공했다는 이력과 맞물려 있었겠지만, 장황하게 늘어놓았다. 물론 철학적인 내용 같지만 종종 다른 길로 빠져 담임 자신도 자기가 뭘 말을 하고 있는지, 어디로 가고 있는지 알아채지 못할 때가 많았다고 G는 기억했다.

그날도 유인원 두 마리를 실험 대상처럼 들먹이다가 묘한 곳으로 방향을 틀었다. 돌이켜도 담임은 자기의 말이 어디로 가고 있는지 몰랐던 게 분명했다. "여러분도 『1984』를 꼭 읽어보도록. 공부 안 하고 지능 낮은 인간들이 사는 세상을 그린 책이야. 저런 원숭이들에게 제격인 세상이지. 그 책 보면 매일 사람들이 감시당하고, 위에서 시키는 대로 살아야 해. 그런데 그게 누가 시키는지 잘 드러나지 않거든. 그래도 저런 원숭이들은 아무 의심 없이 잘살아갈 수 있는 곳이다. 적어도 인간의 지능을 가진 우리가 그런 데서 살 수 있겠니? 거기가 어떤 덴지 책을 읽으면 알 수 있으니 꼭 읽어보도록! 우린 인간이니까." G는 다시 원숭이가 되어 정말 원숭이 엉덩이 빛깔로 얼굴을 물들였다. 담임은 또 길을 잃었다. 꼭 읽어야 할 책으로 『1984』을 두 번씩이나 강조한 담임은 다른 곳으로 옮겨갔다. 처음 들어보는 서양 철학자의 이름도 등장했다. 길어진 종례 시간은 이런 말로 끝이 났다. "어찌되었든 우리나라는 인간이 사는 반공 국가임을 명심해야 한다. 원숭이가 사는 세상이 아니다. 너희는 인간이 살 수 있는 그런 세상을 위해 어떻게 해야 하나? 왜 대답이 없어? 하나다. 열심히 공부해야 한다!"

종례 때마다 길게 늘어지는 담임의 연설은 늘 G의 머릿속에서 뒤죽박죽 엉켰다. G는 지능 낮은 원숭이답게 하교 시간에 사 먹을 핫도그를 떠올리는 것으로 그 지루함에서 벗어나곤 했다. 원숭이가 된 G와 또 다른 아이는 인간들이 대부분인 그 혹성에서 탈출하려 시도했지만 번번이 도로 끌려왔다. 반 평균을 밑도는 성적 때문에, 기일을 넘긴 등록금 때문에 교탁 앞에 엎어져 두드려 맞았다. 결국 G는 자기가 있는 혹성에서 탈출이 불가능하다는 사실을 절감했다. 집합주유소처럼 견고하게 자리 잡은 G의 아이큐는 반 아이들의 머릿속에서 똬리를 뜬 채 꼼짝도 안 했다. "야, 84. 너 오늘 청소당번이지?" 그렇듯 G를 부를 땐 그냥 '84'였다.

중3에서 고등학교로 올라올 때 G는 하필 같은 재단이 운영하는, 더구나 같은 울타리 안에 있는 고등학교에 배정되었고, 중3 때 담임을 길에서 자주 마주쳤다. 그때마다 G는 다시 자기 아이큐가 진짜가 아님을, 그러니까 핫도그를 사 먹을 궁리를 하지 않고 버스를 타고 가 차분히 검사에 임했다면, 제대로 문항에 답변했을 것이고, 인간임을 증명했을 게 분명하다고 자신을 다독였다. 그럴 즈음 G에게 '해 뜰 날'이 찾아왔다. 집합의 세계에 진입하지 못하고 담임 말대로 그냥 원숭이가 사는 혹성에서 빙빙 돌던 G였다. 그러다가 정말 진언 같은 '쨍하고 해 뜰 날 돌아온단다'를 웅얼거렸던 것이다.

영화가 끝났다. 영화 상영이 끝나고 사람들에 밀려 영화관을 빠져나오는 순간 검은 화면을 올려다보았다. 'IQ84'를 제목으로 내세운 책의 광고가 잔상으로 어른댔다.

## 4. 1Q84

왜 다시 서점으로 들어가냐고 아이는 의심스러운 눈초리를 보냈다. 아마 자기를 옭아맬 책을 사려는 줄 알았던 것 같았다. G는 그 아이큐 84가 타인의 경우 어떻게 작용했는지 궁금해 견딜수가 없었다. 아이는 만화가 있는 코너로 향했다. G는 『IQ84』를 찾기 시작했다. 조금 전 영화관에서 본 책의 표지가 눈에 선했다. 찾고 말고도 없었다. 금방 눈에 들어왔다. 신간을 올려놓은 매대에도, 베스트셀러를 올려놓는 책꽂이에도 아이큐 84는 수북이 쌓여 있었다. 부피가 꽤 되는, 그것도 세 권씩이나 되는 『IQ84』를 안고 계산대 앞에 섰다.

계산을 마쳤을 때 G는 뭔가 이상했다. 『IQ84』의 표지를 들여다보았다. 근데 그게 영어 알파벳의 'I'가 아니라 아라비아 숫자 '1'이 아닌가. 『1Q84』. 환영 같았다. 분명 영화관 스크린에 떠오른 광고에서 'I'를 '1'로 발음했을 리가 없다. 그 광고 때 전화를 받으러 잠깐 나갔다 온 기억이 났다. 그래도 그렇지, '아이큐팔십사'와 '일큐팔십사', 또는 '아이큐팔사'와 '일큐팔사'는 전혀 다른 발음이었다. 짧은 순간이라도 '일큐팔사'라는 말이 나왔을 터였다. 화면에다 저 책의 이미지만 띄웠을 리는 없지 않은가. 그 일본 작가에 대한 찬사와 문제작을 잔뜩 부각시키지 않았겠는가. 그럼에도 G는 그게 '아이큐팔십사'라고 단정했었다. 책값도 몇만 원이나 됐다. 이미 벌어진 일이었다. G는 맥이 풀려 서점을 나왔다. 아이는 손에 「해 뜰 날」의 설명이 담긴 참고서를, G는 『IQ84』를, 아니 『1Q84』를 각각 들고 있었다.

집으로 돌아온 G는 사 온 참고서가 든 봉투가 그대로 아이의 방문 앞에 모로 누워 있는 것을 보았다. 툭 던져놓았나 보았다. 이어폰을 꽂고 음악을 듣는 아이가 못마땅해 G는 그런 아이를 아래위로 훑었다. 솔직히 얘기하면, 아이 앞에서 자세히 설명해 줄 수 없는 '해 뜰 날' 때문에, '84'가 줄줄이 끌고 온 기억 저편의 것들 때문에, 또 거금의 책값을 지불하며 속아 산 것만 같은 두툼한 세 권의 『1Q84』 때문에, 또 택시 기사와 집합주유소 때문에 툴툴거린 게 불쾌했다. G는 시무룩하게 책을 펴 들었다.

『1Q84』를 꺼냈을 때 G의 아내도 제목을 보고는 '아이큐팔십사'로 발음했다. 정말 G를 현혹시키려는 의도로 붙인 듯한 제목. 대체 얼마나 대단한 작품이기에 온 나라가 들썩인단 말인가. 물론 G는 그 일본 작가에게 흠을 내고 싶은 마음은 조금도 없었다. 다만 일본 작가들의 작품이라면 앞다투어 찍어내 서점을 채우는 그런 시류가, 한국 작가에게는 별 관심도 두지 않는 출판사들의 그런 행태가 불편했다. 언젠가 G는 도쿄에 갔다가 신주쿠 근처의 제법 큰 서점에 들어갔었다. 한국문학 코너가 따로 있어 얼른 그리로 발을 뗐다. 한데 우리나라에서 내노라 하는 작가들의 작품은 하나도 없었다. 그 코너에는 정말 하찮고 시시한 만화, 그리고 한류 덕분인지 한국의 아이돌을 비롯한 연예인들을

표지 모델로 내세운 그런 잡지들만 꽂혀 있었다. 그것을 어찌 한국문학을 대표한다고 버젓이 꽂아놓는가. 그 저의가 의심스러웠다. 뒤도 안 돌아보고 그냥 그 서점을 빠져나왔었다. 물론 그때 서점들이 몰려 있다는 곳은 시간이 없어 들러보지도 못했다. 선물로 아이 샤프펜슬이나 사다 준다고 들어갔다가 그런 꼴을 보고 말았던 것이다. 그게 강하게 인상에 남았었다. 그런데 한국의 서점이란 서점에는 일본 소설이 한국 소설보다 훨씬 많았다. 여기가 일본인지 한국인지 구별할 수 없을 만큼 출판사들은 앞다퉈 그런 소설들을 출판했다. 급기야는 영화관의 광고에까지 등장한 게 아닌가. 저 돈으로 한국 작가들을 지원한다면 좋지 않았을까. 물론 출판사들은 재미도 없는, 독자들이 거들떠보지도 않는 그런 글들을 누가 출판하겠냐고 일축하고 말 것이었다. 물론 '훌륭한' 한국 작가들의 책은 출판사들도 두말 않고 낸다. 그런 편견은 G가 어디까지나 자기와 비슷한 처지의 작가들을 염두에 둔 데서 비롯한 것이었다. 다시금 스스로 붙인 '삼류'라는 수식어를 절감했다. '한국의 소설가 집합'인 { x | 한국 소설가 } 는 G도 'x'에 포함되어 원소가 될 수 있었다. 헌데 다른 조건들, 가령 '한국 일류 소설가들의 집합'인 { x | 한국 일류 소설가 }, 또는 '한국 이류 소설가들의 집합'인 { x | 한국 이류 소설가 } 로 범위를 축소시킨다면 G 자신은 분명 그 임의의 'x'가 될 수 없다고 고개를 떨구었다. '한국문학이든 일본문학이든 어찌되었든 문학이 살아야……' G의 머릿속에서 그런 생각이 흐느적거렸다.

『1Q84』는 조금씩 정체를 드러냈다. 우주 만물 창조의 음이라 알려진 진언 '옴'. 그 '옴'을 내세운 '옴진리교'의 교도가 저지른 것으로 알려진 1995년 도쿄지하철 독가스 살포 사건을 작가가 다루고자 했다는 기사도 보았다. 조지 오웰이 쓴 『1984』의 '9'를 슬쩍 'Q'로 바꾼 달이 두 개 떠 있는 세계. '빅브라더' 대신 '리틀피플'이 있는 세계. 분명 공집합은 아닌데 원소가 보이지 않는 집합들. 중3 때 G의 담임이 원숭이나 살 수 있다던 조지 오웰의 세계. 아이큐 84도 감지할 수 있는 그런 장치들. 그럼에도 호기심을 끄는 스토리들. 다시 G의 머릿속에서 '아이큐84'의 세계가 줄줄이 꿰어졌다. 영화관에서 떠올렸던 그 무채색의 단상들은 조금씩 색을 입고 구체화되고 있었다. 정말 G가 속하지 못한 집합들의 원소 하나하나는 '리틀피플'처럼 G의 머릿속을 헤집었다. 한때 G가 고집스레 거부했던 집합들의 세계도 스쳤다. 그 순간이었다. G는 더럭 겁이 났다. 집합주유소 때문이었다.

G는 잽싸게 스마트폰으로 '집합주유소'를 검색했다. 이게 어쩐 일인가. G의 얼굴이 노랗게 변했다. 전국에 집합주유소는 여럿이었다. 그게 체인점일지도 몰랐다. '집합주유소'들의 집합. 집합주유소는 여러 군데서 영업 중이었다. 다시 가슴이 덜컥 내려앉았다. 대놓고 집합주유소에 분개하면 안 되었다. 마치 체제를 비난하는 언사를 막 내뱉다가 법에 저촉되어 불쑥 연행이라도 당하지 않을까, 하는 그런 유의 두려움. 대학 다닐 때 학교 전체가 데모에 휩싸이고, 밤이면 여럿이 술집에 앉아 마음대로 지

껼여댈 때 G에게 찾아들었던 그런 불안, 그 비슷한 두려움. 그렇다고 G는 데모에 앞장을 선다든가 아니면 논리력으로 다른 학우들을 선동할 그런 위인도 못 되었다. 그저 데모 대열 맨 끝에 서 있다가 최루탄이라도 날아들면 얼른 꽁무니를 빼던 그런 기억들만 G에게 있었다. 앞장선 그들 중 몇은 또다시 선동가들이 되어 목소리를 냈다. 그러면 주변 친구들은 그리로 우르르 몰려갔다. G는 물끄러미 그 모습을 지켜봤다. 그 집합의 원소가 되어야 하는지 아닌지 망연해할 때마다 두려움이 몰려왔다. 집합주유소가 여러 군데 있다는 것을 알자마자 그때와 비슷한 두려움이 G를 훑어 내렸다. 더군다나 자신처럼 집합주유소를 완강히 거부하는 사람은 주변에 없었다. 재빨리 생각을 고쳐먹었다. 그 상호에 대해 적의감이 없다. 다만 공집합 같은 집합주유소, 없어졌으면서도 아직까지 버젓이 행세하는 집 근처의 집합주유소에 대해서만 적의를 품고 있다고 얼른 그 조건을 수정했다. 이제 이층짜리 건물의 하이마트가 들어선 자리인데도 지금껏 사람들의 뇌리에서 여전히 영업을 하고 있는 그 집합주유소에 분개하는 것이다. 정확히 말하면 그것도 아니다. 사라진 그 집합주유소가 무슨 죄가 있겠는가. 지금까지 집합주유소를 들먹이는 사람들에 분개하는 것이다. G가 고쳐먹은 생각은 그랬다.

어쨌든 1995년에 들어선 집합주유소는 5년간 영업하고 문을 닫았다. 정말 그 상호처럼 엄청난 숫자의 자동차들이 집합해 기름을 넣었는지는 G로서 알 수 없었다. 그가 벌컥 하는 까닭은 세인트병원을 모르고 여전히 집합주유소만 들먹이는 택시 기사들과 주변 주민들의 태도 때문이었다. 아마 어떤 누구라도 자기 집 근처에 주유소나 가스 충전소가 있다면 달가워하지 않을 거 아닌가. G는 어릴 때 주유소가 폭발하는 굉음과 불빛을 보았다. G의 집과 버스로 몇 정거장이나 떨어진 곳이었다. 물론 그때는 지금처럼 아파트 단지나 고층 건물들이 거의 없을 때니까 폭발 소리와 불빛은 거침없이 사방으로 내달렸을 터였다. 굉장한 화력이었다. 인근 건물과 집들의 유리창이 다 깨졌다고 뉴스에 나왔다. 근데 지금 이 동네 사람들은 아직도 집합주유소를 찾는다. 이 동네의 누군가에게 집이 어디냐고 묻는다면 필시 '집합주유소 근처예요'라고 할 것이었다. 그 대답은 '하이마트 근처예요'라든가 아니면 '세인트병원 건너편이에요'와 전혀 달랐다. 오히려 주유소라는 이미지를 털어내야 집값도 더 오를 것 아닌가. G가 지금 살고 있는 집을 얻을 때였다. 집주인이 지역 생활지에 실은 세를 놓는다는 광고 속에 집합주유소 근방이라는 문구가 있었다. 방도 셋이나 되어 맘에 들었지만 주유소란 말이 께름했다. 더구나 집합주유소 위치도 어딘지 몰랐다. G는 집주인에게 전화를 건 뒤에야 세인트병원 근처라는 것을 알고 그날로 계약했던 게 기억났다. 물론 주변에는 주유소는 없었다. 1년 전의 일이었다. 또다시 G는 자기가 분명 집합주유소 근처에 사는 게 아니라, 하이마트, 세인트병원 근처에 살고 있는 것이라 다짐을 두었다.

*

　중중무진!

　'해 뜰 날'과 '집합', '아이큐84'가 소용돌이친 며칠 뒤 어느 아침이었다. 이제 일렁거리던 물결들도 잠잠해졌다. 간밤까지 G는 『IQ84』가 아닌 『1Q84』 세 권을 다 읽었다. 아침에 실시간으로 뜨는 뉴스를 스마트폰으로 뒤적일 때 대화창에 친구의 이름이 떴다. 그 친구는 틈만 나면 SNS로 명언이나 교훈적인 내용을 담은 글을 보내왔다. 그날도 마찬가지였다. G는 또 그런 내용이겠지 심드렁하게 친구가 보낸 내용을 불러냈다. 몇 줄 읽어 내려가지도 않은 순간 G는 깜짝 놀랐다. 우연이라고 하기는 석연찮았다. 어떤 섭리가 배어 있는 것만 같았다. 정말 우주의 모든 것은 촘촘하게 엮여 있는 게 맞나 보다고 G는 눈을 지그시 감았다. 마치 그 사이를 먹잇감이 하나도 빠져나가지 못하도록 칭칭 쳐놓은 거미줄 같은 촘촘한 망. 그러다가 거기에 뭔가가 걸려들어 미동이라도 한다면 재빨리 먹이를 향해 출격하는 거미처럼 그 망 전체를 흔들며 달려드는 것이다. G는 다시 저 우주의 법칙을 떠올렸다. 친구도 텔레파시처럼 G의 마음을 읽었나 보았다. 보내온 아침 메시지는 그 증명 같았다. 하필이면 자기가 아이큐 84 속에서 허우적거릴 때, 「해 뜰 날」의 그 퀴퀴한 기억들이 채 가시기도 전에 친구가 이런 문구를 보내온 섭리를 곱씹어보고 있었다.

'때에 맞는 말과 생산적인 말': 말이 씨가 된다는 말을 우리 주변에서 흔히 듣습니다. 말이 씨가 되어 성공한 인생도 있고, 실패한 인생도 있습니다. 오랜 무명 시절과 식당 경영 등에서 실패 가도를 달리던 가수 송○○은 어느 날 「해 뜰 날」을 부르고 나서 지금까지 인기를 누리고 있습니다. 반면 「낙엽 따라 가버린 사랑」을 부른 차△△은 27세에 요절했습니다. 그래서 우리는 말을 할 때……

하필 왜 「해 뜰 날」을 그 비유로 들었을까. 친구는 분명 다른 사람의 글을 퍼왔을 것이다. 그 글을 쓴 사람에게 「해 뜰 날」은 어떤 성공의 징표가 되었기에 그 노래 가사를 들춰낸 것일까. 꾸역꾸역 쏟아져 나오며 G의 기억을 일깨우는 단서들. 그날 아침에도 해는 눈이 시릴 정도로 쨍하고 떴다. 그런데 왜 그 노래란 말인가. 물론 친구가 보낸 아침 편지의 말들은 그럴듯했다. 자기도 그 주문을 계속해서 외쳤다면 지금 훨씬 나은 모습이 되어 있었을까. 창을 꽉 채우고 책상까지도 점령한 햇빛을 보며 G는 스마트폰을 껐다. 친구가 보낸 '오늘의 명언'은 컴컴한 화면 속으로 사라졌다.

『1Q84』세 권을 치우려 할 때까지도 아이의 국어 참고서는 꼼짝 않고 그 자리에 그대로였다. 아이도 완강히 집합의 원소가 되기 싫어하는 것은 아닐까. 아니면 자신을 닮은 아이큐 84의 유

전자가 흐르고 있는 것은 아닐까. 정답으로 제시된 「해 뜰 날」 노랫말의 의미가 꼭 그것뿐일까. 어쩌면 아이에게는 「해 뜰 날」에 대한 설명이 필요 없을지도 몰랐다. 대체 언제가 해 뜰 날이란 말인가. 그 노랫말은 정말 '앞날에 대한 기대와 확신'의 표현이 아니라 '미래에 대한 두려움을 이겨내기 위해' 절박하게 불러댄 절규였는지도 몰랐다. 아이 주장대로 싫으면 싫다고도 말 못하고 무서워도 무섭다고 못하며 주접을 떨었는지도 몰랐다. G가 겪은 IQ84년의 세계, 원숭이가 되어야 했던 그 세계. 어쩌면 아이를 그 세계로 몰아넣으려고 하는지도 모른다는 생각이 불현듯 일어났다. 무서웠다. 나는 세 권의 『1Q84』와 아이의 참고서를 집었다. 재활용품을 모아놓는 박스 속으로 그것들을 툭 던졌다. 그러고는 뭔가 새로운 것을 찾아 '해가 쨍하게 비추는' 거리로 나섰다. 대형 서점에 들렀다.

『1Q84』의 인기는 사그라들 줄 몰랐다. 아예 한쪽을 온통 차지했다. 행사를 벌인다는 안내판도 눈에 들어왔다. G는 서점 한구석에 잘 보이지도 않게 꽂힌 자기 책을 우울한 시선으로 바라보았다. 다시 'IQ84'와 '1Q84' 사이에서 서성거렸다. 서점을 나오려 계산대 앞을 지나칠 때 계산을 하려 줄을 선 사람들의 손에 그 책들이 들려 있는 것을 보았다.

저녁에 G는 가까운 문우들과 조촐한 술자리를 벌이고 취했다. 집으로 돌아올 때였다. 그가 탄 택시 기사 또한 세인트병원을 몰랐다. G는 술 냄새가 뒤섞인 한숨을 푸욱 내쉬고는 딱 잘라 말했다.

"집합주유소 갑시다, 집합!"

　G는 그날 집합주유소에 대해 쓰기로 했다. 1995년에 문을 열었다가 오래전 없어져버린, 그렇다고 보존해야 할 문화재 같은 것도 아닌, 백세 시대를 앞두고 있는 요즘 감히 병원을 무시하고 있는, 환영 같은 그 집합주유소에 대해 쓸 작정이었다. 아직도 집합주유소를 들먹이는 그들에 대해 쓰기로 마음먹었다. 우연이 아닌 필연의 그 세계를 쓰려고 그는 하얀색 바탕이 된 컴퓨터 모니터를 뚫어져라 응시했다.

# 화성의 물고기를 낚는
# 경쾌한 낚시법

**조현**

**작가의 말**

누구나의 수면 아래에는 굴곡진 삶의 산맥이 잠겨 있을 것이다.

그리고 그 산맥 사이를 화성의 물고기가 어슬렁거리며 돌아다닐 테다.

2008년 『동아일보』 신춘문예에 단편소설 「종이 냅킨에 대한 우아한 철학」이 당선되며 작품 활동을 시작했다. 소설집 『누구에게나 아무것도 아닌 햄버거의 역사』, 5인 중편 소설집 『선택』이 있다.

낚시꾼 누가 그랬다. 칠짜 감성돔은 화성인 같다고. 누군가가 잡는 걸 봤다는 사람도 있고, 오짜나 육짜가 있으니 칠짜도 있지 않겠냐는 사람도 있고, 심지어는 술만 마시면 젊은 시절에 은빛으로 출렁이는 그 고기를 거의 잡을 뻔했다가 놓쳤다고 큰소리 치는 사람도 있다.

낚시에서 일짜는 10센티미터를 말한다. 그러니 칠짜는 70센티미터짜리 고기다. 0.7미터짜리 감성돔이라니, 칠짜란 말을 들으면 젊은 시절 풍랑을 만났다가 어린아이 몸뚱이만 한 다금바리를 건져 올릴 뻔했다는 어촌 촌로들의 고리타분한 회고담을 듣는 것 같다. 하긴 누구나 이런 전설을 하나씩은 가슴에 품고 있는지도 모른다. 늦은 밤 포장마차의 객기와도 같은 술주정을 들으면 칠짜 감성돔이 꼭 미확인비행물체와도 같다는 생각이 든다.

칠짜 감성돔을 믿고는 싶지만, 마음 한편으로는 '아냐, 그런

게 있을 리도, 더더구나 잡힐 리도 없지……' 하고 혼잣말을 하
더라도.

　밤낚시 코스로 조행을 떠나는 토요일, 흐릿한 고속도로는 나
직한 습기에 젖어 있었다. 주중까지만 해도 딱히 낚시 생각이 없
었지만, 금요일이 되어 주말 일기예보를 들으니 오래 묵었던 마
음이 천천히 더워져왔다. 항상 이맘때, 여름이 되면 그렇다. 태
풍 소식이라도 들려올라치면 마음은 더 초조해진다. 하여 인터
넷에 접속해 낚시 동호회의 조행 상황을 확인하고 밤낚시 코스
를 예약했다.
　시간 맞춰 터미널 근처의 출조사로 나가 보니 이런저런 조행
팀들이 깃발을 들고 성원이 되기를 기다리고 있었다. 난 예약했
던 곳에 이름을 확인하고 챙겨온 기본 채비를 승합차에 밀어넣
었다. 예약자 서넛이 펑크를 낸 동호회 측에선 현장에서 결원을
메울 인원을 섭외했다. 아무래도 모자란 인원을 채워야 머릿수
대로 나누는 경비 부담이 줄어들기 마련이다. 주말을 앞둔 출조
사 앞에는 민물이면 민물, 바다면 바다대로 승합차들이 서 있으
니 낚시꾼들은 원하는 목적지를 골라 몸을 싣는다. 내가 속한 인
터넷 동호회원들은 온라인의 닉네임을 확인하며 서로 수인사를
나누고 있었고 그사이 12인용 승합차는 만석이 되어 남해로 출
발할 수 있었다.
　밤낚시를 위해 눈을 붙이는 사이 어느새 승합차는 고속도로

톨게이트를 빠져나오고 있었다. 일부는 계속 자고 있었고 몇몇은 간만의 출사인지, 가볍게 들뜬 목소리로 서로의 조행기를 주고받고 있었다. 마치 군대 다녀온 사람들이 그 시절의 이런저런 무용담을 과장스럽게 떠드는 것처럼. 차가 시퍼런 바다가 보이는 국도로 접어들 무렵 칠짜 감성돔 얘기가 나왔다.

"뭐니 뭐니 해도 바다낚시는 감성돔이지. 건져 올렸을 때 은빛으로 번쩍번쩍하는 그 빛깔 하며. 아, 오늘 오짜 할 수 있을까."

"에이 방장님도, 오짜가 그리 쉽나요. 저도 낚시 십 년에 딱 한 번 건져보았는데. 그러면 우리 내기할까요, 점심값 정도 추렴해서 일등 한 사람에게 몰아주기 어때요?"

"안 돼, 그렇게 욕심부리다 사고 나지. 우리 동호회 기본 수칙 잘 알면서 왜 그래? 첫째도 안전, 둘째도 안전이라고. 우리 동호회는 징크스가 있는데, 지금까지 출사하면서 내기 걸면 꼭 안전사고 나더라고."

"맞아요. 아무래도 내기 걸면 마음이 급해지더라고요. 재작년 출사 때 뭔가 묵직한 게 걸려서 급한 마음에 생각 없이 뜰채에 손 넣었다가 미역치에 쏘여 그 즉시 낚시 접고 병원으로 직행했잖아요. 아, 그때 생각하면 아직도 손바닥이 저릿해요."

뒷자리에서 자고 있던 한 회사원이 어느새 깨어 얘기를 거든다. 사실, 주말에 조행을 나서는 사람들은 대개 자영업자나 샐러리맨이다. 평일에는 직장에 매여 있다가 주말이 되어서야 새파란 바다에서 고기와 인내심을 겨루는 것이다. 그리고 다시 단조

로운 일주일을 버티는 것이다. 그러니 이런 꾼들에게 오짜나 육
짜짜리 감성돔은 그 사람의 내밀한 의식으로 임재하는 꿈의 전
령일 터이다.

"근데 정말 칠짜짜리 감성돔이 있을까요?"

"어딘가에 있긴 하겠지. 국내 최고 기록이 아마 68센티미턴가
그렇잖아. 그러니 칠짜도 바닷속 어딘가에 어슬렁거리고 있겠지."

"뭐 기록이 중요한가요, 손맛이 중요하지. 전 놀래기 같은 잡
어라도 잡을 땐 손맛만 좋던데."

"하긴 우리 마누라는 아직도 그러대. 그깟 물고기, 삼짜면 어
떻고 또 오짜 넘는 대어면 뭐하느냐고, 솥에 넣고 끓이면 어차피
똑같은 매운탕이라고 말이야."

"와, 심하네요. 그럼 100미터 달리기에서 9.7초로 뛰는 것이나
19.7초로 뛰는 것이나 뛰고 나서 숨차기는 마찬가지라고 받아치
지 그러세요? 그래도 그건 아니죠."

어느새 서로의 닉네임에 익숙해진 동호회원들이 말을 섞는다.
조용하던 차 안에 잠시 웃음이 떠돈다. 사실 낚시꾼들이야말로
타인에 대해 가장 무심한 족속인 동시에 이해받고 싶어 하는 치
들이다. 오로지 혼자서 물고기를 상대한다는 점에서. 그렇지만
그 결과에 집착하고 그걸 어떻게든 보여주고 싶어 한다는 점에
서. 심지어 애써 잡은 고기를 다시 놔주더라도 그 크기만은 재어
보는 것이 낚시꾼이 가진 이상한 마음이다.

주말의 국도를 달리면서 그렇게 상념에 젖어드는 동안, 어느

덧 차는 남해의 항구에 도착했다. 동호회에서 예약해둔 3톤급 유어선으로 갈아타고 한 시간을 더 달려 감성돔으로 유명한 섬으로 이동했다. 시간은 어느덧 어슴푸레한 초저녁.

"오늘 강수 확률이 좀 있으니까 우비들 챙기시고요."

선장의 안내와 함께 선상에서 간단하게 포인트별로 인원 배정이 있었고 배는 섬을 돌면서 군데군데 동호회원들을 하선시켰다. 난 원했던 포인트에 내려 자리를 잡고 밑밥통과 채비들을 정리했다. 마지막으로 구명조끼를 점검하고 휴대용 의자를 펴고 앉자 날것 그대로인 바다가 시야를 가득 메웠다.


초저녁.

아마 바다낚시가 매력적인 것은 하늘과 물이 시시각각 표정을 바꾸며 거대한 수채화를 역동적으로 펼쳐내는 데 있을 것이다. 이미 초저녁 서쪽 하늘은 옅은 진달래 빛에서 남해의 섬들에 지천으로 피는 짙은 동백 빛으로 빠르게 안색을 달리하고 있었다. 마치 새벽에 짙은 쑥물 같은 하늘이 점차 밝은 완두콩 빛의 색채로 변해가는 것처럼. 그렇게 갯바위의 풍경은 팔레트에 섞이는 물감처럼 수시로 표정을 바꾸곤 한다.

그런 부드러운 원색을 배경으로 많은 바닷새가 천천히 휘감아 도는 동안, 섬은 정상에서 갯바위로, 다시 수면 아래의 해저의 지형으로 마치 한 인간의 응축된 역사와 같은 자연의 힘을 뻗어내는 것이다. 그러니까 그건 수면 아래 잠들어 있는 삶의 우여

곡절. 그러니 그런 바다에서 건져 올리는 것은 무엇이나 꿈의 물고기인 셈이다. 그런 생각을 하며 가져온 채비를 정리할 때 내가 자리 잡은 포인트 쪽으로 남자가 다가왔다.

"아, 원투낚시를 하시나 봅니다. 실례지만 여기 위쪽 포인트에 제가 자리 잡아도 될까요? 먼저 내린 저편 포인트는 영 신통치 않아 보여서요."

"그러시죠. 갯바위야 앉는 사람이 주인이고 말벗이 보태지면 더 좋지요."

남자가 갯바위 위에 가져온 채비를 정리하는 동안 난 흰새우를 미끼로 끼우고, 대를 뒤로 꺾어 크게 바다를 향해 던졌다. 낚시터에 도착하면 가장 먼저 해야 할 것이 포인트를 정하는 일이다. 포인트를 확인하는 눈썰미야말로 낚시꾼의 경력을 함축적으로 증명한다. 포인트는 갯바위의 지형, 조류의 흐름과 깊이를 고려하지만 가장 중요한 것은 낚시꾼마다 터득해온 감이다. 이곳이 승부를 볼 자리라는 그런 감. 그리고 그런 포인트를 찾으면 낚시꾼은 기대에 부풀어 첫 캐스팅을 한다. 아니, 캐스팅은 포인트를 정하는 것으로부터 이미 시작된 것인지도.

내가 던진 원투는 낚싯대를 물에 던지고 고기가 물 때까지 계속 기다리는 낚시다. 그냥 던지고 기다린다는 점에서 초심자에게 어울리는 방식이기도 하지만, 질긴 인내가 필요하다는 점에서 낚시의 승부를 아는 원숙한 꾼들의 장르이기도 하다.

난 언제 올지 모르는 입질에 대비해 주의 깊게 낚싯대 끝의 초릿대를 응시했다. 신호가 왔을 때 적절한 타이밍에 챔질을 하지 않으면 모처럼 입질을 한 고기를 놓칠 수 있다. 기다림, 사실 이게 낚시의 본질이 아니던가.

어느새 준비를 마친 남자도 첫 캐스팅을 했고, 그사이 간단하게 서로 인사를 나누었다. 나보다 두어 살 많아 보이는 남자는 강이라고 했고, 나 역시 김이란 성과 함께 이제 마흔 중반으로 교직에 있다고 소개했다.

"아, 선생님이시군요. 김형은 조력이 어떻게 되시나요?"

조력은 낚시 경력을 말한다. 난 어려서부터 아버지를 따라다녔다고 대답을 했다. 그사이 첫 입질이 왔다. 줄을 끌어당기는 팽팽한 느낌. 그 야생의 진동이 손바닥에서 팔뚝으로, 그리고 다시 어깨로 이어졌다.

첫수네요 하고 강이 뜰채로 고기를 건져주었다. 첫수, 그러니까 처음으로 낚은 고기는 혹돔이었다. 손맛은 좋지만 살이 물러 맛은 별로인 천덕꾸러기. 그런 주제에 힘은 좋아 뜰채에서 요동을 친다. 어떡해서든 뜰채 밖으로 튀어 도망치려는 생명의 몸부림. 처음으로 이 느낌을 받았던 때가 언제였을까. 그건 내가 방학을 맞아 아버지 손에 끌려 나선 어린 시절이었을 테다.

그해, 플라잉 낚시를 하던 아버지는 나에게 조그만 견지낚싯대를 쥐여주었다. 시키는 대로 허벅지까지 잠기는 계곡 지류에 한참을 서 있으려니 온몸이 시려왔다. 도저히 참을 수 없어 물 밖으로 나오려던 그때였다. 툭툭, 낚싯줄 끝으로 뭔가 걸려왔다.

전화선을 타고 사람의 목소리가 순식간에 지구 반대편으로 전해 지듯이 어떤 미지의 생명체가 내 손에 무언가 메시지를 전해오는 느낌. 펄떡거리는 그 감각은 일종의, 그러니까 야성이 전하는 모스 부호였다.

난 생판 처음 겪어보는 그 느낌에 어쩔 줄 몰랐다. 마침 아버지는 텐트 자리를 보러 계곡 너머 쪽에 있었고 난 할 수 없이 본능적으로 견지낚싯대의 얼레를 감아올렸다. 어찌어찌 물 위로 들어 올리니 한 뼘이 넘는 물고기가 퍼덕이고 있었는데, 아가미로 바늘이 삐져나와 있어 난 그 피에 당황했다. 그리고 꿈틀거리는 물고기를 잡으려다 바늘에 찔리고 말았다. 첫 낚시의 따끔한 기억이었다. 그러다가 나중에 아버지가 오고 나서야 그게 어름치라는 것을 알았다.

아마 그날 밤 난 꿈을 꾸었을 것이다. 그날 내가 잡은 몇 마리의 물고기들이 내 팔뚝으로 파고드는 꿈이었다. 기이한 감촉이었다. 펄떡거리는 생명의 진동이 내 안에 있는 어떤 날것을 일깨운 것 같았다. 마치 한여름에 얼음 조각으로 얼얼하게 귓불을 누르는 느낌.

내가 혹돔을 바다에 던지고 다시 초릿대를 지켜보며 상념에 잠기는 사이에 강도 첫수를 했다. 나 역시 강이 해준 것처럼 뜰채로 고기를 건져주었다. 갯바위 낚시는 이렇게 서로 도와가며 하는 게 일반적이다.

확인해보니 강의 첫수는 복어의 일종인 졸복이었다. 일단 눈에 들어오는 미끼는 무조건 건드리고 잘도 빼먹는 놈. 그렇다고 미끼만 조용히 빼먹는 것도 아니고 낚싯줄까지 싹둑 자르는 날카로운 이빨을 가지고 있는 놈이다. 게다가 복어 종류라 잘못 먹으면 중독될 수 있다. 그러니 아깝지만 바다에 버릴 수밖에 없다.

"오늘 밤은 날씨가 궂을지도 모른다고 하던데 그래도 생각보다 회원들이 꽤 많습니다. 김 선생은 이 섬이 처음인지요?"

"그렇진 않지요. 아주 오래전에 한 번 와본 적이 있죠. 생각해 보니 벌써 이십 년 전이지요."

"그런가요? 김형은 미끼로 백크릴을 쓰는 걸 보니 돔을 염두에 두셨는지? 아까 유어선 선장 말이 이 섬은 돌돔하고 감성돔 명당이라고 하던데요."

"이 섬에선 돔이죠. 남해면 아무래도 대어니까 다들 그걸 바라보고 왔을 터이지요. 강형은 아까 보니 청갯지렁이 쓰시던데 새우 좀 나눠드릴까요?"

"아니 뭐 그럴 것까지야. 몇 번 더 던져보고 정 입질이 없으면 그때 부탁할게요."

"생미끼는 여러 종류 있으니 말씀하세요. 다만 제가 원투만 하다 보니 인공 미끼는 없습니다만."

자잘한 홍합이며 담치, 굴 껍데기가 다닥다닥 붙어 있는 갯바위로 어느덧 저녁이 내려앉고 있었다. 강과 난 그렇게 이런저런 미끼의 종류에 대해 얘기하며 초릿대 끝에 케미라이트를 달았다. 검은 바다 위로 한 쌍의 야광 빛이 반짝거렸다.

미끼.

언젠가부터 난 미끼에 대해서 하나의 원칙을 가지고 있었다. 그건 인공 미끼를 쓰지 않는다는 것. 그러니 인공 미끼를 다는 루어낚시도 하지 않는다. 요새는 낚시 종류에 따라, 혹은 번거롭다는 이유로 인공 미끼를 많이들 쓰고 있지만, 바다의 심연에서 물고기와 나, 이렇게 단둘이서 대결을 벌이는 이상 최소한 미끼만큼은 정직한 걸 달아줘야 한다는 이상한 신념이 나에겐 있었던 것이다.

미끼에 속아 낚시에 걸린 고기에게 그 미끼마저 날것이 아닌 플라스틱이나 나무 혹은 납 쪼가리였다는 것은 잔인한 일이다. 난 밤바다를 바라보며 오래전 내게 그런 가짜 미끼를 썼던 한 사람을 생각했다.

십여 년 전, 군 복무를 마치고 복학한 학교에 정말로 눈길을 끄는 여학생이 있었다. 사람의 눈이란 엇비슷한 것인지, 그 여학생은 같은 수업을 듣는 남학생들의 집중 공략 대상이었다. 내가 보기에도 한참 괜찮아 보이는 남학생들이 눈에 불을 켜고 주시하고 있었기에 변변찮은 복학생이 낄 여지는 없었다. 낚시로 말하자면 난 적당한 포인트를 찾지 못했던 것이다. 더군다나 그녀는, 말하자면 심해어 같았다. 도저히 어쭙잖은 낚시질로 붙잡을 수 없는 사람이었다. 내가 낚시로부터 배운 것 중의 하나가 내 낚싯대로 넘볼 수 없는 것은 일찌감치 포기하란 것이기도 했다.

그러던 어느 날, 도서관에 들러 과제를 작성하고 있는데 그녀가 내게 전화를 했다. 난 두 번 놀랐다. 우선은 그녀가 내 번호를 알고 있었다는 것에 대해, 그리고 다음으로는 그녀의 용건이 커피숍에서 만나자는 것이었기에. 떨리는 마음을 진정시키고, 아마도 리포트 같은 걸로 도움을 청하는 걸 거라 생각하며 그녀가 정해준 약속 장소로 나갔다.

"실례지만 무슨 일로?"

"관심 있어서요. 안 돼요?"

나의 직설적인 질문에 그녀의 대답은 더 직설적이었다. 물론 수업 시간 가끔 그녀와 의례적인 인사를 나눌 때 내 목소리가 약간은 떨렸다는 것을 부인하지 못하겠다. 하지만, 훨씬 더 괜찮아 보이는 남자들의 구애를 뿌리치고 내게 호감을 표시할 줄이야. 난 마치 화성에서 헤엄쳐 온 물고기를 발견한 기분이었다.

당시 난 학교 앞에서 친구와 함께 자취를 하고 있었는데, 자연스럽게 그녀는 자주 놀러 와 저녁을 먹었다. 갑작스레 비 오는 날 그녀를 위해 우산을 들고 강의실 앞에서 몰래 기다렸고, 그 기다림이 행복하다는 것을 처음 알았다. 원투낚시의 기다림과 전혀 다른 생경한 느낌이었다.

그러나 모든 건 나의 착각이었다. 한참 시간이 지나고 나서야 뭐가 잘못됐는지를 겨우 알아챘다. 언젠가 학교 식당에서 나와 친구가 식사하는 걸 본 그녀가 그와 자연스레 안면을 트기 위해 내게 미끼를 던진 것이었다. 차라리 그녀와 사귀는 와중에 친구가 끼어든 삼각관계였다면 그렇게 비참하진 않았을 것이다. 흔한 이야기였다. 지금도 많은 바다에서 수많은 미끼가 던져지고 있고 그리고 그걸 무는 고기는 항상 있으니까. 미끼들에는 항상 사연과 저의가 붙어 있다. 그러니 그 자체를 탓할 일은 아니다.

다만 그 당시 내 문제가 심각했던 것은 이미 내가 그녀에게 푹 빠져든 상태였다는 것이다. 낚시에 빗대자면, 미끼를 너무 깊이 삼켜 도저히 스스로는 바늘을 토해내고 바다 한가운데로 도망칠 수 없는 상황이라는 뜻이다. 더 비참했던 것은 내가 문 미끼는 살아 있는 갯지렁이나 신선한 새우가 아니라 고작해야 플라스틱으로 만들어진 루어였다는 것이다.

하여 난 목구멍 깊숙이 심한 상처를 받았다. 그때 난 이를테면 이런 심정이었다. '좋다. 미끼에 낚인 것은 인정한다. 그것은 어차피 나의 실수였으니깐. 하지만 그 미끼마저 날것인 아닌 플라스틱 쪼가리였다는 건 용서할 수 없는 것이다.' 그렇다. 아직은 이십대 초반인 나에게 그것은 생애 처음으로 겪은 쓰디쓴 체험이었다. 마치 난 첫수에 미역치의 독 가시에 쏘인 것 같았다.

친구는 내 입장을 고려하여 그녀와의 관계를 공식화하지 않으려고 했고, 결과적으로 우리 셋은 표면적으론 좀 이상한 삼각관계가 되었다. 그러나 난 참고 기다렸다. 그 당시의 내가 할 수 있었던 유일한 것은 낚시로부터 배운 것을 응용하는 방법뿐이었다. 그건 기다리는 것이었다. 기다리다 보면 언제고 승부를 걸 타이밍이 올 테고 그때 과감해지면 되는 것이다.

밤의 바다에서 그렇게 상념에 젖어 있는데 케미라이트가 수직으로 흔들렸다. 챔질을 해보니 야행성 수종인 쏠종개였다. 역시 낚시꾼에겐 환영받지 못하는 손님고기였다. 난 쏠종개도 바다로 던지고 다시 힘껏 캐스팅을 했다. 철썩하고 멀리 떨어져 천천히 수면 위로 떠오르는 케미의 샛노란 형광을 보니 손바닥은 살아 있다는 생의 감각으로 뜨거워졌다. 분명 그런 촉감은 교실에서 분필을 잡거나 시험문제를 내면서 컴퓨터 자판을 두드리는 감각과는 다르다. 언젠가 그녀와 팔짱을 꼈을 때 느껴지던 감촉처럼 팔뚝의 세포 하나하나가 화들짝 깨어나는 것이다.

그리고 그렇게 수면 위에서 물속으로 감각을 밀어넣으면 마치 눈으로 보는 것처럼 바닷속 풍경이 연상된다. 물고기가 미끼를 톡톡 건드릴 때마다 숙련된 꾼들은 그게 어린 놀래기인지, 시커먼 우럭인지, 아니면 은빛으로 비늘을 번쩍이는 감성돔인지 바로 알아챌 수 있는 것이다.

그리고 옛날, 그녀가 내가 아닌 친구를 좋아하고 있음을, 셋이 있을 때 그 애의 눈빛만을 보고 바로 알아차릴 수 있었다. 그렇다. 외딴섬의 갯바위는 자신이 낚지 못한 생의 행복에 대해 매번 그렇게 상기시킨다.

하지만 밤바다에서 그렇게 상념에 젖는 것이 그리 잔인하지 않았던 것은 아마도 신선한 소금기를 품고 있는 해풍 때문일 터이다. 섬에서의 밤은 이르게 시작되고, 멀리 등대 불빛 외에 갯바위를 둘러싼 모든 사물은 곧 오징어 먹물처럼 짙은 어둠으로 뭉개지지만 대체로 시각이 사라지면 그때 비로소 생의 새로운 감각이 부풀어 오르는 것.

끝없이 꿈틀대는 파도의 근육이 짭짜름한 바람과 번민하는 소리로 전해지고, 그러면 그 아래 살아 있는 모든 야행성 생물들은 본능적으로 욕정과도 같은 생의 탄력을 희구하는 법이다. 물고기들도 마찬가지. 그러니 대어는 거의 밤이나 이른 새벽에 나오는 법이기도 하다.

밤에 저항할 수 없는 심연의 바다에서 어신을 감지하는 케미가 수면 위로 어른어른 올라오는 것을 보면서 난 한 인간이 오래 간직할 수 있는 기억을 탐색할 수 있는 한도 내에서 다시 되풀이했다. 그러니 밤낚시에서 캐스팅하여 던지는 케미는 곧 자신의 심연에 드리우는 신호이며, 끝없이 기다리는 원투낚시는 혼자만의 고립된 전투로 정의할 수 있는 것이다. 그렇다면 나와 한 쌍으로 케미를 검은 바다에 드리운 남자는 누구와 대결을 하는 걸까.

"실례지만 김형한테 뭐 하나 물어봐도 되나요?"

"네, 강형."

"김형은 왜 오늘 같은 날 밤낚시를 하시는 건가요? 오늘 같은 날엔 이렇게 비도 고역일 텐데."

일기예보대로 어느새 비가 시작됐다. 갯바위로 내리는 비는 수시로 표정을 달리하며, 숨 쉬는 것처럼 규칙적으로 꿈틀대는 파도의 근육을 어루만진다. 난 강형과 함께 우비를 꺼내 들며 말했다.

"강형. 전 사실 오늘 비 보러 왔어요. 일기예보 보니 강수 확률이 좀 있다고 해서 출조한 셈이죠. 오랜만에 밤바다에 비가 내리는 게 보고 싶어서요."

"하긴 저도 사실은 이렇게 한번쯤 바다에 비가 내리는 걸 보고 싶어서 나선 셈이죠."

"강형이야말로 무슨 사연이라도?"

"글쎄요…… 그러니까 제 친구 얘긴데요. 친구 중에 이 섬에서 여동생을 잃어버린 놈이 있었죠. 김 선생은 기억하시려나? 오래전 삼풍백화점이 무너지던 해였죠. 그해 태풍 페이라고, 엄청난 놈이 올라왔다고 해요. 대형 유조선이 좌초되기도 하고. 그해 여름에 많은 사람이 태풍에 피해를 입었죠. 그런데 하필이면 그해 태풍이 몰아치던 때 여동생이 학교 친구인 남자애 둘과 함께 밤낚시를 갔는데 그만 바다에 빠지고 만 거죠. 친구 여동생이 먼저 실족하고 그다음에 여동생을 구하려고 바다에 뛰어들었던 다른 남자애도 같이."

"아, 그런 일이 있었군요."

"그런데 사고 상황이 공교로운 게, 낚시를 간 셋은 일종의 삼각관계였다나 봐요. 참 애매한 상황이죠. 서로 그런 사이였는데 바다에 와서 둘은 죽고 하나만 멀쩡히 살아남았으니. 상황이 묘해서 경찰에서도 꽤나 신경을 쓴 눈치였는데 결국 사고로 결론이 나고 말았다죠. 그 친구도 원래 낚시를 좀 했었는데 그 사고 이후로 아예 조행을 못했다죠, 아마."

"그런 일이 있었군요. 경우는 다르지만 제 친구 중에서도 밤 바다에서 안 좋은 일이 있어 가끔 울증이 도지는 녀석이 있지요. 그놈도 그 후로 낚시에서 멀어졌는데 아주 가끔씩은 오히려 밤 낚시가 생각난다고 하더군요."

"사실 이런 데서 등 떠밀면 누가 보는 사람도 없고 알게 뭐예요, 파도에 휩쓸리면 끝인데. 게다가 태풍이 몰아치는 상황이라면. 그렇지 않나요? 아무리 구명조끼를 착용했어도 비가 억수로 내리는 바다라 바로 사경인 셈이죠…… 하지만 어쩌겠어요. 이런 바다에선 이렇다 할 증거도 찾기 어려운 데다가 정말로 사고 사일 수도 있는걸요."

"뭐라 드릴 말씀이 없네요. 그런데 정말 사고사일 수도 있잖습니까. 혹시 아니라고 여길 만한 증거라도 있나요?"

"친구는 여동생이 죽고 난 후 한동안은 사고사려니 하고 마음을 다스리고 있는데…… 갈수록 더 그놈이 의심스럽더라고 하더라고요. 나름대로 수소문해보니 그놈은 어려서부터 낚시를 해서 어떻게 하면 안전사고가 나는지 잘 알고 있었을 거란 말이죠. 그리고 무엇보다도, 설혹 순전히 사고라 하더라도 왜 둘이 빠졌을 때 꼭 그렇게 지켜만 봤어야 했느냐, 이런 심정도 있었겠죠. 가족 입장에서는 사실 그게 제일 분통이 터질 일이었다고 하더라고요."

얘기하는 동안 비는 더 심해졌고, 로프가 없으면 갯바위를 오르기 힘든 상황까지 되어 일단 안전장비를 꺼내놓았다.

"충분히 오해할 만한 상황이군요. 그래서 어떡하셨나요?"

"글쎄 어떻게 했을 거 같나요? 딱히 방법은 없었다고 하죠. 그래도 가끔씩 복사해둔 수사 기록을 되풀이해 읽어봤다고 하더라고요. 그런데 어느 날 문득 어떤 생각이 들어 죽은 여동생의 신발을 다시 조사해봤다더군요. 당시 죽은 여동생은 갯바위에서 신는 스파이크 안전화를 신고 있었는데, 낚시 가기 전에 그걸 골라준 게 바로 살아남은 그놈이라고 하더군요."

"스파이크화요? 그럼 오히려 더 신경을 써준 거잖아요?"

"그렇죠. 사실 처음엔 그런 점들이 그놈한테는 유리한 요소로 작용해서 단순 사고사로 결론도 모아진 거고요. 그런데 김 선생님은 방파제 같은 테트라포드에서는 갯바위 안전화가 더 위험하다는 걸 알고 있나요? 테트라포드 같은 반들반들한 표면에서는 스파이크 핀의 표면적이 적어서 오히려 미끄러지기 쉽다는 거죠. 그래서 방파제 낚시에서는 갯바위 안전화가 오히려 더 위험하다는 게 상식이고요."

"그런가요? 하지만 사고가 난 곳은 이 섬의 갯바위라면서요?"

"그렇죠. 그런데 갯바위 중에서는 떡바위라고 해서 마치 방파제의 테트라포드처럼 매끌매끌한 게 있다는 거죠. 그리고 나중에서야 확인해보니 사고가 난 곳은 바로 이곳처럼 경사가 급하게 진 떡바위였고, 게다가 비까지 내려 더 미끄러웠을 테고. 김 형은 이 점에 대해 어떻게 생각하나요?"

"글쎄요. 그렇지만 그렇게 치밀하다면 다른 방법도 많지 않았을까요? 전 오히려 혼자 남은 그 남자가 불쌍하네요. 서로의 관계가 애매하긴 했지만 그래도 친한 두 명이 바닷속에서 허우적대며 죽어가는 것을 보면서도 어찌할 바를 몰라 평생 죄책감을 안고 살아갈지도 모르잖아요."

"만약 그게 정말 사고였다면 같이 물에 뛰어들라곤 감히 못하겠죠. 그것도 태풍이 몰아치는 바다에서 말이죠. 그렇지만, 로프가 없었다면 자기가 입고 있던 구명조끼라도 벗어서 낚싯줄로 묶어서 던져줬을 수도 있잖겠어요. 친구가 가장 한으로 생각했던 건 그런 시도가 없었다는 거죠. 김형은 그런 생각이 들지 않나요?"

"생각해보니 그런 방법도 있었겠군요. 하지만 이런 생각은 안 드세요? 나중에 떠올린 그런 가능성 때문에 오히려 살아남은 사람은 더 괴로워하며 살아가지 않았을까요?"

비가 더 심해지고 아래쪽 갯바위는 더 이상 보이지 않았다. 사람들이 살아온 사정이 제각기 다르듯이, 갯바위의 표정들도 그렇다. 갑자기 민낯을 보이기도 하고 거꾸로 갑자기 얼굴을 감추기도 한다. 누구나의 사정은 오직 그 자신밖에 모른다.

"사실, 친구 녀석은 작년 이맘때도 그놈 뒤를 캐보았다죠. 그놈이 가입한 낚시 동호회 활동도 주시하고, 직장도 살펴보고…… 어쩌면 여동생과 똑같은 사고가 그놈한테도 일어나길 기대하고 있었는지 모르죠. 여동생이 그랬던 것처럼 갯바위라면

금상첨화겠지만 꼭 그렇지 않더라도 막 진입하는 전철을 기다리는 플랫폼 같은 곳이라도요. 현대 사회라는 게 한 발짝만 안전선에서 벗어나면 위태로운 게 아니던가요. 친구 녀석은 언젠가부터 그런 상상이 참기 힘든 유혹으로 솟구쳤다고 하더라고요. 김 형은 그런 적 없나요? 등이 미치도록 간지러운데도 몸을 움직일수 없는 사정이 있어 시원하게 긁지 못하는 상황 같은 거 말이에요. 그런데……"

강이 잠시 머뭇거리는 사이에 케미라이트의 야광이 흔들렸다. 내가 주의를 주자 곧 강은 줄을 팽팽하게 잡아당겼다. 4호쯤 되는 카본 낚싯대가 바다로 크게 휘어졌다. 파이팅은 기술이다. 파이팅은 낚시꾼들이 고기와의 힘겨루기를 이르는 말이다. 줄이 여러 방향으로 팽팽하게 휘청거렸고 한참을 그렇게 밀고 당기기를 하고 나서야 고기가 빗줄기가 떨어지는 수면으로 머리를 내밀었다. 고기를 건지려고 보니 뜰채가 짧았다.

난 강을 보았다. 강은 힘을 다해 커다랗게 타원을 그리는 낚싯대를 잡고 있었다. 난 잠시 망설이다가 로프를 잡고 갯바위 아래로 내려갔다. 빗줄기 섞인 거친 파도가 발목까지 치고 내려갔다. 난 뜰채로 강이 낚은 고기를 건져 올렸다. 한눈에도 대어였다.

강에게 고기가 담긴 그물망을 올려주고 로프를 잡았다. 강은 갯바위 위쪽에서 로프를 당기려다 잠시 나를 내려다봤다. 멀리 등대 불빛에 역광으로 비친 강의 그림자가 거뭇했다. 강이 잠시 멈춘 그 시간이 검은빛처럼 느껴졌다. 마치 낚싯바늘이 드리워진 바닷속의 시간들처럼. 마치 난 바닷속에 스스로 던져진 생미끼 같았다.

나를 내려다 보던 강은 이윽고 심호흡을 한번 하고 로프를 힘껏 끌어올렸다. 난 갯바위의 미끄러운 해조류를 딛고 올라 강의 손을 붙잡았다. 안전 장갑을 낀 강의 손은 생각보다 튼튼했다. 강이 힘을 써 끌어당기자 난 곧 평탄한 갯바위 위로 올라설 수 있었다. 강은 로프를 감으면서 방금 건져 올린 고기를 보여주었다. 눈대중으로도 거의 세 뼘은 나가 보이는 감성돔이었다.

"엄청나네요. 강형 축하합니다. 자로 한번 재어볼까요?"

"뭐 그럴 필요까지요. 전 그저 밤바다에서 누군가와 옛날애기를 하고 싶었을 뿐이에요. 여하튼 막판에 이걸 낚으니 기분은 시원하네. 어때요, 김형이 가져갈래요?"

난 고개를 저었다.

"아니에요. 말했다시피 저도 이 섬의 밤바다를 보러 왔을 뿐인데요. 아주 오래전에 와보고 그 후로 얼마만인지……"

난 강과 함께 한층 빗줄기가 거세진 밤바다를 내려다보았다. 바닷물이 번져 올라 하늘과 뒤섞이는 검은 바다가 우리 앞에 오래된 시간처럼 가득 펼쳐져 있었다. 그리고 마음속 갯바위는 온갖 풍화작용을 견디면서 이십 년 전이나 이제나 세월을 조용히 견디고 있는지도 모른다. 그런 생각을 하자 비 내리는 바다가 지어내는 추상화 같은 풍경은 이곳이 마치 먼 우주의 다른 행성처럼 느껴지게 했다.

"김형은 그동안 고기 많이 잡으셨나요?"

"옆에서 뻔히 제 실력 보셨으면서. 그렇긴 하지만 글쎄요, 언젠간 화성의 물고기를 낚고 싶은 바람은 있습니다만."

"화성의 물고기요?"

"네, 화성의 물고기요. 화성에는 아주 거대한 협곡이 있다고 하더라고요. 그리고 아주 오래전 그러니까 1억 년 전쯤에는 그 계곡에 물이 가득 차 있었을지도 모른다고 하더라고요. 만약 1억 년 전쯤 그런 계곡에서 낚시를 하면 어떤 고기가 잡힐까요? 언젠가부터 전 그렇게 허황된 게 궁금하더라고요."

"김형, 부디 잡길 바랍니다. 언젠간 화성에 물이 다시 차오를 수 있고 만약 그런 날이 오면 꼭 화성의 물고기를 잡을 수 있을 거예요. 그리고 오늘 여러모로 고마워요."

"아니에요, 저야말로 고맙습니다. 비록 제가 잡은 건 아니지만 이렇게 근사한 감성돔을 보니 정말 오랜만에 마음이 후련해지네요. 그런데 강형, 궁금한 게 있습니다. 아까 말씀하시다 만 얘기를 마저 듣고 싶습니다만."

"아, 친구 얘기요? 친구는…… 결국 마음을 돌려먹었다고 하더군요. 그 이유는…… 작년 겨울, 한동안 그놈을 따라다녔나봐요. 여동생 사고 때 살아남은 그놈요. 뭐 별다른 이유는 없었겠죠. 여동생과 똑같은 사고를 당하게 하겠다고 말한 건 그저 풀지 못한 울분 때문이겠죠. 어쨌거나 놈을 따라간 그날도 추위가 정말 매서웠던 밤인데, 그놈이 아파트 야외주차장을 지나다가 무슨 소리가 들렸는지 주차돼 있던 차 밑을 보더니 다시 편의점에서 가서 뭔가를 사서 차 밑에 던져주더라는 거예요. 그래서 편의점에 가서 방금 전에 그 사람이 뭘 샀느냐고 물어보니까 육포라는 거예요. 그래서 차 밑을 보니까 새끼와 함께 웅크리고 있던 고양이가 있었다더군요. 김형은 이게 어떻게 된 상황 같아 보이나요?"

"글쎄요. 아마도 종종걸음으로 귀가하다가 무슨 소리가 나서 차 밑을 보니 새끼 고양이랑 어미가 웅크리고 있는 걸 본 게 아닐까요? 그래서 안쓰러운 마음에 편의점에 들러 육포를 산 것이고요. 아마 참치 캔 같은 건 뚜껑을 따자마자 바로 얼어서 먹지 못할 거라고 생각해서 육포를 산 건지도 모르죠."

"그렇죠? 아마 그 친구도 그렇게 생각했을 거예요. 어쨌든 새끼와 함께 육포를 먹는 고양이를 보는 순간 친구는 오랜만에 마음이 편안해졌다고 하더라고요. 그렇게 가던 길을 되돌아 고양이를 거두는 마음을 가졌다면 여동생 건은 정말로 사고였겠구나, 하고 생각했는지도 모르지요. 설혹…… 그게 아니더라도, 그러니까 오래전엔 정말로 불순한 의도를 가지고 있었더라도 이제는 이걸로 된 거라 여기게 된 거겠죠. 친구가 그러더라고요. 그날 밤 문득 생각해보니 여동생의 사고가 정말로, 참으로 오래된 일이란 걸요. 그러니 이제는 영영 놓아주어도 되겠구나 하고요."

강은 그렇게 말하고 어망을 뒤집어 밤새 잡은 고기를 풀어주었다. 강은 마지막으로 남은 세 뼘짜리 감성돔을 찬찬히 들여다

보더니 그것마저 바다에 던졌다. 빗줄기가 잦아드는 검은 바다에 작고 하얀 포말이 생겼다가 스러졌다.

"이번에 함께 출사한 동호회 게시판에 누군가 이렇게 적어놓은 글이 있더라고요. '낚시꾼들은 자기가 낚은 것이 무엇인지, 혹은 놓쳐버린 것이 무엇인지 0.1초면 충분하다. 그러나 때로는 그게 무엇인지 알아채려고 인생의 절반을 흘려보내기도 한다. 어느 해 어떤 사고든 살아남은 인간이 받는 상처도 이와 같다. 그리고 아직도 그것의 의미를 찾기 위해 밤낚시를 떠나는 이들도 있다. 자기 자신을 생미끼로 던진다는 기분으로 말이다.' 혹시 김형도 이 글 읽어보셨나요?"

"아, 글쎄요. 뭐 저야 주로 읽기만 하는 걸요."

곧 동이 트고 유어선이 각 포인트를 돌면서 오랜만에 밤낚시에 취한 낚시꾼들을 불러모았다. 날이 궂을 거란 얘기는 들었지만 예상외로 세찬 비에 다들 꽤 고생한 모습이었다. 곧 올라오는 태풍 소식으로 인해 예정보다 빠르게 우리는 남해의 항구로 돌아오고 나는 강과 부두에서 헤어졌다. 강은 악수를 하며 이렇게 한마디 했다.

"김형, 언젠가 꼭 화성의 물고기를 낚으세요. 이왕이면 칠짜쯤 되는 놈으로요."

우리는 인생의 많은 것에 낚싯대를 드리운다. 때로 잡기도 하고 잡히기도 한다. 그리고 때로는 놓치기도 하고 놓아주기도 한다. 그러나 낚시가 끝나면 포인트에서의 희로애락은 그대로 세월의 물살에 흘려보내는 것이 좋다. 꿈의 경지에 오른 사람들은 바둑이나 다도, 혹은 등산이나 하다못해 꽃꽂이에서도 인생을 배운다고 한다. 그렇다면 그런 교훈은 낚시에서도 가능할 테다.

이번 조행은 강이 낚은 감성돔으로 족하다. 비록 내가 잡지는 못했지만 은빛으로 번쩍이는 이 물고기는 언젠가 꿈의 전령으로 되살아날지도 모르겠다. 그리고 누구나의 마음속을 어슬렁거리며 돌아다닐 것이다. 각자가 간직하고 있는 사연들이 바다풀처럼 흔들리는 곳. 그곳은, 누구나 살아오면서 잡기도 하고 놓치기도 한 모든 것들이 모여 있는 곳이다.

# 구이의 시대

**진보경**

**작가의 말**

다가오는 것과 멀어지는 것
언제나 그 자리인 내일
우리였던 그들은 어디에 있을까

2009년 『서울신문』 신춘문예에 단편소설 「호모 리터니즈」가 당선되며 작품 활동을 시작했다. 소설집 『게스트하우스』, 9인 테마 소설집 『쓰다 참, 사랑』이 있다. 2013년 아르코문학창작기금을 수상했다.

1

"구이의 시대가 오고 있어."

아무렇게나 접은 셔츠와 넥타이를 가방에 쑤셔 담으며 찬혁이 말했다. 새로 입은 베이지색 니트가 감색 바지와 잘 어울린다는 생각을 하며 세준은 포크를 배에 깊숙이 찔러 넣었다. 찝찔한 첫맛 뒤에 들큼하고 질척한 과즙이 입안을 채웠다.

"덥지 않냐? 이제 곧 여름인데."

"이세준, 너는 그 고정관념이 문제야. 이 답답한 샌님아."

찬혁이 가슴을 쑥 내밀더니 제 옷자락을 아래로 잡아당겼다. 늘어난 옷감의 구멍이 커졌고 숭숭 맨살이 비쳤다.

"그래도 그건, 불법이잖아."

웨이터가 서비스라며 마른안주 접시를 들였다. 문이 열릴 때

노랫말이 왈칵 쏟아져 들어왔다. '그제서야 난 느낀 거야 모든 것이 잘못돼 있는 걸 너와 내 친구는……'

벽에 걸린 두 대의 모니터에 바닥이 꺼져라 껑충거리는 사람들의 모습이 비치고 있었다. 무대 위에선 검은 선글라스에 헐렁한 바지 차림의 디제이가 김건모처럼 뛰어다녔다.

"담부턴 너도 제발 여벌 옷 하나쯤은 챙겨 나와라."

후우. 담배 연기를 내뿜으며 찬혁이 양주병을 땄다.

세준은 화장실에서 자신의 매무새를 살폈다. 퇴근 직후라 어쩔 수 없었다지만 검은색 슈트 상의의 양쪽 소매가 희끗희끗한 게 눈에 걸렸다. 오후 내내 팸플릿을 봉투에 담아 풀칠했던 작업의 결과였다. 왼쪽 가슴에 '룰라'라는 이름표를 단 남자가 다가와 자양강장제를 들이밀었고, 어느새 쪼그려 앉아 구두를 닦기 시작했다. 세준은 머뭇거리다 지갑에서 오천 원 지폐 한 장을 꺼내 건넸다. 향수 한번 뿌려드릴까요? 세준이 고개를 젓자 그는 재빨리 허리를 굽혔다 펴고 세면대 앞 다른 남자에게 다가가며 박카스 뚜껑을 땄다.

문 앞에서 세준은 노크를 한 뒤 머릿속으로 하나 둘 셋, 수를 셌다. 혹시 모를 상황을 피하려는 나름의 에티켓이었다. 자리를 비운 틈에 들어온 여자와 찬혁이 불꽃 튀는 스킨십을 진행 중일 수도 있으니까.

룸에는 찬혁 혼자였다.

"오늘은 조용하네?"

"대답 듣기 전에는 안 논다고 했잖냐."

"야, 사업이라니. 우리가 뭘 안다고. 그러기엔 아직 어린 나이 아니냐?"

세준은 정색하고 말했다. 두어 달 전부터, 만나기면 하면 꺼내는 그 이야기. 농담으로만 넘겼던 제안을 녀석은 끈질기게 물고 늘어졌다.

"빌 게이츠가 창업했던 나이에 비하면 여섯 살이나 많지."

"우린 하버드생이 아니잖아."

"구이의 시대라고. 지유아이(GUI), 그래픽 유저 인터페이스. 이제 우리는 시커먼 화면에 키보드로 복잡한 명령어 따위 입력하지 않고도 편하게, 그냥 마우스를 움직여 더블클릭 빠르게, 단추 두 번 눌러주는 것만으로 새로운 세계에 진입할 수 있게 되는 거야.* 올가을이면 국내에서도 그게 가능한 현실이 될 거란 말이지. 알겠냐? 일반인들은 아직 모르겠지만 우리 같은 공대 출신들에겐 이건 혁명이나 마찬가지야. 아마 십 년 아니 이십 년쯤 뒤에는, 정보통신박물관, 그런 게 생긴다면, 도스(DOS) 체제는 구석기 시대 유물 같은 취급을 받을 게 뻔하다고. 세상은 빠르게 바뀌고 있어. 그깟 복학이나 졸업장 따위가 문제가 아니야. 동기들처럼 전자 회사니 유통 기업이니 은행 같은 델 취직해서 영영 넥타이맨으로 살래?"

---

* 마이크로소프트社가 1995년 8월 24일에 출시한 그래픽 사용자 인터페이스 기반의 개인 컴퓨터용 운영 체제 '윈도우95'를 설명하고 있다.

숨을 몰아쉬며 찬혁이 열을 올렸지만 세준은 굳은 표정을 풀지 않았다. 마지막 학기 복학을 앞둔 그에게 찬혁의 제안은 뜬금없는 장난 같았다. 노크 소리가 들렸고, 웨이터 '박진영'이 여자 둘과 함께 들어섰다. 그녀들은 꼿꼿이 선 채로 그들을 쓱 한번 훑어보더니 등을 돌려 나가려고 했다. 색다른 행동에 세준이 당황해하는 사이 찬혁이 벌떡 일어나 외쳤다.

"언니들, 양주 딱 석 잔만 마시고 가요!"

## 2

살구색 슬립이 바닥으로 미끄러졌다.

세준은 두방망이질 치는 가슴에 두 손을 포개고 유리를 올려다보았다. 어, 이럴 것까진 아니었는데…… 회식이 끝나고 보니 지하철 막차가 끊긴 시간이었고, 각자 택시를 잡다 보니 마지막에 남게 된 둘이었다. 다리 아픈데 잠깐만 쉬었다 갈까? 굽이 십 센티 정도는 될 듯한 유리의 구두를 보곤 모델하우스의 잠금장치를 풀었고, 들어와서 2층으로 올라가는 그녀를 보며 의자에 등을 기대앉아 쉬고 있었다. 한참을 기다려도 내려올 기미가 없어 와보았더니 침실에 스탠드를 켜놓고 그녀가 대자로 누워 잠들어 있었다. 세준은 얼른 커튼부터 쳤다. 새어 나간 불빛을 누군가 발견한다면, 그래서 둘이 함께 있는 것을 들키기라도 한다면 큰일이었다. 누나 일어나요. 살며시 손목을 잡아 흔드는 세준의 목이 갑자기 획 낚아채어지는가 싶더니 유리의 입술이 달라붙었다.

브래지어와 팬티를 급하게 벗어 던진 그녀가 그의 몸 위로 올랐다. 두려움 반 스릴감 반으로 그의 물건은 터질 듯이 부풀어 올랐다. 달콤 상큼한 체취와 미끈거리는 속살의 느낌에 세준의 이성은 우주 밖으로 튕겨 나갔다. 등에 닿은 침구의 감촉이 구름 같기도, 솜사탕 같기도 했다. 절정은 빨랐고 여운은 길었다. 잦아드는 서로의 숨결을 점점 아득하게 느끼며 그들은 잠에 빠져들었다.

"잘 좀 찾아봐. 하나라도 놓치면 안 돼요."

이불을 들추고 베개 밑을 살피던 세준이 급기야 넓은 스카치테이프를 들고 왔다.

"명탐정 납셨네."

침구를 샅샅이 훑던 그는 유리의 눈앞에 테이프를 들이밀었다.

"봐요."

긴 머리칼에 짧고 구불거리는 체모 몇 가닥이 엉겨붙어 있었다.

"시간 없어, 누나. 빨리 나와요."

침실 문밖에서 세준이 재촉했다.

잠시 뒤 그들은 거실 소파에 몸을 묻고, 내방객용으로 구비해뒀던 주스를 꺼내와 유리잔에 따라 마셨다. 체코산 크리스털이었다. '이럴 때 기분 좀 내보자'며 유리가 냉장고 문을 열었고, 세준은 그녀가 자신을 왜 자꾸 붙잡는지 궁금했지만 기분이 나쁘진 않았다.

독일제 냉장고, 프랑스식 주방 가구들, 스위스에서 들여온 침대, 미국 직수입 소파…… 내 평생 이런 럭셔리한 시간이 또 올까? 더구나 유리와 함께라니. 세준은 모든 일이 꿈만 같았다.

"십 년 안에 이런 집에 사는 게 내 목표야."

들뜬 기분으로 상념에 빠진 세준의 다리를 발끝으로 톡톡 치며 유리가 말했다.

"계산이 안 되는데? 물론 누나 일당이 나보다 세 배쯤 많긴 하지만."

"피땀 흘려 번 돈으로는 못 사지. 꼭 내 것을 투자해야만 가능한 일은 아니잖아?"

세준은 눈을 씀벅이며 그녀를 바라보았다.

"넌 꿈이 뭔데?"

"글쎄요……"

"하긴, 너 정도면 뭔들 못하겠니. 나나 잘해야지…… 아이 씨, 저길 내가 가야 했는데."

티브이 화면에선 며칠 전 개막한 '제1회 국제 모터쇼' 뉴스가 방영되고 있었다. 깔끔하지만 다소 짧은 길이의 치마와 재킷을 걸친 모델이 시승 장면을 연출했다. 연일 초만원 행진에 국무총리와 장관, 기업 총수 들이 참석해 즐겼다는 보도와 함께 백만 인파 예상이라는 관측까지 나왔다.

"매니저가 설득할 때만 해도 여기가 더 좋아 보였는데, 완전 판단 미스였어."

유리가 남은 주스를 홀짝 마시고 일어섰다.

"가자. 지금쯤이면 택시 잡기도 수월할 거야."

모델하우스 건너편 삼풍백화점 앞에서 택시를 기다렸다. 술이 다 깼다며 한사코 운전대를 잡겠다는 유리를 먼저 태워 보내고 세준은 뒤따라 도착한 택시에 몸을 실었다. 쌍문동이요. 창도 없는 방에 들어와 쓰러지듯 누웠을 땐 동이 튼 뒤였다. 그는 형광등을 켜고 자명종을 맞춘 뒤 곧바로 이불 위에 널브러졌다. 한 시간을 자더라도 내 집이 편하지. 숙박비에 버금가는 택시비를 아끼지 않은 이유였다.

3

아침부터 사장이 긴급회의를 소집했다. 처음엔 순조롭게 오르던 청약률이 하나둘 취소자가 늘면서 내리막이더니 벌써 두 달째 제자리걸음을 면치 못하고 있었다. 본부장은 7월부터 시행 예정인 부동산실명제 때문에 부자들이 몸을 사리며 숨 고르기를 하는 중이라는 분석을 내놓았다. 비싼 돈 들여 내레이터 모델인지 뭔지 고급 인력까지 동원했는데 효과가 지지부진하다며 사장이 투덜거리자 유리를 이달 말까지만 고용하겠다는 발언이 나왔다. 일단 고객층을 넓혀야 한다는 게 공통된 생각이었다. 계약 가능성이 높은 고객 위주로 마케팅 전략을 펼치던 기존 방식을 보완해 미끼의 대상을 멀리 잡아보자는 쪽으로 의견이 모아졌

다. 강남, 서초, 송파구에 거주하는 의사, 변호사, 회계사 명단에
덧붙여 분양 안내문 발송 대상을 서울시 전체 전문직 종사자로
확대하자는 결정이 났다. 세준은 회사 방침에 수긍하면서도 짜
증이 솟구쳤다. 종이봉투에 카탈로그를 집어넣고 고액 연봉 수
급자들의 주소가 인쇄된 라벨을 붙이고 봉하는 일은 온전히 그
의 몫이 될 터였다.

이름과 전화번호와 직업과 주소가 인쇄된 명단은 본부장이 모
레까지 준비하기로 했다. 그 많은 개인들의 정보를 어디서 가져
오는지는 아무도 몰랐고 알고 싶어 하는 눈치도 아니었다. 경리
직원에게 듣기론 별로 큰 비용이 드는 일도 아니라고 했다.

"안녕 세준, 오늘은 좀 바빠 보이네?"

콧소리 섞은 인사말에 그는 고개를 들어 프런트데스크 너머를
건너다보았다. 연두색 화사한 원피스 차림의 유리였다. 인조 속
눈썹에 짙은 아이섀도, 빨간 립스틱을 두껍게 발라 멀리서도 이
목구비가 또렷해 보이는 그녀가 생글거리며 다가왔다.

"이 옷 어때? 지난주에 사놓곤 오늘 처음 입었는데."

"예뻐요."

유리는 오전 열시부터 오후 여섯시까지 근무한다. 방문객들에
게 평당 가격이 국내 최고가에 버금가는 주상복합아파트의 특장
을 설명하고 홍보하여 계약을 유도한다. 인사 서류에서 확인한
그녀의 본명은 최율희. 세준보다 두 살이 많고 최종 학력은 고졸
이다. 그럼에도 매일 십만 원씩이나 일당을 받고 계약 성사 시

두둑한 성과급까지 주어진다. 그는 그것이 왠지 억울해, 처음엔 그녀에게 질투와 반감을 품기도 했다.

"주말에 다음 계약 업체 담당자와 미팅이 있는데, 올해 국제 모터쇼 참가사 홍보부장이래. 이런 차림으로 나가도 될까? 내 스타일 진짜 괜찮아 보여?"

유리가 제자리에서 핑그르르 원을 돌았다. 둥글게 펴지며 올라간 스커트 자락 아래로 곧게 뻗은 허벅지가 드러났다. 세준은 황급히 눈길을 돌렸다. 무슨 소개팅이라도 나가요? 따져 묻고 싶은 걸 꾹 참으며 출입문 쪽을 바라보았다. 오십대 중반쯤 되어 보이는 남자가 유리문을 밀고 들어섰다.

"어서 오십시오!"

나불거리던 유리가 원피스 자락을 나풀거리며 사뿐사뿐 그에게로 다가갔다.

세준은 낮게 한숨을 내쉬며 박스에서 주소 라벨을 꺼내 테이블 위에 펼쳤다. 그 옆으로 봉투와 카탈로그와 풀 서너 개를 일렬로 늘어놓고 작업을 시작했다. 사나흘쯤 뒤면 고속터미널 근처 허름한 아파트에 거주하는 중년의 한의사는 분양 안내문을 받아보게 될 것이다. 법원 옆 단독주택에서 출퇴근하는 변호사도. 석촌호수가 건너다보이는 빌라에서도. 집을 좀 옮겨볼까? 가장의 망설임에 아내들은 반기를 든다. 여기도 곧 재건축이나 재개발이 추진될 거라는 소문이 있는데, 뭘 그렇게 서둘러요?

이층으로 올라간 유리는 삼십 분이 지나도 감감무소식이었다.

세준은 일어서서 기지개를 켰다. 로비 중앙에 놓인 유리 상자 속 건축 모형물 앞에 돋을새김된 글자들이 빛을 받아 반짝거렸다.

당신이 꿈꿔왔던 집이 이곳에 있습니다. 잇츠 유어 드림 팰리스.

"진짜 계약 직전까지 갔었다구. 청약서를 앞에 두고는 어찌나 이것저것 캐묻던지. 아휴, 그러더니 난데없이 삐삐 번호를 묻는 거야. 어떻게 했겠어? 볼펜을 쥐고 있는 그 아저씨 손을 내려다 보며 줄줄이 읊어줬지. 쌍. 나중에 연락 오면 욕이라도 한 바가 지 퍼부어주고 싶지만, 또 아니? 그러다 계약금이라도 들고 나 타날지."

쉴 새 없이 조잘대면서도 유리는 잰걸음으로 진열대 사이를 빠르게 훑고 다녔다. 마네킹이 입고 있는 옷을 손으로 쓰다듬으 며 지나치거나 그 앞에 잠깐 팔짱을 끼고 서 있기도 했다. 세준 은 구찌에서 옷도 만들어 판다는 걸 처음 알았다. 지갑이나 구 두 같은 가죽 제품만 생산하는 줄 알았는데…… 그녀는 가격표 를 꽤 오래 만지작거리다 돌아섰다. 갑작스러운 정전 사태로 일 찍 퇴근해 백화점 꼭대기 층에서 냉면을 사 먹고 내려오는 길이 었다. 의류 매장을 휘저은 다음에는 구두 매장을 돌았다. 세준은 뒤따르며 그녀의 말과 행동을 귀와 눈에 담았다. 높은 구두굽에 발이 아프진 않을까 염려하면서. 이거 어때? 유리가 물으면 물 건은 슬쩍 살피고 고개를 끄덕이며 그녀의 눈동자를 지그시 들

178

여다보았다.

"뭘 그렇게 보니?"

작고 동그란 어깨에 눈길을 두고 있을 때였다. 화장품 매장에서 스킨인지 로션인지를 구입하고 카드로 계산을 마친 그녀가 물었다.

"아까 그 구찌 원피스 어땠냐고."

"예쁘지. 딱 누나 거던데⋯⋯"

그녀는 새초롬한 표정으로 한 걸음 앞서 걸었다.

"올라가서 맥주 한잔하고 갈래요?"

주차장으로 향하는 유리의 등을 손가락으로 톡 치며 세준이 말했다.

어두침침한 모델하우스 이층 거실에서 그들은 다시 마주앉았다. 세준이 사무실에서 비상용 양초를 가지고 올라왔다. 유리는 잔에 따른 맥주를 두어 모금 마시곤 주스를 내왔다.

"어제 과음했더니 오늘은 술맛이 별로네."

아무래도 좋았다. 세준은 흐릿한 그녀의 얼굴을 바라보며 맥주를 홀짝였다.

"다른 일을 해본 적은 없어요?"

구매자들에게 어필하는 게 상품인지 그녀 자신인지 세준은 헷갈렸다. 업체 미팅에 입고 나갈 옷에 그렇게까지 신경을 써야 하는지. 오전에 보았던 그녀의 행동에 그는 의구심이 드는 한편 저도 모르게 섞여든 질투심이 당혹스러웠다.

"재작년 엑스포 도우미에 선발되기 전까지는 개인회사에서 비서 일을 했어. 당시 살던 곳이 대전이었고, 친구들이 적극 추천하는 바람에 별 기대 없이 지원했는데 덜컥 붙어버렸지 뭐야. 중간에 방송사 리포터나 대기업 홍보실 같은 데로 스카우트된 애들도 있는데…… 처음부터 난 회화 실력도 달리고 배경도 변변찮고 게다가 확 튀는 외모도 아니어서, 미아보호소로 배치가 되었거든. 눈에 띌 기회조차 없었지."

"그게 꼭 배경 때문이겠어요? 무작위로 배정하다 보니 우연이었겠지."

"아니. 부모 백이 있거나 학벌이 좋거나 유학파 출신들이 전시관 쪽에 배치되고 나 같은 애들은 분실물센터니 미아보호소 같은 칸막이 뒤로 밀려났는데 이게 우연이라고? 하여간 일이 끝나고 나니까 사람이 간사해져서, 한번 뛴 몸값을 다시 낮추긴 싫더라구. 주제에 눈만 높아진 거지. 어찌어찌 여기까지 왔고. 이왕 이렇게 된 거 목표를 더 높여야 하지 않겠어? 내년엔 꼭 모터쇼다. 두고 봐."

입술을 꾹 다문 그녀의 눈가에 그늘이 졌다. 어둠 때문이려니 하면서도 평소와 달라 보이는 그 모습에 세준의 가슴은 새삼 두근거렸다. 그는 천천히 일어나 그녀 곁으로 다가갔다. 몸을 바짝 붙이고 앉아 동그란 어깨를 감싸 안았다. 달콤한 향이 코끝을 스쳤다. 저도 모르게 손아귀에 힘이 들어갔다.

"그만 가자."

유리가 발딱 일어섰다.

창밖 플라타너스가 이파리를 떨구며 수선스럽게 흔들거리고 있었다.

갑작스런 비와, 유리의 권유로 세준은 그녀의 차에 올라탔다. 좁은 공간에 나란히 앉아 빗소리를 듣고 있자니 기분이 다시 들떴다. 집 앞에 내려주겠다는 걸 가까스로 설득해 전철역 근처에 차를 세웠다. 비탈진 골목과 너절한 건물들과 그곳을 맴도는 퀴퀴한 냄새를 들키고 싶지 않았다.

## 4

"내 눈으로 봤는데도 처음엔 믿기지가 않더라고. 어떻게 다리 중간이 뚝 부러져 내려앉을 수가 있냐? 출근길에 동호대교를 건너잖아. 그때 봤지. 가다 서다 서행을 반복하는데, 뭔가 소란스런 기운이 느껴지는 거야. 고개를 돌려 창밖을 보니 바로 옆 다리가, 다리의 한 부분이, 한강 위에 둥둥 떠 있더라니까."

찬혁은 틈만 나면 그 얘길 했다. 한강 다리가 무너져 내릴 것을 누가 상상이나 했겠느냐며, 이렇게 예측 불가능하고 불가해한 일이 언제 또 일어날지 알 수 없으니 우리는 각자의 미래를 더욱 단단히 프로그래밍해야 한다는 식이었다.

긴 원통형 모자를 쓴 요리사가 버터로 구운 바닷가재를 먹기 좋은 크기로 발라 두 사람의 접시에 번갈아 올렸다. 세준은 그것을 한 점 집어 소스에 찍어 먹었다. 난생처음 맛보는 음식이었다. 부드럽고 달콤한 뒷맛이 뇌를 자극하는 듯 기분이 좋아졌다. 여운의 끝엔 유리의 체취가 떠올라 잔에 든 붉은 술을 단숨에 들이켰다.

"이런, 이런. 와인을 무슨 소주 마시듯 하냐."

"주말에 야구장이나 가자."

"곰돌이 쪽에 앉겠다고 약속하면."

"뭔 소리야. 외야석 놔두고. 거기가 훨씬 시야도 넓고 좋잖아."

"징크스야. 내가 외야에 앉으면 꼭 쌍둥이들한테 깨진단 말이야."

화제를 바꾼다는 게 녀석에게 또 다른 빌미를 준 꼴이 되어버렸다. 지난해의 설욕을 위해서라도 초반부터 선두를 잡아야 한다는 둥…… 세준은 야구 이야기에 빠지려는 찬혁을 돌려세웠다.

"이거 진짜 맛있다."

널따란 팬에서 붉은 가재가 고소한 향을 풍기며 익어갔다.

"인류가 만물의 영장이 된 게 불 덕분이잖냐. 날고기를 구워 먹을 수 있게 되면서 맹수들에 대항할 힘을 얻었고, 덕분에 두뇌의 성능이 엄청나게 발달해 각종 도구와 복잡한 언어와 문자를 만들어낼 수 있었던 거라구. 지금 우리 앞에 바로 그, 구이의 시대가 다가왔단 말이다. 그러니까 혁명의 앞줄에 설 것이냐 뒤만 졸졸 따를 것이냐를 결정해야 할 때라는 거지."

찬혁은 입꼬리를 길게 늘이며 익살스런 표정을 지어 보였다.

또 그놈의 구이 타령. 세준은 짐짓 말머리를 돌렸다.

"이런 덴 어떻게 알아냈냐?"

"인생 뭐 있냐? 가끔씩 이렇게 우아한 호사도 누리며 사는 거지. 짜샤, 그러니까 그 일, 빨리 시작해야 돼. 더는 시간을 지체할 수 없다고. 이젠 속도가 경쟁이다."

"그냥 너나 해. 왜 나까지 끌어들이려고 하냐? 멀쩡한 직장까지 그만두라 하고."

"나랑 선배는 공급과 영업을 담당해야 하니까 실무를 좀 맡아달라는 거 아니냐. 일의 특성상 야간작업을 해야 하니까. 매일 잠 한숨 못 자고 출근할 순 없잖아. 그리고 직장? 건물 착공 들어가면 넌 바로 퇴출이라며. 이 일만 잘된다면 그깟 등록금이 문제냐? 아니, 겨우 등록금 벌어 복학하고 졸업해서 남들처럼 취직하면 뭐하냐고. 막말로 너 이 요리가 얼마짜린 줄이나 아냐? 이런 거 먹고 싶을 때 아무 거리낌 없으려면 월급쟁이로는 힘들어. 월급을 주는 사람이 돼야지."

"근데 왜 굳이 그 일이어야 하냐고."

세준은 요리사를 흘끗 쳐다보곤 목소리를 낮췄다. 테이블 너머 조리대에서 그는 다음 요리를 세팅하는 데 여념이 없어 보였다.

"빌 게이츠가 마이크로소프트사를 세울 때 자본금을 어떻게 마련했는지 잊었냐? 포커판과 하버드 중퇴가 아니었다면 지금의 피시 혁명은 어림도 없었어."

"우린 빌 게이츠가 아니잖아. 까딱했다간 감옥에 갈 수도……"

찬혁이 한숨을 내쉬며 도리질을 쳤다.

"싫으면 관둬, 새꺄…… 기껏 생각해서 끌어주려 했더니. 됐다. 용범이한테나 연락해봐야겠다."

찬혁은 정말 화가 난 것처럼 술잔을 꽝 내려놓고 자리에서 일어났다. 세준이 어정쩡하게 일어서서 그의 소매를 붙잡아 앉혔다.

"용범이? 동사무소 다닌다는?"

"그래. 걘 벌써 머리가 틔었어. 말단 봉급으로 어느 세월에 결혼 준비하고 집 사느냐며 미아리 쪽에 다세대 연립 알아보고 다닌다더라. 전세 끼면 대출 조금만 받아도 될 거라면서."

"근데 공무원 때려치우고 너랑 동업하려고 할까?"

"그까짓 공무원이 대수냐? 만약에, 아주 만약에 일이 잘 안 풀리면 어디라도 취직하겠지. 짜식, 아직 젊은데 뭘 걱정이냐? 너나 잘해."

5

우편물 효과인지 숨 고르기가 끝나서인지 청약서에 도장을 찍는 사람들이 늘었다. 펜트하우스 계약자가 계약금을 송금해온 다음날 사장은 회의 말미에 폭탄선언을 했다.

"이제 다섯 세대 남았다고? 오피스텔 하나, 아파트 둘, 상가 둘. 요거, 마저 나가면 내가 여러분 홍콩 여행 보내줄게."

직원들이 손뼉 치며 환호성을 질렀다. 본부장은 바로 경리팀

여직원을 향해 여행사를 물색해보라 일렀다. 나도 데려갈 건가? 유리는? 세준은 묻지 못했다. 망설일 틈도 없이 본부장이 흥분한 목소리로 말했다.

"내레이터는 이번 주말까지만 나오라고 하겠습니다."

계약 희망자가 몰리면서 유리의 표정엔 불만이 쌓여갔다. 출입문이 열리고 손님이 들어서면, 어떻게 알았는지 사무실 문을 열고 본부장과 대리가 뛰어나왔고, 유리는 그들 뒤에서 잠시 한두 마디 거들기만 하는 모양새가 되었고, 마침내 청약서나 계약서를 두고 마주앉는 건 본부장과 대리의 몫이 되더라는 거였다. 본부장은 그 의도를 회식 자리에서 밝혔다.

"아깝게 남의 주머니 채울 일 있어? 우리 여행 경비에 보태는 게 백번 낫지. 암만."

세준은 자리에 앉아 전화벨 소리에만 집중했다. 발신인들은 특정 평형이나 호수를 지목하며 계약 가능 여부를 묻는 사람이거나 모델하우스 위치를 묻는 복사기 수리 기사이거나 어음 만기일을 알리는 은행 직원이거나 설계비 잔금 결제를 요청하는 건축사 사무소 경리이거나 나긋한 목소리로 부재중인 본부장의 행선지를 묻는 그의 아내이거나 어쩌면 애인이었을 뿐 유리는 아니었다. 오전에 두 번, 오후 들어 세 번, 한 시간마다 삐삐에 번호를 남기고 목소리를 남겼지만 그녀는 세준의 호출에 답하지 않았다.

인사 서류철을 꺼내 그는 유리의 고용 계약서를 찾아냈다. '을'의 직인란에 찍힌 상호와 주소를 메모지에 적었다.

나나 에이전시.

신사역 뒷골목 상가 건물 이층에 입주해 있는 회사였다. 문은
열려 있었다. 처음 계약할 때 유리와 동행했던 매니저인지 실장
인지 하는 여자와 몇몇 직원들이 퇴근 준비를 하고 있었다.

"실례합니다. 여기에 최율희 씨라고 계신가요?"

"어디서 오셨어요?"

세준이 회사 이름을 댔다. 키가 크고 글래머러스한 몸매의 여
자가 다가와 물었다. 허스키한 목소리에 어쩐지 주눅이 들었지
만 세준은 의식적으로 어깨를 쫙 펴고 다시 물었다.

"최율희 씨를 만나러 왔습니다."

"유리야."

여자가 손짓했다.

"저기 회의실로 들어가보세요."

자동차 카탈로그와 행사 안내장 따위가 테이블에 어지러이 널
려 있었다. 의자를 창 쪽으로 돌리고 앉아 손거울을 보며 립스틱
을 덧바르고 있는 여자가 유리인가. 세준은 그녀에게 가까이 다
가갔다.

"여기까지 웬일이니?"

짧은 단발로 머리 모양을 바꾼 유리의 차가운 말투가 낯설었다.

"왜 연락 안 받아요?"

"바빴어."

"하루 종일 전화 한 통 할 시간도 없어요?"

"왜 그래야 하는데?"

"우리가 그런 사이 정도는 되지 않나요?"

"그런 사이? 우리가 어떤 사인데? 너 말하는 게 좀 웃기다."

세준은 점점 명치가 뜨거워지는 걸 느꼈다.

"몰라서 물어요?"

유리는 들고 있던 손거울과 립스틱을 테이블 위에 내려놓았다.

"왔으니까 분명히 말할게. 다신 연락하지 마. 한 달 동안 그놈의 모델하우스인가 뭔가 때문에 내가 얼마나 손해를 봤는지 알아? 나 대신 모터쇼 갔던 애들은……"

"그게 내 탓이에요?"

"그럼 왜 찾아온 거니?"

유리가 큰 눈을 되룩거리며 물었다.

"그걸 꼭 말해야 알아요?"

잠시 뒤 그녀가 큰 소리로 웃기 시작했다. 처음엔 진짜 웃음이 터진 듯했지만 나중엔 억지로 그 웃음을 이어가려는 것처럼 보였다.

"웃긴다. 너…… 설마, 뭔가 오해하고 있는 거 아니니?"

"월급 타면 누나랑 같이 가려고, 가재 요리 잘하는 호텔을 알아두었어요."

유리가 의자에서 일어섰다. 똑 똑 똑 구두굽 소리가 났다. 오늘은 더 높은 신발을 신었구나. 세준은 그녀를 올려다보며 생각했다.

"그만한 일로 애인이 된다면 이 세상에 커플 아닌 사람은 없을걸. 아니, 남녀관계가 지그재그로 완전히 엉켜버릴 거야, 내 착각으로 너까지 착각하게 해서 미안. 알고 보니 너 아주 맹탕이더라. 말했잖아. 눈높이를 낮출 수는 없다고."

낮은 목소리로 속삭이듯 말하던 그녀가 몸을 돌려 걸어나갔다.

세준은 회의실 밖으로 그녀를 뒤따라 나왔다. 호의적이지 않은 눈길들이 그를 향해 쏠렸다. 건물 앞에 정차되어 있던 은색 렉서스 차량에 날렵하게 올라타고, 유리는 멀어져갔다.


6


마른 변기 안엔 물똥이 절반 넘게 차 있었다.

세준은 일층 화장실에서 고무장갑과 수세미와 걸레와 세제와, 대야에 물을 한가득 퍼 담아 들고 계단을 올랐다. 카펫에 물방울이 튀지 않게 조심하라며 본부장이 주의를 줬다.

"이런 데 오는 사람들이 그만한 상식도 없나?"

본부장이 코를 싸쥐고 문을 닫았다. 냄새가 퍼지면 안 되니까, 일단 다 치우고 나서 활짝 열어두라 했다. 대리가 선풍기를 가지고 올라왔다. 창에 그려 붙인 파란 하늘을 쏘아보며 세준은 손수건을 접어 마스크 대용으로 썼다. 별 효과는 없었다. 질척한 분비물을 장갑 낀 손으로 훑어 비닐봉지에 담고, 수세미와 걸레를 헹궈가며 오물을 닦아냈다. 락스 때문인지 맵싸한 기운에 눈물이 솟았다.

일 처리를 마치고 세준은 잠깐 외출을 청했다.

"그래그래. 어디 가서 콧구멍에 맑은 공기라도 충전하고 와."

그는 밖으로 나와 모델하우스를 마주보고 섰다.

그동안 보내주신 성원에 감사드립니다. 백 퍼센트 분양 완료에
힘입어 당신께 꿈의 공간을 선물해드리겠습니다.

뙤약볕 아래 우두커니, 건물 외벽에 걸린 플래카드를 올려다
보았다. 등과 가슴과 겨드랑이의 흥건한 땀으로 셔츠가 몸에 달
라붙었다. 이제 곧 공사가 시작되면 모델하우스는 허물어지겠
지. 상품 판매의 극대화를 위해 세웠던 화려한 모형의 공간. 내
부 물품들은 각각 갈 곳이 정해졌다. 사장은 선심 쓰듯 세준에게
도 하나 고르라 했다. 그는 곧바로 침대를 가리켰다.

모조 변기에 배설물을 싸지르는 몰지각한 인간들. 방문객 리
스트를 살피며 그는 범인을 추측했다. 어쩔 도리는 없었다. 다시
돌아와 이걸 치우라고 할 수는 없는 노릇이었다. 앞으로 십 년
이십 년쯤 흐른 뒤엔 이따위 일도 사라지겠지. 문명은 계속 발전
할 테니까. 텍스트의 시대가 가고 그래픽의 시대가 오듯이. 상
대와 소통하려고 일일이 고유 언어를 배우고 그것으로 내가 가
고자 하는 길을 찾아 들어가는 게 아니라, 원하는 곳을 표시하는
그림만 선택하면 보다 빠르고 보다 쉽게 새로운 세상으로 진입

할 수 있는 시대가 올 거니까.

찬혁의 말이 옳았다. 새로운 걸 세우려면 옛것은 무너뜨려야 한다. 맹탕으로 살지 않으려면. 유리의 바람처럼 이런 집에 살려면, 아니 이런 집을 사려면. 몸값을 계속 뛰게 하려면.

지금으로선 어림없는 일이었다.

백화점 매장에서 만지작거리던 구찌 원피스를 사줄 수 있어야 했다. 감정을 전하는 방식은 고백이 아닌 눈앞에 펼쳐 보여주는 것이어야 했다. 그 밤의 골목을 뒤밟히지 않았어야 했다. 세준은 동기들에게 들었던 대졸 초임과 연평균 급여 인상률을 반영해 자신의 미래를 코딩해보았다. 인생에서 끊임없이 무너지고 다시 세워지게 될 것들을 상상해보았다. 이마의 땀이 흘러내려 따가워진 눈을 질끈 감아버렸다.

7

찬혁의 회사 선배는 비슷한 또래의 남자였다. 검은 잠자리테 안경을 낀 비쩍 마른 체구의 그는 어두운 방 벽면을 따라 세워놓은 기계 앞에 서서, 앞으로 매일 밤 세준이 해야 할 일을 낮은 목소리로 알려주었다. 수익금은 4대 3대 3으로 나누겠다고 했다. 계약서라든지 다른 서류를 작성하지는 않았다. 세준은 슬쩍 불안감이 들었으나 찬혁을 떠올리며 마음을 가다듬었다.

"오늘은 첫날이라 내가 함께 있지만 내일부터는 혼자 해야 합니다."

선배는 열쇠 꾸러미를 테이블 위에 올려놓고 소파에 등을 기 댔다.

화면 아홉 개가 한눈에 들어올 거라 했다. 세준의 눈에는 세 개쯤이나 겨우 보일락 말락 했다. 그는 온 신경을 집중해 모니 터를 쏘아보았다. 가죽 재킷을 입은 근육질의 남자가 눈에 가리 개를 씌운 사내의 관자놀이에 총구를 겨누거나 웃통을 벗어젖힌 무리들이 바닥에 쓰러진 노인에게 발길질을 퍼붓거나 한 쌍의 붉은 글러브가 샌드백을 쳐대는 장면들이 아홉 개 화면에서 똑 같은 속도로 재생되었다. 90분 동안, 아무런 개연성도 없이 만나 기만 하면 섹스를 일삼는 사람들도 있었다.

"담배를 피워도 되겠습니까?"

세준이 최대한 정중해 보이는 태도로 물었지만 선배는 단호히 고개를 저었다.

"일에 집중하고, 쉬는 시간에 피워요."

서울 외곽 상가 건물의 지하 작업실에서 그들은 아침 일곱시 까지 함께 있었다.

대부분의 사람이 일을 마치고 퇴근해 집으로 돌아가거나 술자 리로 향하는 때부터 다음날 아침 출근길에 나서는 때까지가 세 준의 업무 시간이었다. 그는 원본 비디오를 한꺼번에 수십 대의 기계를 돌려 복사하면서 화면 상태를 점검했다. 중간에 멈추거 나 화질이 흐릿하거나 잡티가 많은 것들은 따로 빼냈다. 10초에서 15초 간격으로 시선을 옮겨가며 한 번에 아홉 개씩 화면을 체크하는 동안은 물 한 모금도 입에 대지 않았다. 컴컴한 방에서 각양각색의 화려한 영상들을 마주하고 있노라면 지상에서 벌어지는 한낮의 일쯤 시시하게 느껴지기도 했다. 개봉관 상영작부터 모자이크 처리되지 않은 포르노물까지 종류는 다양했다. 테이프들이 가득 쌓인 상자는 밀봉해 윗면에 동그라미 표시를 했다. 그 상자들은 선배의 봉고차에 실려 어딘가로 배달되었다. 거래 대금은 모두 현금으로 받았다. 세준이 일을 시작한 지 한 달째 되는 날 셋은 작업실에 모여 수익금을 나누었다.

"어떠냐? 초봉치곤 훌륭하지?"

도톰한 봉투를 내밀며 찬혁이 말했다.

"이제부터가 시작이야. 연말쯤이면 매출액이 최소 두 배는 늘 거다."

야구 모자를 눌러쓴 선배가 히죽이며 덧붙였다.

"말했잖아. 이건 빌 게이츠의 포커판 같은 거라고. 서둘러 진짜 목표를 정해야지. 아마 머잖은 미래에 비디오 시장에도 변화가 찾아올 거다. 구이처럼."

"뭐냐? 그렇게 호들갑을 떨어대더니."

세준은 옆에 앉은 찬혁의 팔뚝을 주먹으로 가볍게 쳤다.

"가자. 오늘은 이 형이 화끈하게 쏜다!"

선배가 일어섰다. 찬혁은 세준의 어깨에 팔을 두르며 콧노래를 흥얼거렸다. 그들은 시속 백 킬로미터가 넘는 속도로 자유로를 달렸다. 차창을 모두 내리고 카스테레오의 볼륨을 한껏 높이고, 디제이디오씨와 룰라와 박진영과 서태지와 알이에프의 노래를 따라 불렀다. 세준은 머릿속으로 앞으로의 일들을 프로그래밍해보았다. 시골 부모님에게 매달 용돈을 보낸다. 연말쯤 단칸방을 탈출한다. 내년 이맘땐 오너드라이버가 된다. 주식시장에 발을 들인다. 개발 도시의 미래를 대비해 낡고 오래된 골목의 집을 사들인다. 그사이 예쁘고 착하고 지혜로운 여자를 만나 연애하고 결혼해서 아이는 셋쯤……

「다이하드 쓰리」가 극장가를 점령하면서 특근 시간이 늘었다. 세준은 귀마개나 수면 안대를 쓰지 않고도 깊고 단 잠을 잤다. 낮과 밤이 뒤바뀐 일상은 그를 세상으로부터 멀리 밀어내는 것 같기도, 더 가까이 잡아끄는 것 같기도 했다. 세상 모든 일이 영상물 안에서 돌아가고 있었다. 유리와의 시간을 떠올리는 일은 점점 희미해졌다. 어떤 여자들에겐 명품 옷이나 구두 선물이 시작에 불과할 뿐이라는 것을 알게 되면서부터였다. 작업량이 늘어갈수록 세준은 거짓 사랑과 차가운 연애와 포장된 욕망과 헛된 가면을 조금은 알아볼 수 있게 되었다. 그런 것들은 마음먹은 대로 이뤄지지 않으며 악의로만 생겨나는 일이 아니라는 것도.

이틀을 꼬박 새우고 무거운 눈꺼풀을 힘겹게 지탱하며 집으로 돌아오는 길에 세준은 전철 안에서 심상찮은 웅성거림을 들었다.

순식간에 폭삭 주저앉았대…… 시루떡처럼…… 전쟁터가 따로 없다더라……

꿈인가……

그는 혼몽한 잠에 빠져들었다.

# 단추를 세다

**채현선**

**작가의 말**

세상을 바라본다.

소설가로서 내 시선은 여전히 진행 중이고, 진행은 세계를 향해 걷는

조각의 하나다. 그렇게 바라보는 방향의 지점들이 모여 한 편의 소설을

이룬다고 생각한다. 소설 배경인 '1995년'을 쓰며 나는 봄의 글자 곁에서

자주 서성였다. 저만치 흐드러진 목련 한 그루는, 아름다웠다.

내 손끝으로 써질 봄의 문장이 따듯했으면 좋겠다.

이 소설은 화자인 단추의 이야기이며, 1995년 4월과 7월의 날에 분리된

세 이모들의 이야기이다.

2009년 『조선일보』 신춘문예에 단편소설 「아칸소스테가」가 당선되며 작품 활동을 시작했다. 소설집 『마리 오 정원』이 있다. 작가의 발견 '7인의 작가전─5차'에 장편소설 『별들에게 물어봐』를 연재했으며, '7인의 작가전─7차'에 네 편의 단편소설 모음 『이야기 해줄까』를 연재했다.

의자에 앉아 있다.

그의 의자다. 여전히 단추 가게 문은 열리지 않고, 시간은 게으르게 흘러간다.

나는 일번이모 식당 안에 그의 의자를 놓고 앉아 단추 가게나 골목을 휘둘러보며 하루를 보낸다. 집들 귀퉁이에서 풍등이 작게 일렁이는 게 보였다. 골목으로 들어서면 가장 먼저 풍등을 세게 된다. 그것은 누구에게나 자연스러운 일이고, 시선의 시작과 끝엔 언제나 풍등이 있다.

예스러운 물건을 파는 가게가 즐비한 길을 따라 걷다 보면 푸른 혈관처럼 얽힌 골목들이 나온다. 네번째 골목으로 들어와 열두어 걸음을 걷기도 전에 오른쪽에서 풍등의 골목이 솟아오른다. 눈앞에서 갑자기 펼쳐지는 풍경에 대부분 사람들은 어리둥절한 표정부터 지었다. 집마다 줄줄이 매달린 붉은 풍등이 흔들리는 일은 충분히 기묘한 풍경이겠지. 붉은색 한지를 붙인 등은 얼핏 조의등처럼 보여 이곳을 귀신 골목이라 부르기도 한다. 상가로 가득한 큰길가와 달리 이 골목은 버려진 곳이나 다름없다. 가게가 들어서도 서너 달을 버티지 못해 문을 닫았고, 한번 떠난 사람들은 다시 돌아오지 않았다.

골목 뒤편으로 지하철이 지나가면 먼지 섞인 까만 바람이 인다. 물고기 비늘처럼 우우우, 풍등도 일렁인다. 다닥다닥 붙은 양철집들이 골목을 메우고 있지만 모두 떠나버리고 남은 이들은 죽을 날이 머지않은 노인들뿐이다. 가방을 메고 학교에 가는 아이도 없고 떼 지어 몰려다니며 시장 보러 가는 젊은 여자도 없다. 노인들도 거의 집 밖으로 나오지 않는다. 늙은 괴물처럼 기어다니거나 유모차를 밀며 지나가는 게 전부다. 사람이 살지 않는 곳처럼 이 골목의 세계는 낡고 느리고 고요하기만 하다.

양철집 귀퉁이마다 걸린 풍등은 모두 삼번이모가 만들었다.

그녀는 종일 가느다랗게 대나무 살을 깎거나 붉은색 한지 붙이는 일을 한다. 소원이 적힌 풍등은 밤의 허공으로 사라져야겠지만 삼번이모는 사람들에게 집 밖에 걸어두라 했다. 그녀 말대로 풍등은 날마다 집들 귀퉁이에서 흔들린다. 바람의 결을 따라 혼불처럼 일렁이는 한밤의 불빛은 자연스러운 모습으로 이곳에 있다. 일번이모와 이번이모, 그리고 삼번이모라 불리는 그녀들의 이야기도 마찬가지다.

'삼번이모 말대로라면 그것은 굵은 똥처럼 항문에서 밀려 나

왔다. 그녀는 몸에서 무언가가 길고 길게 밀려 나오는 순간들을
하나도 놓치지 않고 자기 안에 새겼다. 일분일초의 바늘들이 수
천 개 조각으로 온몸의 구멍에 박혔다. 밀려 나온 그것은 둥글고
투명하고 물컹한 젤리 상태로 바닥에 한참을 웅크려 있었다.'

　기묘한 이야기지만 고개를 젓는 사람은 없다. 이 골목에서라
면 모든 것이 그렇다.


　바람이 많이 불어 무언가 말하고 싶은 밤이다.

　그게 누구든 아무것도 아닌 말들을 아무렇지 않게 묻고 답하
고 말해주고 싶다. 그런 일들은 좀처럼 일어나지 않는다. 매일
바람이 불고 굳은 입으로 어둠 속에 누워 있는데도 시간은 흘러
갔다. 가슴이 봉긋해지고 발목이 길어지는 걸 보면 많은 시간이
소리도 없이 흘러간다는 걸 알 수 있다. 나는 뼈가 굳고 살이 붙
는 성장의 시간을 이 골목에서 지나왔다.

　내 나이는 짐작만 할 뿐 정확히 모른다. 어디서 살았는지 이름
이 무엇이었는지 떠올리면 온통 깜깜한 어둠만 다가온다. 기억의
조각에는 슬리퍼를 끌고 파란 집 대문을 나와 선로를 끝없이 걸
었던 장면이 있다. 다섯 살 정도로 보이고 한겨울에도 얇은 노란
원피스에 맨다리였다는 게 나를 처음 발견한 삼번이모 말이었다.

　단추. 삼번이모는 나를 이렇게 부른다. 그녀는 수많은 단어 중
세상에 없으면서도 낯설지 않은 이름을 골랐다 했다. 나를 발견
하듯 삼번이모는 자르르한 조약돌 같은 단추의 이름을 발견했

다. 처음 발견하는 일은 기묘한 힘을 갖는다. 그녀가 말하는 것이라면 나에게는 무엇이든 사실이 되었다. 나는 그냥, 단추였다. 허리가 반쯤 구부러진 할머니가 내 머리를 쓱쓱 쓰다듬던 장면은 기억이 아니라 아마 꿈일지 모른다. 그런 꿈을 꾸고 나면 한밤에라도 어둠 속 골목을 내달렸다. 달리는 소리가 퀴퀴한 냄새 고인 골목을 가로질렀다 되돌아오는 게 마음에 들었다. 무언가 돌아오는 건 두렵지만 기분 좋은 일이기도 해서 달리기를 그만둘 생각은 없다.

"단추야."

숨이 머리끝까지 닿을 때쯤 삼번이모가 식당 문을 열고 큰 소리로 나를 부르기도 한다. 단추인 나는 신발을 바닥에 탁탁 털고 삼번이모가 빠끔히 얼굴을 내민 식당 쪽으로 걸어간다. 이른 새벽 지하철이 선로를 흔들며 지나고 어둠이 웅크린 골목 구석구석에서는 지린내가 났다. 모두 노인들뿐인 늙은 골목에서 나는 까마득한 어린아이가 된다. 살아오는 동안 일번이모나 이번이모, 삼번이모는 누군가 내 나이를 물어오면 손가락을 짚어가며 숫자부터 세었다.

"열 살이라오" 했다가, "열다섯 살이라오" 했다. 자기들 나이를 물어도 마찬가지다. 오십이었다가 금세 육십이 된다. 나도 그녀들처럼 열의 단추였다 때론 열다섯 단추다. 십여 년 동안 그런 일들을 보며 살다 보니 지금의 내가 스물이든, 스물다섯 살이든 아무래도 상관없어졌다.

골목으로 검은 바람이 스며든다.

의자에서 일어나 앉았던 자리를 내려다보았다. 그림자는 등받이까지 스몄다. 손으로 만지면 아무것도 잡히지 않지만 분명 그림자가 자라고 있다는 걸 알 수 있다. 의자를 들어 곰탕집 구석자리로 가져갔다. 걸을 때마다 바지 주머니에서 단추가 차르르 소리를 냈다. 오늘 같은 밤이라면 삼번이모에게 내 이야기를 들려주고 싶다. 그녀가 자신의 분리 이야기를 들려줄 때처럼 내 얘기도 지루하지 않았으면 하는 바람이다. 일번이모가 세상으로 나온 4월의 날에는 대구에서 가스 폭발 사고가 일어났다. 300여 명의 사람들이 죽고 다치던 지옥 같은 날 생성되었으므로, 지난 이십여 년 내내 독한 년이라는 꼬리표를 달고 살았다.

"이번도 일번과 똑같은 년이야."

삼번이모는 이번이모가 세상으로 나온 7월의 날 태풍이 몰아쳤다고 했다. 세상을 온통 뒤집고 휘저을 정도로 거셌던 태풍 이름은 '제니스'였다. 결국 60여 명이 넘게 죽었고 엄청난 재산 피해가 났다. 많은 사람이 피처럼 붉고 뜨거운 눈물을 흘릴 때, 일번이모도 생성되었다.

"이유 없이 일어나는 일이 있어. 누구에게도 물을 수 없는 그런 일들이 있단다."

삼번이모는, 일번이모와 이번이모를 분리했던 순간을 들려줄 때마다 눈이 축축해졌다. 일번이모든 이번이모든 자신들이 원해 세상으로 나온 게 아니었으니 억울함이 없진 않겠다고 나는 여기고 있다.

"하필 지옥 같은 날만 골라서들 올 게 뭐야."

일번이모와 이번이모에게는 '사월이'와 '칠월이'라는, 별명도 있다. 1995년 4월과 7월의 어느 날에, 일번과 이번이모는 삼번이모에게서 떨어져 나왔다. 삼번이모 추측과 설명으로 보자면 나는 그해쯤 태어났을 것이다. 생겨나지 않았거나 생겨난 지 얼마 안 되었으므로, 지옥 같은 그날들의 사고를 알거나 떠올릴 수 없다. 그저 말로 들었을 뿐이지만 삼번이모가 왜 매번 눈이 축축해지는지 짐작할 수 있다. 그날들을 불러내는 그녀의 슬픔이 고스란히 전해오기 때문이라 생각한다. 나도 그렇게 들려주고 싶다. 가게에서 그의 의자를 가져온 일을 한 장면도 빠짐없이 말해주고 싶지만 쉽지 않다. 식당 구석 자리에 놓은 의자에 다시 내려앉았다. 한 달이 지났지만 그날의 밤은 선명하다.

그 밤에도 단추 가게는 어두웠다.

손그늘을 만들어 안을 들여다보았다. 변한 것은 아무것도 없었다. 그는 아직 돌아오지 않았고 나와 단추 가게만 남았다.

그새 녹이 슬었는지 자물통이 쉽게 열리지 않았다. 지나가던 여자가 걸음을 멈추고 나를 물끄러미 보았다. 멀리 개 짖는 소리가 들려왔다. 목덜미로 땀이 흘러내리고 어디서든 개 짖는 소리가 들려와도 이상할 게 없는 여름밤이었다. 눈을 빤히 바라보자 여자가 어깨를 으쓱 올리더니 다시 움직였다. 나는 여자가 작은

점으로 변해 어둠 속으로 묻힐 때까지 바라보았다.

출입문을 열고 들어서자 먼지 냄새가 밀려왔다.

사물들은 어둠 속에 낮게 가라앉아 있고, 걸을 때마다 발밑에서 무언가 끝없이 바스러졌다. 스위치를 켜자 흐릿한 사물의 선들이 환하게 되살아났다. 가게 안은 넘어지거나 깨지거나 흩어진 것들로 어지러웠다. 물건들 사이로 전기 포트와 찻잔들, 옆으로 넘어진 유리 진열대가 보였다. 그쪽으로 움직이려는 순간 팟, 소리와 함께 형광등 불빛이 사라졌다.

어두울수록 모든 소리는 섬세해진다. 어디선가 바람이 미세하게 스며들었다. 나는 어둠의 틈새로 파고든 것들이 내는 소리를 고요히 들었다. 열을 세기도 전에 형광등이 켜졌다. 몇 초 간격으로 깜빡깜빡 꺼지고 깜빡깜빡 켜졌다. 유리 진열대 옆에 쪼그려 앉았다. 사방으로 흩어진 빨간 석류알 같은 단추를 한데 모았다. 손바닥이 따끔해 들여다보니 작은 유리 조각들이 박혀 있었다. 꺼졌던 불이 켜질 때마다 동그란 핏방울이 붉게 번들거렸다. 그의 얼굴이 잘 떠오르지 않았다. 흐릿한 형체만 있을 뿐 눈이나 코가 어떻게 생겼는지, 화날 때 무슨 표정을 짓고 웃을 때 입가에 어떤 모양의 주름이 잡혔는지. 처음부터 몰랐던 사람처럼 세상 어디에도 없는 것 같았다.

"상대 없는 갈등이 없듯, 상대 없는 고독도 없어요."

때로 그가 혼잣말을 하는 순간들이 있었다. 무슨 의미인지 몰랐지만 나는 모두 이해할 수 있었다. 그는 내 이름이 단추라는

걸, 부모가 아닌 똑같이 생긴 세 명의 이모들과 산다는 걸 알면
서 아무것도 묻지 않았다. 아무것도 묻지 않으므로 아무것도 대
답하지 않았다. 나는 누군가의 얼굴을 자세히 바라보며 말을 주
고받거나 큰 소리로 웃거나 따로 약속 같은 걸 잡아 만나본 적이
없다. 마음이 내키지 않고 굳이 애쓰며 그런 일들을 하고 싶지
않았다.

"그럼, 가지 마. 하고 싶은 것만 하고 살아도 금방 늙는다."

중학교 이학년, 더는 학교에 가지 않겠다고 하자 삼번이모가
말했다. 일번이모나 이번이모도 다르지 않았다. 나는 교실에 함
께 있던 아이들과 한마디도 하지 않고 학교를 오갔다. 특별한 좌
절의 계기가 아니라, 눈과 코와 입이 있는 것처럼 내게는 그게
자연스러운 일이었을 뿐이다. 쉴 새 없이 재잘거리는 여자애들
과 침묵의 하나였던 내가 섞이는 일은 좀처럼 없었다.

단추 가게의 형광등이 깜빡거리며 빛과 어둠 사이를 오갔다.
바닥의 단추를 한 움큼 집어 바지 주머니에 넣었다. 그가 좋아하
던 선홍빛 단추들이다. 출입문의 덧문을 닫으면 낮에도 햇빛이
들지 않는 이곳에서 함께 점심을 먹고 커피를 마셨다. 조용한 시
간이었다. 손님은 드물었고 우리가 주고받는 말은 적었으며 불
빛은 적당히 어두웠다. 그는 창문이 없는 곳이라 좋다고 했다.

"이상하게 빛 속에선 내가 없는 사람처럼 느껴져요. 손가락들
이 희미해져."

"희미해져요?"

대답 없이 책을 집어 든 그를 먹먹한 마음으로 바라보았다. 그는 매번 구석에 앉아 책을 읽었다. 손님이 들고 나는지, 내가 무슨 말을 했는지 전혀 모르기도 했다. 어두운 곳에 서 있으면 종종 그를 못 보고 지나쳤다. 찻잔을 가져가다 부딪친 적도 있다. 그는 모르고 있었다. 어둠 속에 있으면 자기가 종종 보이지 않는다는 걸. 하지만 나는 이해했다. 울음을 삼킬 때 목울대의 소리라든지 외로움을 지나는 순간의 표정이라든지 긴장하면 미세하게 떠는 손가락이나 햇살에 찌푸리는 눈가 주름 같은 것들. 그는 그런 사소한 기호들로 내 안에 고였다.

"단추가 단추를 팔게 생겼구나."

스무 살쯤이라 짐작하던 내가 단추 가게에서 일하게 되자 이모들은 말했다. 그 후 일 년 가까이 단추나 자잘한 액세서리들을 파는 종업원으로 일했다. 그가 갑자기 사라져버리기 전까지. 그는 다시 나타나지 않았고 남은 건 나와 햇빛 없는 가게와 단추들과 액세서리들뿐이었다.

단추를 한 주먹 더 집어 주머니에 넣자 바지가 불룩하게 솟았다. 빛이 꺼지고 어둠에 묻히는 순간이 되면 사방에서 무언가 뾰족하게 일어섰다. 딱, 하는 소리가 들려 바라보니 그의 의자가 있었다. 분명 빈 의자인데 그림자 같은 게 드리워졌다. 꺼졌다 켜지는 불빛을 따라 의자에 새겨진 그림자가 희미해졌다 조금 더 짙어졌다. 손으로 의자를 쓸었지만 잡히는 건 없었다. 나는 의자에 앉아 단추 가게 안을 휘둘러보았다. 어지러운 풍경이 어둠에 묻혔다 다시 살아났다.

"꼭 만져봐야 얼마나 뜨거운지를 알더라고, 내가."

삼번이모는 지나왔던 사랑 얘기를 들려줄 때마다 이런 말로 시작했다. 똑같은 이야기를 백 번쯤 들었지만 지루하지 않았다. 백 번의 이야기 속에서 매번 백 번을 새로 태어나는 사람이었다.

의자를 들고 골목을 걷는 내내 삼번이모와 그녀의 이야기를 생각했다.

차분차분한 목소리와 웃음소리, 특유의 몸짓 같은 것들도 이어졌다. 걸을 때마다 주머니 속에서 단추들이 차르르 소리를 내며 생각들을 잘라갔다. 예상보다 의자는 무거웠고 허벅지에 닿는 단추의 질감이 이물스럽기만 했다.


나는 그날부터 그의 의자에서 잠이 들었다. 똑같은 나날이 계속되었다. 의자에서 깨면 몸이 굳어 잘 움직이지 않았다. 매번 그랬다.

새벽인데도 일번이모가 도마질을 시작했다.

"때론 도마질에 집중하기 어려워."

"알아요."

도마질 소리에 묻혀 가닿지 않을 수 있지만 알고 있다는 걸 말해주고 싶었다. 시간이 지날수록 칼이 도마에 닿는 속도는 일정하다. 그건 정말 쉽지 않은 일이라 생각한다. 하루의 시작을 알리는 균일한 속도의 도마질이었다. 오로지 곰탕만 파는 식당은 밤에나 문을 열 테지만 일번이모는 늘 새벽부터 바쁘게 움직였다. 온종일 뼈들을 고아내며 밤을 맞는다. 해 질 녘 식당의 불빛이 서서히 짙어지는 어둠을 가로지른다. 밤이 깊어지면 불빛은 오로지 하나라 저 멀리서도 보이고, 골목으로는 검은 먼지바람이 자주 지나간다.

이번이모가 휴지에 코를 풀었다. 일번이모의 도마질이 시작되고 해가 떠오르자마자 울기 시작했다.

"거기서 잠이 든 거냐?"

의자에 앉은 내게 물으며 눈물을 훔쳤다.

울음은 오전 내내 이어졌다. 식당 테이블 위로 올라가 쪼그려 앉아 대뜸 울고도 계속 울었다. 울음이 언제쯤 그칠까 기다리는 일은 이제 재미없다. 그녀 인생은 소리 없는 울음 그 자체였다. 눈물은 아무 때나 찾아오는 게 아니란 걸 알기에 누구도 그치라 말하지 않는다.

여전히 나는 창문 너머로 단추 가게를 바라보고 있다. 이번이모의 울음처럼 계속되겠지.

"곰탕만 있다니까요."

일번이모가 허리춤에 양손을 얹었다.

"그럼, 곰탕으로 두 그릇 줘요."

좀 전까지 메뉴판을 찾던 노인이 대답했다. 일번이모가 앞치마를 털며 자리를 뜨자 노인은 맞은편 부인에게 몸을 기울여 속닥였다.

"도대체 여길 왜 오자고 한 거요? 그까짓 곰탕 먹으려 택시 불러 이곳까지 왔단 말이오? 오늘이 우리 결혼기념일이란 걸 잊었소?"

"알고 있어요. 알고 있고말고요."

부인이 눈을 흘기며 손사래 쳤다. 노려보던 노인은 곧 엉덩이를 의자에 붙이고 입을 다물었다. 입가에 잡힌 깊은 주름 때문인지 심술 맞아 보이는 인상이었다.

"그래, 기껏 곰탕 따위를…… 근사한 곳에 갈 거라더니. 관계가 멀어지는 건 이렇게 사소한 것들 때문이야. 거짓말을 하고 작은 비밀들을 만들거든."

노인이 다시 중얼거렸지만 부인은 가만히 앉아 있을 뿐이다. 이번에도 일번이모는 들통이 다 비워질 때까지 곰탕을 팔 거였다. 맛이 특별히 정갈하거나 훌륭하지 않은데도 불만을 털어놓는 사람은 드물었다. 그녀는 오로지 지금 순간이 생의 전부인 것처럼 소뼈만 우린다. 물에 담가 핏물을 빼고 나면 소뼈들은 커다란 들통에서 덜그럭거리며 진한 국물로 뭉근하게 우러났다. 일번이모는 국자를 들고 일평생 소뼈만 우려온 사람 같은 뒷모습으로 국물을 휘젓는다. 그러므로 내게는 뒷모습이 더 익숙하다.

노부부는 아무 대화 없이 곰탕을 먹고, 아무 대화도 주고받지 않은 채 화해했으며 다시 택시를 불러 떠났다. 일번이모는 알아보지 못해도 나는 기억한다. 노부인은 삼 년 전 이곳에서 이번이모와 함께 울었다. 딸을 잃은 지 오 년이 지났지만, 딸이 죽던 날부터 목구멍에 무언가 걸려 제대로 숨을 쉬지 못한다 했다. 그후 노부인은 네 번 더 방문했다. 무언가 목구멍에 걸린 것은 변함없겠지만 어느 날 발길을 끊었다. 사람들 대부분은 함께 울고 어느 정도 지나면 찾아오지 않는다. 이번이모는 그들이 인생의 어느 지점에 구멍이 뚫린 사람들이라고 했다.

"우리, 조금만 울까요?"

등뒤에서 이번이모 목소리가 들렸다. 그녀는 조금 전 첫번째 손님을 맞았다. 옆에 앉은 여자 손님이 어깨를 움찔하더니 천천히 내려놓았다.

"목을 앞으로 더 내밀어요. 고개를 뒤로 젖히면 울 수 없어요. 트림을 하듯 끄윽, 끄윽, 숨을 토해요."

이번이모가 어깨를 구부정하게 무너뜨리고 긴 숨을 내쉬며 시범을 보였다. 말하자면 이번이모는 우는 방법을 가르쳐주는 사람이다. 손님은 무언가 목구멍까지 차 있지만 방법을 몰라 토해내지 못하는 이들이었다. 이번이모는 울기 위해서는 가슴 안에 번개가 쳐주길 기다려야 한다 했지만 매번 눈물은 금세 흘러내렸다. 이번에도 마찬가지였다. 오늘의 두번째 울음이 시작되었다.

"어디로 가는 중이죠?"

이번이모가 훌쩍이며 여자에게 물었다. 나는 그의 의자에 앉아 단추 가게를 내다보지만 때때로 이번이모 쪽으로 고개를 돌렸다.

"딱히 정한 곳이 없어요. 발길 닿는 대로 가는 중이에요."

"그럼 목적지에 도착했는지 어떻게 알 수 있나요?"

"중요한 질문이네요."

여자가 휴지에 킁, 코를 풀었다. 이제 이번이모가 여자 등을 두어 번 팡팡 두드리는 순서가 이어질 거였다. 울음은 거의 그런 식으로 마무리된다.

"삼번을 찾는 거냐?"

내가 두리번거리자 일번이모가 물었다. 국자로 곰탕을 휘젓는 동작은 멈추지 않은 채였다. 나는 고개를 끄덕였다. 의자에 등을 붙인 채 머리만 돌려 고개를 끄덕이는 것은 상당히 어려운 일이었다. 일번이모가 공방 쪽을 턱짓했다.

이모들 말대로라면, 예전 삼번이모는 자살하기 좋은 장소를 찾아 목숨을 끊는 게 소원이었다고 했다. 그게 어떤 곳인지는 모르겠지만, 끝내 찾을 수 없었고 소원은 이루어지지 않았다. 그녀는 그 후로도 사십 년을 더 살고 있는 셈이다.


무언가 벽을 긁는 소리가 들려오는 날이 있다.

그런 밤에는 바람이 울음소리처럼 지나간다. 온 골목이 우웅, 하나의 악기로 울기도 한다. 내게는 자다 깨어 한밤의 소리들을 듣는 버릇이 있다. 오늘도 그의 의자에 앉아 있고, 이곳에서 잠들어도 버릇은 변하지 않았다.

자잘한 햇빛이 어른거려 눈을 뜨기 힘들다. 어젯밤 꿈에 스치듯 그의 얼굴을 보았으니 나쁘지는 않았다. 목이 말라 입술을 혀로 핥았다. 골목의 소리를 듣느라 잠을 설쳐 졸음이 밀려왔다.
오늘처럼 햇빛이 아른거리는 날에는 더 지독한 잠이 쏟아진다.
그 순간마다 조금씩 졸았다. 바지 주머니의 단추 몇 개가 바닥으
로 떨어지면 잠에서 깨어 다시 주웠다.

불쑥, 삼번이모가 내 앞으로 얼굴을 들이밀었다. 의자의 나와
높이를 맞추려 무릎을 조금 구부려야 했는데 다행히 불편해 보이
지 않았다.

"이유 없이 일어나는 일이 있어. 그건 불시에 찾아오고 아무
이유 없이 일어나기도 해."

삼번이모가 여닫이창을 활짝 열었다. 닫힌 창의 틈새로 보이
던 것들이 쏟아지듯 눈앞으로 펼쳐졌다. 나는 손바닥에 박힌 작
은 유리 조각들을 엄지로 꾹꾹 누른다.

"의자에서 자는 일에 지치면 방으로 들어가 누우면 돼. 그러
면 된다."

삼번이모가 말했다. 그녀는 자신의 공방에서 대나무를 깎다
잠시 바람을 쐬러 식당으로 나왔다. 공방은 식당 구석진 곳에 붙
은 작은 문으로 들어갈 수 있다. 저 공간에서 우둘투둘한 등뼈처
럼 앉아 골목의 모든 풍등을 만들어낸다.

"곰탕 한 그릇 줄까?"

일번이모가 큰 소리로 물었다. 누구에게 묻는 것인지 몰라 나
는 잠자코 있었다. 곰탕 그릇을 내미는 건 일번이모 습관이다.
그녀는 골목을 지나가는 누구에게라도 한 그릇 줄까, 묻는다. 그

렇게 묻는 곰탕은 돈을 받지 않았다. 나는 그게 좀 불만이고 가끔 꿈속에서나마 일번이모가 내민 곰탕 그릇을 바닥에 팽개친다. 테이블이 고작 여섯 개라 점심때면 먹는 손님보다 돌아가는 손님이 더 많았다. 매번 바쁜 것도 아니어서 그럴 때마다 마음이 사납게 일어섰다.

"너나 먹어."

삼번이모가 대꾸했다. 일번이모가 탁, 국자를 가스레인지 위에 내려놓았다.

열린 창문으로 햇빛이 쏟아져 들어와 눈이 시렸다. 일번이모와 삼번이모가 다툰 것은 일주일 전이다. 싸움은 사소한 이유로 시작했는데, 정말 사소해 기억나지 않는다. 매번 사소하게 시작된 다툼은 매번 사소하게 끝난다. 먼저 말을 거는 것은 일번이모였고 삼번이모는 마지못해 대답한다. 다툼도 화해도 모두 이런 식으로 비롯되었다. 그녀들 일상은 그렇게 평범하고 사소한 것들로 채워져 있고, 어제와 다를 바 없는 똑같은 하루를 보낸다. 그녀들이 서로를 향해 아무것도 묻지 않고 나도 묻지 않으므로, 그녀들의 세계를 나는 알 수 없다. 흐릿하고 보이지 않는 세계, 그럼에도 삼번이모에게 들은 이야기만은 언제든 생생하게 불러낼 수 있다.

이 집으로 와 십 년쯤 흘렀을 때의 여름밤, 나는 삼번이모 무릎을 베고 누워 있었다. 손바닥으로 모기를 잡던 그녀가 갑자기 자신의 분리 이야기를 들려주었다.

풍등의 골목 맨 끝자리의 식당에 가장 먼저 둥지를 튼 것은 일번이모였다.

삼번이모의 얘기를 들었던 그 여름밤 전까지 일번이모에 관해 내가 아는 건 거기까지였다. 이번이모도 마찬가지다. 어쩌다 이곳에 왔는지 왜 이렇게 살아가는지 알지 못했다. 내가 오기 훨씬 전부터 그녀들은 별다른 이름 없이 숫자 이모로 불렸다. 원하든 원하지 않든 이모들은 자신을 둘러싼 기묘한 세계를 받아들였다 했다. 이 골목에서 자연스럽게 이루어진 일이다.

"인생은 너무 잔인한데, 사랑을 믿지 않으면 아무 의미가 없다 생각하던 때였어."

어쩐지 고개를 끄덕여야 할 것 같은 말이었다. 귓바퀴에 삼번이모가 입은 치마의 까슬까슬한 질감이 오르내렸다.

"영원할 거라고 믿고 싶지만 사랑은 아주 잠깐 동안의 일이야."

삼번이모가 내 머리카락을 쓱, 쓸어 올렸다. 나는 어린아이답지 않게 아주 신중한 표정으로 이야기를 들었다.

"그건 아마 이만큼 짧은 지점일지 모르겠구나."

삼번이모는 검지 한 마디를 짚어 내밀었다. 꼭 한 마디였다. 그녀가 입꼬리를 길게 늘이며 웃었지만, 어쩐 일인지 나는 슬픔을 생각했다.

나는 그녀의 치맛자락을 꽉 움켜쥐었다. 거짓말 같은 이야기였다.

"정말이야. 이렇게 앉아 빌었지. 간절하게, 오직 세상에 그뿐인 것처럼, 모든 것을, 남은 영혼을 바치듯 온 힘 다해 간절하고 간절하게."

무릎에서 벌떡 일어나 그녀의 눈을 들여다보았다.

"묻고 싶겠지. 말이 돼? 또 다른 자신이 자기 몸에서 밀려 나왔다는 게?"

나는 마지못해 고개를 끄덕였다. 삼번이모는 또렷한 눈으로 몇 번이나 고개를 끄덕여 보였다. 그것 말고는 다른 게 모두 거짓이 되어도 좋다는 확신의 눈동자였다.

삼번이모 말대로라면 그것은 굵은 똥처럼 항문에서 밀려 나왔다.

조금씩, 조금씩 우주에서 가장 긴 시간을 지나며 몇 날 며칠을 견디는 듯했다. 하지만 두세 시간이 지났을 뿐이었다. 그녀는 몸에서 무언가가 길고 길게 밀려 나오는 순간들을 하나도 놓치지 않고 자기 안에 새겼다. 일분일초 바늘들이 수천 개 조각으로 온몸의 구멍에 박혔다. 밀려 나온 그것은 둥글고 투명하고 물컹한 젤리 상태로 바닥에 한참을 웅크려 있었다. 서서히 부피가 커지며 살빛이 돌고 머리카락이 길어지고 손발톱이 돋아났다. 그 일은 한 시간 정도 진행되었는데 삼번이모는 눈 한 번 깜빡이지 않고 모두 지켜보았다.

"아, 지겨웠어."

그것이 기지개를 켜며 말했다. 삼번이모는 손으로 입을 가리

고 쿡쿡 조금 웃었다. 그러고는 자신에게서 밀려 나온, 또 다른
자신에게 말했다.

"이제 됐어. 그만 가. 그에게 가."

항문에서 굵은 똥처럼 밀려 나온 또 다른 그녀는, 삼번이모가
하는 말을 곰곰 들었다. 머리부터 발끝까지 그녀와 똑같이 생긴
또 다른 그녀가, 말간 눈망울로 빤히 바라보기만 하다 이렇게 말
했다.

"내가 알아서 해."

그러더니 삼번이모에게 옷을 벗어줄 것을 요구했다. 삼번이모
는 순순히 옷을 벗었다. 홀가분한 껍질을 벗는 느낌이라 기분은
그리 나쁘지 않았다.

"빤쓰도."

또 다른 그녀가 마지막 남은 팬티를 가리켰다.

"냉정한 년."

삼번이모는 투덜거리며 팬티를 벗었고 완전한 알몸이 되었다.

그녀의 또 다른 그녀는, 그녀를 완전하게 떠나 또 다른 그녀로
살았다. 원본인 그녀와 한동안 마주치지 않고. 정작 그를 사랑했
던 그녀 대신, 몸에서 똥처럼 밀려 나온 또 다른 그녀가 그에게
로 가 함께했다.

삼번이모는 그런 과정으로 또 다른 자신을 몸에서 분리시켰다.

일번이모는 1995년, 4월 끄트머리 날에 생성되었다. 삼번이모
가 일번이모를 밀어내던 순간 대구 상암동에서는 가스 폭발 사

고가 일어났다. 삼번이모는 다음날 뉴스를 본 후 그 사실을 알았
고 그만큼 충격을 받았다 했다. 하나의 이야기는 여기에서 끝난
다. 더 자세히 듣고 싶었지만 입을 꾹 다문 채 내게 부채질만 해
댔다. 나는 다시 그녀의 다리를 베고 누워 까슬까슬한 치맛자락
을 쥐고 잠들었다.

또 하나의 이야기가 시작된 것은 그로부터 몇 달이 지나서였다.
나는 중학교를 그만둔 후 식당 일을 도우며 하루하루를 살았
다. 여름밤이었고, 기습적으로 쏟아지는 폭우처럼 이모들의 지
난 역사가 내게로 왔다.

두번째 이야기는 그녀들의 조우가 중심이었다.

"이상하지? 그 시간들을 어떻게 견뎌냈는지 하나도 기억나지
않아. 정말 죽고 싶을 만큼 끔찍하고 혹독했는데도 어떻게 지나
왔는지 잘 모르겠어."

삼번이모가 리듬을 타듯 작게 고개를 끄덕였다. 나도 고개를
끄덕여주었다. 이마로 내려온 반백의 머리를 쓸어 올리는 손가
락이 메마르고 거칠었다.

"그런데 왜……"

나도 모르게 튀어나온 말이다. 내가 무언가를 먼저 물은 것은
처음이었다.

"왜라니?"

"왜 이모가 가지 않았죠? 그를 사랑한 건 이모였고, 그가 사랑

한 것도 이모였는데. 또 다른 자기 자신을 만들어 똥처럼 밀어낼 정도로 사랑했는데. 그토록 함께하길 원했으면서 왜 그에게 가지 않은 거예요?"

삼번이모는 대나무를 가늘게 다듬을 뿐이었다. 주름진 손이 그것들을 그러모아 작업대 바닥에 툭툭 쳤다. 대나무 살이 부채 모양으로 펼쳐지며 화르르 떨렸다.

"영원할 거라고 믿고 싶지만 사랑은 잠깐 동안의 일일 뿐이라 했잖니."

삼번이모는 자신을 사랑했던 남자나, 그들의 사랑을 끔찍하게 반대했던 어머니, 어느 쪽으로도 가지 않았다. 서른에 혼자되어 홀로 살아온 어머니가 심장마비로 죽은 다음날이었다. 그녀는 사랑했던 남자를 떠나 이 풍등의 골목 끝에서 또 다른 자신을 항문으로 밀어내었다. 간절하게 빌었지만 소원이 정말 이루어질 줄은 몰랐다. 삼번이모는 자기가 밀어낸 또 다른 그녀를 사랑하는 남자에게 보내고, 어머니의 뼛가루를 유리병에 담아 묻었다. 땅을 디딜 때마다 꾹, 꾹, 발밑에서 흙이 단단해졌다. 다져져라, 다져져라, 자신을 향해 주문을 걸듯 중얼거렸다. 그런 후에는 자살하기 좋은 장소를 찾아 여행을 떠났고, 그것은 오랜 세월 동안 반복되었다.

"그럼, 이번이모는 뭐죠? 일번이모가 있었잖아요."

내가 물었다. 그들의 분리는 오래전 이야기였고, 이미 등허리가 굽고 등뼈가 우둘투둘 튀어나온 몸이 되었다. 삼번이모의 손

끝에서 얇은 대나무 가닥들이 둥글게 휘어졌다. 자신의 굽은 등처럼 그녀는 날마다 작고 완만한 곡선들을 만들어낸다. 아교를 바르고 곡선의 대나무 살에 붉은색 한지를 붙이면 하나의 풍등이 완성된다. 지겹지도 않은지 하루에 꼭 하나씩 풍등을 만든 후 공방에서 잠들었다.

"석 달쯤 지나 일번이 신문에 광고를 냈어."

삼번이모는 풍등을 다 완성하고서야 입을 열었다.

일번이모가 광고에 적은 문구는 단 한 줄이었다.

'원본, 지금 만나러 간다.'

광고를 본 삼번이모는 골목 끝으로 돌아왔다. 그리고 자신의 또 다른 그녀인 일번이모를 만났다. 일번이모는 자기가 자궁암에 걸렸다는 사실을 알렸다.

"나는 다른 데로 가서 죽을 테니 나머지는 네가 알아서 해. 네가 그에게 가든 또 분리를 하든, 아무튼 나를 밀어낸 것은 원본인 너지만 마지막은 내가 알아서 할 거야. 나도 하나의 인격체니 그럴 권리가 있어."

일번이모의 뒷모습은 참 쓸쓸했다. 누구나 뒷모습은 쓸쓸하다는 걸 알기에 삼번이모는 그만 고개를 돌렸다. 엄마의 유리병을 묻고 발밑에서 다져지는 흙을 온몸으로 느끼던 날 삼번이모는 생각했다. 그와 함께할 수 있는 역사는 여기까지다. 그의 목소리가 속눈썹이 콧날과 입술이 눈꺼풀 속으로 천천히 스며들었다. 그가 너무 그리워 그녀는 바닥에 주저앉아 울었다. 한낮이었지만 하늘이 밤처럼 어두워지며 사방에 비를 뿌리기 시작했다.

몸을 휘감아 올릴 것처럼 바람이 거세졌다. 삼번이모는 비바람 몰아치는 골목 벽에 기대앉아 오래 울었다. 울음은 점점 처연해졌다. 동시에 엉덩이에서 무언가 꿈틀거리는 기운이 일었다.

삼번이모는 오직 엉덩이 한곳으로만 밀려드는 엄청난 고통을 느끼며 고양이처럼 네 발로 엎드렸다. 아웅, 아웅 길고 긴 울음소리가 바람 속으로 섞여들었다. 엉덩이에서 밀려 나온 그것은 일번이모 때처럼 둥글고 투명하고 물컹한 젤리 상태로 바닥에 한참을 웅크려 있었다. 빗물과 바람이 표면을 할퀴고 지나갔지만 멀쩡한 모습이었다. 삼번이모는 물렁거리며 조금씩 벽 쪽으로 옮겨가는 형체를 지켜보았다.

이번이모는 태풍 제니스가 오기 바로 전, 휘몰아치던 바람 속에서 생성되었다.

"사랑이란 게 참, 모진 일이네요."

아이답지 않은 말이지만 진심이었다.

이번이모를 그에게 보낸 후, 다시 여행을 떠난 삼번이모는 여러 곳을 휘돌았고 십 년이 지나 골목으로 돌아왔다. 결국 같은 곳이라 생각하자 배가 고파졌다. 그녀는 골목 끝의 식당으로 들어섰다. 삼번이모가 '사월이'라 별명을 붙인 일번이모를 만난 것은 그때였다. 그들의 조우는 호들갑스럽지 않게, 그러나 한눈에 서로를 알아보는 방식으로 이루어졌다. 자궁암으로 어딘가에서 죽은 줄로만 알았던 일번이모가 눈앞에 있었다. 계속 안 죽어 병원에 가보니 자궁암 진단은 오진이었단다. 그녀들은 크게 웃었다. 눈물을 흘릴 때까지 오래도록 웃었다. 그러다 미치는 것은 아닐까 싶을 만큼 이상한 웃음이었다. 그날부터 일번이모와 삼번이모는 함께 살기 시작했다. 태풍이 몰아치는데도 세상으로 나왔던 칠월의 독한 년인 이번이모가, 두 이모를 찾아온 것은 한참의 시간이 흐른 후였다.

삼번이모의 이야기가 끝나자 긴 숨이 저절로 나왔다. 평생 해야 할 말을 다 해버린 것처럼 오히려 내가 지쳐 있었다. 나는 기진맥진한 상태로 그녀들 사랑의 결과물을 요약했다.

일번이모의 사랑은 자궁암 오진으로 아주 짧고 싱겁게 끝났다.

이번이모의 사랑은 그가 다른 여자를 만남으로써 결국 실연으로 끝났다.

자세한 것은 본인들만 아는 역사고, 좀처럼 자기 이야기를 들려주지 않는다. 그녀들이 가진 요약의 두 문장은 삼번이모인 원본의 그녀와, 그녀에게서 분리된 또 다른 그녀들인 일번과 이번 이모가 이곳에 함께한 계기가 되었다.

세 이모들의 이야기는 이런 모습으로 끝난다.


"단추야, 내버려둬라. 언젠간 빠져나올 테니까."

이번이모가 내 손바닥을 들여다보았다. 나는 엄지로 유리 조각이 박힌 곳을 계속 꾹꾹 눌렀다. 이상하게 하나도 아프지 않았다. 발갛게 부어오른 것과는 달리 시간이 흐를수록 느낌이 둔해

220

졌다. 이번이모 말을 들은 일번이모가 다가와 똑같은 모습으로 손바닥을 본다.

"당장 빼내는 게 좋지 않겠냐."

잔뜩 걱정하는 얼굴이라 나는 좀 미안한 마음이다.

"삼번, 나와봐. 단추 손바닥에 유리 박혔다."

이번이모가 공방 쪽으로 소리를 질렀다. 공방에서 삼번이모가 천천히 걸어와 손바닥을 들여다본다.

"비난할 수는 없어요. 이렇게 잠시 파고드는 걸지 몰라요. 우리 모두 그 순간의 뜨거움을 견딜 수밖에 없는 사람들이에요."

그녀들은 내 말을 잠잠히 들었다. 일번이모와 이번이모와 삼번이모 눈이 유리 조각에 함께 닿아 있었다. 희끗한 정수리는 모두 가지런하고 콧날도 똑같이 날렵하다. 턱 밑으로 늘어진 주름 모양만 조금씩 다를 뿐 거의 구별이 되지 않는다. 원본이든 아니든 아무래도 상관없이 서로 인정하며 살고 있다는 생각이 들었다.

바람이 불어왔다.

풍등은 지치지도 않고 매일매일 바람의 결을 따라 일렁인다. 삼번이모는 앞으로 남은 시간에도 변함없이 풍등을 만들 테지. 대단하지 않고 절대 흔들리지도 않는 구부정한 등으로 끝없이 만든다. 그냥 풍등만 만든다. 나는 삼번이모가 돌 같은 사람이라 생각한다. 내일도 딱딱한 돌처럼 앉아 진지하지도 엄숙하지도 가볍지도 하찮지도 않은 표정으로 풍등을 만들겠지. 나는 손바닥의 유리 조각을 꾹꾹 눌렀다. 골목으로 마른바람이 지나가면 종종 주머니에 손을 넣었다. 유리알 같은 단추들이 잡혔다.

오늘도 이번이모는 테이블로 올라가 대뜸 울기 시작했다. 일번이모는 또 소뼈를 우리는 중이다. 살아오는 동안의 모든 굴곡이 새겨진 두툼한 뒷모습도 변함없다.

알 수 없다.

1995년의 4월과 7월의 날에 분리하고 분리된 그녀들도, 그해에 세상으로 나왔다고 추정되는 나도. 왜 하필이면 그해 지옥 같은 날 중의 하나였는지. 우리는 모두 공평하게 알 수 없고 알지 못하는 이유들이 불시에 솟아나는 순간의 지점을 지나고 있을 뿐이다.

이번이모의 울음을 들으며 주머니 속 단추들을 세기 시작했다. 한 움큼의 단추로 남은 그는 돌아오지 않겠지. 어쩌면 단추인 나는 살아가며 무언가를 견디는 동안, 삼번이모가 그랬듯 한두 번쯤 또 다른 단추가 될지 모르겠다.

나는 여전히 의자에 앉아 있다.

당분간 이런 모습으로 하루를 견딜 것이다. 골목 끝까지 휘도는 바람이 풍등을 휘저으며 지나갔다. 줄줄이 매달린 붉은 불빛들이 바람의 결을 따라 우우 일렁였다. 하나, 둘, 셋, 삼번이모의 인생이라 이름 붙여도 좋을 풍등을 세기 시작했다. 창문 틈새로 햇빛이 유리 조각처럼 파고드는, 뜨거운 여름의 정오.

# 1995년의 결

**허택**

**작가의 말**

한반도의 역사는 어느 시대든 난항의 기록이다.

순항의 역사를 위한 이데올로기 갈등은 20세기 현대사에 더욱 증폭됐다.

하지만 민족적 애국심은 아무리 역사의 난항이라도 대한인으로 불타올랐다.

비록 애국에 대한 개념이 다르더라도 중용의 타협으로

역사의 순항을 이루어야 한다.

2008년 「문학사상」 신인상에 단편소설 「리브 앤 다이」가 당선되며 작품 활동을 시작했다. 소설집 「리브 앤 다이」 「몸의 소리들」, 5인 중편 소설집 「선택」이 있다.

빛이 있다. 가로등 불빛이다. 눈이 부시다. 나는 불빛 속에 머문다. 유난히 밝다. 고개를 들어 가로등을 본다. 불빛이 눈 속을 찌른다. 눈 속이 살짝 아프다. 빛 밖에는 어둠이 깔려 있다. 몇 분간 아파트 통행로 어둠 속을 걸었다. 어둠 속에서 계단을 내려오며 발을 헛디디곤 했다. 마음이 급한가? 가로등이 보였다. 매일 왕래하는 길목인데 왜 가로등을 몰랐을까? 놀라움이 앞선다. 발이 움직여지지 않는다. 가로등 불빛 아래 잠시 머물고 싶다. 가을바람에 불빛이 나부낀다. 걸어온 계단과 시멘트 길을 바라본다. 어둠에 묻혀 있다. 가로등 불빛 아래 밤 8시가 지나가고 있다. 불빛 테두리가 뚜렷하게 발아래 그려진다. 나는 불빛에 갇혔다. 하지만 기분이 좋다. 손을 들어 불빛 밖 어둠을 만져본다. 바람이 손에 잡힌다. 불빛 안이나 어둠 속이나 바람결은 언제나 같다. 8년째 사는 아파트다. 가을밤 가로등 불을 오늘 처음 느꼈다.

가로등 옆에 무궁화나무들이 울타리 쳐져 있다. 빛 그림자가 무궁화 잎사귀에 너울거린다. 빛이 너무 그리울 때가 있었다. 어느 한때의 기억이었다. 그간 기억에서 꺼내지 않았다. 잊고 싶었을 뿐이었다. 이 아파트로 이사 오기 전의 사건이었다. 갑자기 머릿속이 하얗게 된다. 하지만 그때의 어둠을 기억해야 한다. 고개를 들어 불빛을 보며 깊게 숨을 들이쉰다. 어둠이 깔린 시멘트 블록이 보인다. 친구가 떠오른다. 발걸음을 어둠 속으로 내디딘다. 어둡지만 걸어야 한다.

친구의 목소리는 전화 속에서 낮고 느리게 들렸다. 말꼬리가 떨리는 듯했다. 군인답게 크고 절도 있는 평소 목소리가 아니었다. 2여 년 만에 듣는 친구 목소리였다. 창밖 서쪽 하늘은 두근거릴 정도로 붉었다. 모처럼 핸드드립 커피 내음에 젖어 있었다. 퇴근 전 10여 분의 여유가 커피 속에 녹아 있었다. 서류 뭉치를 정리한 책상 위는 깨끗했다. 친구 전화는 뜻밖이었다. 오랜만이네. 잘 지냈나? 너도 잘 지냈냐? 서쪽 하늘 노을은 점점 짙게 물들어갔다. 눈길을 돌릴 수 없었다. 이 시각에 어울리지 않는 친구 목소리였다. 친구는 나를 만나고 싶다고 강하게 말했다. 그 말을 할 때는 절도 있는 목소리로 변했다. 언제나 들어왔던 씩씩한 목소리였다. 다음 주 토요일이 좋겠어. 그동안 처리해야 할 업무 때문에. 좀더 빨리 만날 수 없나? 내 말이 끝나기도 전에 친구 목소리가 다급하게 울렸다. 그때 커피 내음이 콧속 깊이 스며들었다. 콧등이 시큰했다. 이번 주 일요일 밤 9시에 우리가 잘 가던 대학로 막걸릿집에서. 전화를 끊자 서쪽 하늘에 어둠이 밀려오는 듯했다. 잠깐 사이 노을은 사라져버렸다. 친구의 모습이 어둠 속에서 어른거렸다. 하지만 친구 모습이 또렷하게 떠오르지 않았다. 앗, 내가 친구를 잊고 있었나? 스스로 당혹스러웠다. 그간 친구를 잊을 정도로 바빴나? 문민정부 2년여 동안 나는 피해자 신분에서 벗어났다. 나는 놀랄 정도로 세월의 상처를 빨리 회복했다. 막걸릿집이 생각나면서 친구 모습이 되살아났다. 장교 제복을 입은 친구가 머릿속에 떠올랐다. 군복은 친구에게 언제나 어울렸다. 친구가 입고 있으면 어떠한 군복이든 멋스럽게 느껴졌다. 입고 싶은 유혹까지 받았다. 군복으로 보이지 않고 유행하는 패션처럼 보였다. 젊은 시절, 친구는 진급할 때마다 나에게 장교 제복을 입혔다. 친구처럼 늠름한 모습이 거울에 보이지 않았다. 군복을 입은 모습이 마치 노숙자 행색 같았다. 나에게 어울리는 군복은 없었다. 내가 군복을 입자 군복이 추레해졌다. 특히 장교복을 입은 친구는 유난히 빛났다. 어떠한 군복을 입든 친구가 있는 장소는 환했다. 또한 어떠한 장소든 군복을 입은 친구는 그 장소에 어울렸다. 군복뿐만이 아니었다. 친구는 중고등학교 시절, 교복이나 운동복을 입어도 어울렸다. 거의 학교생활에서 운동복 차림이었다. 당당하게 입고 다니는 걸음걸이가 패션모델처럼 보였다. 나는 교복이나 운동복을 입고 거울 앞에서 친구의 걸음걸이를 흉내 냈다. 추레했다. 나에게는 교복이나 운동복이 어울리지 않았다. 키나 몸매는 친구와 비슷했다. '나는 어울리지 않아.' 고민이 뒤따를 뿐이었다. 친구와 함께 생활하면서 고민은 쉽게 지워지지 않는 열등감으로 변했다. 고민이 열등감으로 변하는 줄은 몰랐다. 열등감 때문에 내가 법학 대학에 지원했을까?

고교 시절 진학 상담을 할 때였다. 친구의 대답은 언제나 흔들리지 않고 목청 높이 군인이 되겠다고 했다. 전혀 이상하지 않았다. 그의 입엔 이순신 장군이 늘 붙어 있었다. 그를 존경한다고 했다. 그를 닮고 싶다고 했다. 친구는 그에 대한 온갖 책들을 읽었다. 이순신 장군에 대해서만큼은 확실하게 100점이었다. 임진왜란, 한산대첩, 옥포대첩, 명량해전, 노량해전 등 전투마다 이순신 장군이 어떻게 지휘하고 작전을 펼쳤는지 세세하게 알았다. 마치 자기가 이순신 장군인 듯 어깨를 으쓱이며 얘기했다. 이순신 장군에 대해 얘기할 때 친구는 마냥 행복해했다. 나는 오히려 친구가 읊는 난중일기에 귀가 기울여졌다. 난중일기는 내 가슴을 울컥하게 만든 시(詩)였다. 친구는 중학교 1학년 때부터 단짝이었다. 같은 학교, 같은 반, 같은 동네. 고등학교까지 6년을 그렇게 지냈다. 친구는 이순신 장군에 대해 얘기할 때 외에는 말수가 많은 편이 아니었다. 오히려 내가 조목조목 따지듯 얘기를 많이 하는 편이었다. 친구는 피난민이었다. 친구 부모의 고향이 황해도였다. 친구 아버지는 피난 와서 국군에 자진 입대했다.

친구가 세 살 때였다. 친구 엄마가 울면서 말렸지만 친구 아빠는 묵묵히 입대했다. 공산군과의 전투에서 왼쪽 팔과 눈을 잃었다. 친구의 아버지는 제대 후 헌책방에서 검은 안경을 끼고 오른손으로만 묵묵히 일했다. 친구는 가끔 아버지를 쳐다볼 때면 혹은 6·25 전쟁 얘기가 나오게 되면 입을 꽉 다물고 눈을 부릅떴다. 나는 친구와 헌책방을 자주 들락거렸다. 하지만 한 번도 친구 아버지가 환하게 웃는 모습을 보지 못했다. 친구가 육군사관학교에 입학했을 때와 장교 임관식 때 비로소 친구 아버지가 웃는 것을 봤다. 그때 친구 아버지 웃음에 눈물이 번지는 것을 봤다.

중학교 시절 장기 자랑 시간에 친구는 '전우의 시체를 넘고 넘어'로 시작되는 군가를 불렀다. 교실 여기저기서 웃음이 터졌다. 선생님은 웃음 끝에 친구에게 물었다. 왜 이 노래를 애창하지? 아버지가 좋아하는 노래입니다. 급우들이 또다시 한바탕 웃으며 앙코르를 외치자 '아, 아, 잊으리. 어찌 우리 그날을'로 시작되는 6·25 기념 노래를 비장하게 불렀다. 그 후에 우리 반에서는 군가가 유행가처럼 불렸다. 친구는 어릴 적부터 군인의 길을 가야 했다. 아버지가 원했기 때문이었다. 또한 친구 스스로 군복이 잘 어울린다고 군인이 되고 싶어 했다. 친구는 넋두리처럼 군인이 돼야 하는 이유를 말했다. 빨갱이 때문에 우리 아버지가 상이용사가 됐어. 빨갱이 때문에 우리는 피난 와서 이렇게 가난하게 살고 있지. 배급받으면서 말이야. 우리 가족은 고향을 잃어버렸어. 나는 아버지 고향을 되찾아주고 싶어. 나라를 지키기 위해서는 막강한 군대가 필요해. 그런 말들을 할 때는 친구 얼굴이 비장해졌다. 가끔 이를 갈면서 으르렁거렸다. 그런 친구의 행동에 나는 깜짝 놀라곤 했다. 고등학교 시절 친구가 이순신 장군을 더욱 숭배하면서 스스럼없이 나온 말들이었다.

혜화동 로터리에서 택시 문을 열자, 돼지갈비 굽는 냄새가 확 풍겨온다. 그리운 냄새다. 몇십 년 만에 맡아보는지 모르겠다. 돼지갈빗집마다 왁자지껄 밤늦은 시간까지 떠들썩하다. 얼근하게 무르익는 수다들이 정겹다. 음식점마다 웃음들이 가득하다. 세상이 환해진 듯하다. 최루탄 냄새가 사라졌다. 70년대 초에 울분을 삭이며 결기를 누르며 돼지갈비에 소주를 들이켰었다. 그 시절은 돼지갈빗집도 우리에겐 벅찼다. 누군가가 향토장학금이 올라오면 우르르 몰려가서 돼지갈비 한 조각을 오랫동안 꼭꼭 씹어 먹었다. 돼지갈비가 숯불에 지글거리는 냄새를 맡으며 소주잔을 털었다. 단골로 다니던 음식점인 '막내이모집' 주인아줌마는 이미 위암으로 세상을 뜬 지 오래다. 이제는 마음 아팠던 시절의 추억이 됐다. 서로 눈치를 보면서 마지막 남은 돼지갈비 타는 냄새를 맡고 있으면 '어서 먹어. 시커멓게 타기 전에. 자 이건 덤이야'라며 돼지갈비 서너 개를 불판 위에 올려줬다. 눈물이 났다. 참 힘든 시절이었다. 그 시절에는 웃음이 없었다. 으르렁 울분을 삭이는 한숨이나 흐느끼는 소리만이 가득했다. 아직 최루탄 냄새가 배어 있는 교련복을 입고서 말이다.

동숭동 대학로가 새롭게 단장됐다. 허름했던 거리 풍경이 화려하게 변신했다. 무채색 거리가 울긋불긋 네온사인으로 그려졌다. 왠지 어색하다. 학림다방만 반갑게 나를 맞이한다. S대학 의과대 담벼락엔 온갖 연극 포스터가 붙어 있다. 문민정부 들어서 매우 활기차게 변했다. 여기가 최루탄으로 가득 찼던, 우리가 절규했던 대학로인가? 몇 년간 하숙했던 명륜동 시장 골목이 보인다. 어둡던 골목 밤길이 카페 불빛들로 환하다. 주머니 속 푼돈을 만지작거리며 소주 한잔 곁들여 튀김을 사 먹었다. 어깨가 매우 무거웠던 젊은 시절이었다. 친구와 만나기로 한 막걸리 주점은 동숭동 옛 S대학교 문리대 뒷골목에 있다. 변해버린 거리에서 유일하게 쉽게 찾는 주점이다. 내가 재수 후 법대에 입학했을 때 축하한다고 친구와 함께 간 첫 술집이었다. 그 후 친구와 만날 때마다 막걸릿집에 갔다. 친구는 매우 기뻐했다. 역시 내가 권한 대로 법대에 갔구나. 고등학교 3학년 진학 상담 때 친구는 나에게 법대를 권했다. 나는 네가 부러워. 말도 조리 있게 잘하지. 글도 잘 쓰고, 영어도 잘하고. 너는 여러모로 법관이나 검사가 될 자격이 충분해. 나는 놀랐다. 친구가 나를 부러워하는지 몰랐다. 친구는 가끔 나에게 어려운 영문을 번역해달라고 부탁했다. 친구는 진지하게 말했다. 나는 힘으로 나라를 지킬 테니 너는 법으로 애국하는 법관이 되렴. 왠지 친구의 말이 귀에 들어오지 않았다. 경제성장 중인 나라에서 기업을 만들고 싶었다. 나는 친구의 권유를 듣지 않고 상과 대학을 지원했다가 불합격했다. 재수

하는 동안 친구는 계속 법대를 권했다. 부럽다는 친구의 말이 가슴에 와닿았다. 친구는 막걸리를 가득 부어 건배를 청했다. 나는 군인, 너는 법관. 이 나라를 위해 우리는 쌍두마차가 되어 달리자. 친구는 구국 전사처럼 흥분했다. 나는 고맙다는 말만 하고 친구의 축하 웃음과 막걸릿잔을 받아 마셨다. 그때가 1970년 유신체제 전이었다. 아직 대학로는 최루탄으로 뿌옇게 뒤덮이지 않았었다.

대학 생활 중 친구를 만날 때면 함께 막걸리 주점에 들렀다. 하지만 우리는 고등학교 시절의 우정만을 지켰다. 70년대 초 유신체제 정국은 우리 사이를 어색하게 만들었다. 나의 청년기는 민주주의에 대한 정의가 필요했다. 민주주의는 바로 가고 있는가? 군부정치는 민주국가를 제대로 만들고 있는가? 젊음의 갈등과 번뇌는 점점 깊어갔다. 친구를 만나면 유신체제나 학생운동 등에 대한 얘기는 일절 나누지 않았다. 하지만 그 시절 대학로 마로니에는 나를 뜨겁게 만들었다. 강의실에서 법전만 뒤적일 수는 없었다. 법전대로 민주사회가 필요하다는 것을 깨달았다. 법전과 다른 세상이 나를 최루탄으로 뒤덮인 대학로로 내몰았다. 젊은 혈기가 무섭게 솟구쳤다. 어머니의 걱정스러운 전화는 거의 매일 왔지만, 건성으로 '예. 예' 대답만 했다. 내 이름이 경찰 리스트에 올랐고, 밤낮으로 미행당하고 감시받는 추격전이 벌어졌다. 졸업은 2년이나 미뤄졌고, 그동안 관록 있는 학생운동가로 변신했다. 종로경찰서를 내 집 안방처럼 들락거렸다. 안가라는 곳도 갔었다. 친구는 만날 때마다 안타까운 표정만 지었다. 그 시절에 친구가 나에게 할 수 있는 일이란 걱정스러운 한숨뿐이었다. 친구가 장교에 임관됐을 때 나에게 첫말을 던졌다. 걱정 마. 이제부터 너를 도와줄 수 있을지도 몰라. 군인으로서가 아닌 친구로서의 말이었다. 하지만 나는 친구를 아리송하게 보내야 했다. 친구가 입은 장교 제복이 눈에 매우 거슬렸다. 오직 웃고 있는 친구 얼굴에만 눈을 돌리며 축하해줬다. 그리고 친구 아버지의 눈물을 바라보며 친구 아버지의 행복을 빌어줬다.

동숭동 골목은 언제나 어둡다. 골목 안을 기웃거리다 겨우 막걸리 주점 LED 입간판을 발견한다. 오래됐다. 이혼한 둘째 딸이 이어받아 영업한 지도 벌써 10년이 넘었다. 친구는 막걸리 주점에서 만나는 것을 즐긴다. 법대 입학을 축하하기 위해 처음 이 집에 왔을 때, 마치 자기 아버지의 헌책방 분위기 같았고 주인 할머니가 마치 자기 할머니 같아서 할머니 댁에 온 듯한 기분이었단다. 하지만 난 언제부터인가 친구를 여기서 만나는 것이 매우 불편했다. 최루탄 냄새가 내 옷에서 떠나지 않을 때부터인가? 아니면 친구가 장교로 임관하고부터인가? 선뜻 주점 문을 열고 들어가기가 머뭇거려진다. LED 불빛 옆에서 담뱃불을 붙인다. 불빛들이 요란하게 번쩍인다. 밤 10시가 넘은 골목은 조용하다. 늦가을 바람만 담배 불빛을 붉게 태운다.

1972년 12월 유신헌법이 선포됐다. 김지하 시인의 「타는 목마

름으로」를 우리는 매일 열창하다시피 읊조렸다. 대학로는 최루
탄으로 꽉 채워진 전투장이었다. 내 목소리는 이미 쉬어버린 지
오래됐다. 어머니는 집으로 내려오라고 연일 걱정스럽게 전화했
다. 친구가 밤늦게 하숙집을 찾아왔다. 사복 차림이었다. 어울리
지 않았다. 함께 막걸리 주점에 앉았다. 친구의 눈동자엔 걱정이
서려 있었고, 또한 군인으로서의 명령이 함께 담겨 있었다. 친구
는 앉자마자 명령조로 얘기했다. 학생운동 안 할 수 없어? 휴교
기간에 집에 가 있으면 안 되겠냐? 이렇게 운동한다고 시대의
조류를 막을 수는 없잖아? 넌 훌륭한 법관이 되는 것으로 애국
해야 돼! 나는 막걸리를 들이켜며 친구를 처음으로 쏘아봤다. 이
자식아, 그런 말 할 거면 꺼져! 내 입안에서 터져 나온 첫마디였
다. 주점 할머니가 애처로운 듯이 우리의 다툼을 지켜봤다. 몇십
분간 주점 안은 우리의 다투는 목소리로만 가득했다. 주점 할머
니의 한숨 소리가 점점 커져갔다. 이 나라 팔자가 왜 이렇게 기
구하냐? 얘들아, 그만하렴. 너희 둘 친구 아니야? 할머니 입에서
한숨 서린 사연들이 흘러나왔다. 할머니가 채 말을 끝맺지 못하
고 흐느꼈다. 나는 일제 강점기를, 그리고 6·25를 겪었단다. 그
래도 우리는 살아야 했고, 살아가는 데 어떤 친구든 필요하며 중
요하단다. 우리도 서로 부둥켜안고 울어야만 했다. 친구는 사복
을 입었기에 울 수 있었다. 나는 군복을 입지 않았기에 울 수 있
었다. 참 기구한 나라다. 울면서 모두가 그렇게 생각할 수밖에
없었다.

함께 군복을 입고 주점 문을 열고 들어섰을 때 주점 할머니는 장교와 사병이 다정하게 걸어오는 것을 보며 깜짝 놀라고 있었다. 1976년 나의 마지막 휴가 때였다. 친구는 막걸리를 마시고 싶다고 했다. 나는 생맥주를 마시고 싶었다. 장교 제복 앞에 저절로 '응'이라는 대답이 나왔다. 군복은 어느덧 조직 속에 나를 얽매었다. 군복의 힘은 무서웠다. 입대 후 친구가 첫 면회를 왔을 때 장교 제복에 매우 긴장했다. 친구로 보이지 않았다. 저절로 거수경례 자세로 팔이 움직였다. 친구가 손목을 꽉 잡았다. 나는 막걸리만 마시며 친구의 말을 열심히 들었다. 두 사람이 나라를 지키는 군인이 됐네. 주점 할머니가 말 없는 나와 혼자 떠드는 친구를 방그레 웃으며 쳐다봤다. 군복 벗으면 또 싸우는 거 아냐? 나는 혼자 마시는 기분으로 막걸리를 마셨다. 흐려지는 시야에 친구가 흔들거렸다. 친구 혼자 말년 차 사병의 군대 생활 요령을 열심히 얘기했다. 그리고 제대 후 내 생활에 대해 충고했다. 동숭동은 너무 조용해졌다. 최루탄 냄새가 그리웠다. 군복을 벗고 싶었다. 너무 조용해졌어. 학교가 관악산으로 옮긴 이후로 울분이, 목청 높이 부르던 노래가 없어졌어. 친구 목소리보다 할머니의 한숨 서린 넋두리가 귀에 더 박혔다. 더 이상 주점에 앉아 있을 수 없었다. 이제 그만 갑시다. 소대장님은 열심히 나라나 지키러 가십시오. 난 최루탄 냄새 맡으러 갈 테니. 그러자 친구가 내 손목을 굳게 잡았다. 복무 기간 동안 군인으로서 의무를 다하는 것도 애국이야. 장교의 목소리로 명령했다. 나는 마지막

으로 친구에게 거수경례를 했다. 군복을 입은 채로. 친구의 견장
에 중위 계급장이 반짝였다.

　주점에 들어선 친구는 하계 정복 차림이었다. 소령 계급장이
견장에 달려 있었다. 3년여 못 만나는 동안 친구는 영관급으로
진급했다. 군복을 입고 오지 않길 바랐다. 사복 차림으로 위로
해주고 싶었다. 깨끗이 면도한 턱선은 불빛에 유난히 반질거렸
다. 하계 훈련을 했는지 구릿빛 얼굴이었다. 눈빛이 예전보다 더
욱 깊어졌다. 눈동자에 흔들림이 없었다. 주점 할머니는 퇴행성
관절염 때문에 계산대 의자에서 꼼짝할 수 없었다. 하지만 우리
를 찬찬히 보며 흐뭇하게 웃는 얼굴은 여전했다. 틀니를 꼈는지
발음이 많이 샜다. 40대 초반쯤으로 보이는, 몸매와 얼굴이 할
머니를 똑 닮은 여종업원이 막걸리와 순두부를 가지고 왔다. 우
리 둘째 딸애야. 내가 몸이 불편하다고 도와주러 나왔어. 아직도
썰렁해. 옛날 문리대 법대 있을 때가 그리워. 의대생이나 환자
들, 방송통신대 덕분에 가끔 붐비곤 하지. 옛날이 그립지? 미라
보 다리도, 센 강이라 불렸던 대학천도 다 사라졌어. 옛 문리대
건물 앞에 덜렁 마로니에만 남아 있단다. 모처럼 일찍 와서 대학
로를 거닐었다. 미라보 다리와 센 강의 흔적은 복개돼 사라져버
렸다. 간혹 띄엄띄엄 연극 포스터가 붙은 건물들이 보였다. 낯설
었다. 추억을 끄집어낼 수 없었다. 오히려 화가 났다. 이런 식으
로 내 젊음을 송두리째 지워버린 듯했다. 더욱 투쟁해야겠다는
오기가 생겼다. 친구를 위해 울분을 참기로 했다. 대학로에 오

고 싶지 않았다. 며칠 전 친구에게 광교 쪽에서 만나자고 전화했다. 하지만 친구는 막걸리 주점에서 위로받고 싶다고 했다. 거긴 아버지 헌책방 같잖아. 그곳에서 아버지 명복을 빌고 싶어. 고등학교 동기회 총무를 통해 소식을 들었지만 친구 아버지 장례식에 참석할 수 없었다. 강제 철거민들을 위한 변론이 있었기 때문에 거제도까지 내려가긴 힘들었다. 친구에게 애도의 전화를 걸었다. 친구의 목소리는 매우 침통했다. 철거민을 위한 재판이 더 중요하다 생각했다. 3일 동안 친구 아버지를 떠올리며 눈물과 그리움으로 명복을 빌었다. 친구는 아버지를 위해 장례식을 성대하게 치를 것이다. 하지만 철거민들은 내 변론이 절실하게 필요했다. 그들은 하루하루가 다급했다. 친구의 잔에 막걸리를 정성스럽게 가득 부었다. 미안하다. 좋아하고 존경했던 네 아버지의 마지막 가시는 길을 보지 못해서. 하지만 네 아버지는 너 같은 훌륭한 효자 아들이 있잖아. 친구 눈동자가 깊숙이 반짝였다. 친구는 막걸리를 단숨에 들이켰다. 친구는 잠시 물기 어린 눈으로 나를 지긋이 바라봤다. 장하다, 친구야. 인권 변호사답게 임무를 잘 수행하는구나. 아버지도 그런 너의 행동을 더욱 기쁘게 생각하실 거야. 친구의 목소리가 당당하게 들렸다. 막걸리를 한 잔 한 잔 마실수록 친구의 눈동자는 더욱 깊어지고 더욱 반짝였다. 입술 언저리에 주름을 깊게 패면서 또박또박 묵직하게 말을 이어갔다. 나는 아버지 모습을 가슴에 담고서 이 나라를 지킬 거야. 두 번 다시 6·25 같은 비극이 일어나지 않도록 말이야. 통일을 위해서라면 내 한목숨 기꺼이 던질 거야. 아버지와 이순신 장군의 혼을 내 가슴에 깊게 품고서 군인의 길을 당당하게 걸어갈 거야. 친구는 나를 찌를 듯이 쳐다보며 잔에 찰랑거릴 만큼 막걸리를 부었다. 넌 올곧은 품성으로 이 나라를 잘사는 민주국가로 만들렴. 믿는다, 친구야. 주점 할머니가 궁금한 듯 우리를 힐끔힐끔 쳐다봤다. 주점 안에는 우리뿐이었다. 분위기가 심상찮은데 무슨 일이냐? 친구는 할머니의 물음에 더듬거리며 대답하더니 결국 흐느끼기 시작했다. 친구는 눈물을 급하게 닦으며 더욱 눈을 부릅떴다. 6·25 전쟁이 많은 비극을 만들었구나. 나 같은 신세도 만들었고. 온갖 눈물 섞인 사연들이 곳곳에 널려 있어. 너희 두 사람처럼 운명적으로 만나기도 하고. 할머니 입에서 긴 한숨이 새어 나왔다. 맞아. 6·25가 아니면 난 너를 못 만났을 거야. 내 아버지는 고향인 황해도에서 건강하게 교편 생활을 했을 테고, 나는 남쪽 바닷가로 내려갈 이유가 없지. 나는 고향에서 내 적성에 맞는 직업을 가졌겠지. 내가 군인이 됐고, 넌 인권 변호사가 됐을까? 나도 모르게 눈언저리가 뜨거워졌다. 할머니의 입에서 저절로 옛날 가요가 흘러나왔다. 노래는 나지막하면서도 처연했다. 주점 안에 조용히 흐느끼는 소리가 퍼졌다. 그날 밤은 매우 깊었다. 밤이 깊어갈수록 노래는 더욱 서글퍼졌고, 흐느끼는 소리는 끝날 줄 몰랐다.

고등학교 졸업 20주년 홈커밍데이 때였다. 모처럼 맑은 고향 바다 갯내가 내 가슴을 아프게 휘저었다. 고향에 오고 싶지 않았다. 괜한 투정일 수 있지만, 아픈 기억을 끄집어내기 싫었다. 고향 바다를 보면 울분이 또 커질 것 같았다. 친구가 끈질기게 전화했다. 홈커밍데이에 함께 참석하자고. 친구의 제복이 보기 싫었다. 친구를 만나고 싶지 않았다. 하지만 고향이 그리웠다. 친구에게 전화가 올 때마다 거절했다. 친구는 고교 시절 정겨운 추억으로 아련하게 남아 있다. 5공 시대 초, 고향 동네 입구에 '축 최희용 사법고시 합격'이라 적힌 플래카드가 태극기 휘날리듯 걸려 있었다. 동네에선 큰 경사였다. 삼수 끝에 붙은 사법고시였다. 부모님뿐만 아니라 집안 어른, 동네 어른, 모교 선생님들, 친구들이 축하 인사를 아끼지 않았다. 집안 어른들은 검사가 되길 원했다. 친구는 나에게 판사가 되기를 권했다. 넌 판사가 되어 억울한 민심을 풀어줘. 사법고시 성적도 우수했고 연수 기간에도 열심히 한 덕분에 상위권 성적을 취득했다. 하지만 분하게도 판사나 검사 임명장을 받을 수는 없었다. 뜻밖의 통보였다. 운동권 출신이라는 붉은 경력이 또다시 분루를 삼키게 했다. 가장 정당해야 할 사법부에서 치명적인 불법이 행해졌다. 나에게는 통탄할 사건이었다. 항의도 소용없었다. 울분으로 세상을 뒤집고 싶었다. 민주라는 허울을 찢고 싶었다. 나는 인권 변호사의 길을 택할 수밖에 없었다. 당당하게 맞서야겠다고 다짐했다. 군복을 찢고 싶었다. 친구를 지우고 싶었다. 막걸리 주점에서 만나자는 친구의 끈질긴 전화도 계속 거절했다.

오랜만에 고향 바닷가에서 고등학교 동기들과 함께 먹은 생선

회와 소주가 내 마음을 느긋하게 풀어줬다. 친구는 군복을 입지 않았었다. 동기들은 내가 판검사에 임명받지 못한 사연을 듣고 통탄했다. 친구는 누구보다 더 내 눈치를 보며 술을 계속 권했다. 희용이는 앞으로 더 큰일을 할 친구야. 내가 어떻게든 훌륭한 법률가가 되도록 후원할 거야. 우리나라에서 희용이만큼 양심이 깨끗한 법률가는 없을 거야. 친구는 개그맨 같은 몸짓을 하면서 나를 달래주려 했다. 나는 군복 입은 친구의 모습을 머릿속에서 지워버렸다. 군복 입은 친구의 모습이 역겨웠다. 친구와 만나야 할 이유가 없었다. 계속 만나자는 전화가 왔지만 바쁘다는 핑계만 댔다. 보름 전 동기회 총무의 전화를 받았다. '김태룡 동기 부친상.' 친구 아버지만은 내 가슴에 남아 있는 아련한 추억이었다. 친구로서 고인의 명복을 빌어줘야 했다. 친구 아버지만은 편하게 저 세상으로 보내야했다.

1987년 봄날은 유난히 뜨거웠다. 나는 한 후배 고문치사 사건으로 봄을 즐길 여유가 없었다. 벚꽃이 만발했지만 그 향기를 맡을 수 없었다. 더러운 냄새가 온 거리에 진동했다. 언제부터인가 나는 마치 첩보 영화 주인공처럼 하루하루 미행당하며 살았다. 어느 날, 그렇게 영화 찍듯이 쫓기다 보니 대학로에 접어들었다. 한국방송통신대학 쪽으로 가야만 했다. 그림자는 질기게 나를 쫓아다녔다. 지친 걸음에 저절로 막걸리 주점 문을 열고 들어갔다. 저녁 무렵, 봄날의 햇살은 주점 골목에서 쓸쓸하게 흩어지고 있었다. 그림자도 주점 안으로 들어왔다. 이미 일상이 된 일이라 놀라지도 않았다. 할머니의 딸이 놀란 듯 나와 그림자를 바라봤다. 저녁의 주점은 아직 온기가 없었다. 나는 막걸리를 시원하게 들이켰다. 지친 다리가 확 풀렸다. 친구에게 전화했다. 놀란 친구는 한 시간도 되지 않아 주점 문을 열고 들어왔다. 전투복 차림으로 군화 소리를 높인 채 씩씩하게 주점 안으로 들어왔다. 그 동안 나는 막걸리를 홀짝거리며 재미있게 그림자놀이를 했다. 뜻밖의 호출에 친구는 매우 놀라워했다. 친구가 앉자마자 나는 화풀이부터 했다. 이것이 민주국가에서 군인들이 나라를 지키고자 하는 행동이냐? 주점 안은 내 목소리로 가득 찼다. 모두 놀란 얼굴로 나를 쳐다봤다. 그림자는 슬그머니 주점에서 사라졌다. 그림자가 사라지니 더 이상 친구랑 있을 이유가 없었다. 고맙다는 말만 던지고 일어서자 친구가 내 손을 꽉 잡았다. 지금 네 심정은 알겠지만 과도기에는 언제나 부작용이 있는 법이야. 군인이건 정치인이건 함께 나라를 지켜나가는 데 여러 방법을 모색하는 것도 좋잖아. 너와 나는 여기서만큼은 단짝이잖아. 그 사건에서 손 뗄 수는 없겠냐? 친구는 정색하며 나에게 물었다. 나는 그저 막걸리로 부글거리는 속을 삭혀야 했다. 요즘 자주 오네요. 할머니의 딸이 분위기를 풀기 위해 한마디 거들었다. 요즘 시국이 시국인 만큼 여기 자주 오게 되네. 할머니 건강은 어때요? 친구가 딴전을 피웠다. 폐렴이 심해 좋지 않으세요. 친구는 친구로서 나에게 막걸릿잔을 건넸다. 나는 아직 장난기가 남아 있는 콧등을 보며 잔을 받았다.

어린 후배는 나처럼 요령 있게 고문을 이기는 방법을 몰랐다. 그 때문에 어린 후배는 죽었다. 나는 어떻게 고문을 이길 수 있는지 어린 후배의 혼에게 알려주고 싶었다. 그것이 내가 알고 있는 바른길이었다. 나에게도 고문은 언제나 고통스러웠다. 고문을 왜 받는가? 항상 의문투성이였다. 나는 인권 변호사였고 내 직업에 충실할 뿐이었다. 어느 장소에서든 그림자는 있었고, 그것은 나를 죽이려는 암살자 같았다. 고문도 이력이 붙으니 요령이 생겼다. 요령은 내 마음의 오기였다. 그림자를 응시하며 어금니가 부서질 정도로 입을 다물고서 오기를 키웠다. 처음에는 고통에 울분이 솟구쳤다. 안가에 있어야 하는 이유를, 나를 가지고 노는 이들을 도저히 이해할 수 없었다. 억울했다. 너무 억울해서 치가 떨렸다. 울분은 오기로 변했다. 고문을 당할수록 오기는 더욱더 단단해졌다. 진정한 법을 구해야겠다고. 어금니 몇 개를 잃어버리자 고문이 무섭지 않았다. 고문이 또 다른 내 일상이 됐다. 고문 덕분에 최근 몇 년간 막걸리 주점에 친구와 자주 오게 됐다. 친구는 내가 어디서 고문을 당하든지 나를 쉽게 찾았다. 전투복을 입고 나타나 당당하게 나를 안가에서 꺼내줬다. 친구가 암살자들의 두목 같았다. 하지만 나는 빛이 그리워 친구 손에 이끌려 안가를 빠져나왔다. 친구의 군복이 보기 싫었다. 1980년 남산 안가에 있었을 때였다. 안가 출입이 일상화됐다. 몸은 너덜너덜 해코지당했다. 3개의 어금니를 억울하게 잃어버렸다. 친구의 손에 이끌려 안가를 빠져나와 함께 막걸리 주점에 갔다. 나는 성난 눈초리로 친구를 째려봤다. 울분으로 참을 수 없었다. 나는 막걸리를 친구 얼굴에 뿌렸다. 이것에 네가 말하는 나라를 지키는 방법이냐? 군복 벗고 착실하게 살아라! 군복을 벗기 전에는 널 만나고 싶지 않아. 친구는 수건으로 묵묵히 얼굴을 닦았다. 아직까지는 반공이 우선이야. 친구는 당당하게 반격했다. 부아가 치밀어 막걸릿잔을 바닥에 내동댕이쳤다. 이때 할머니가 급하게 우리를 말렸다. 여기는 너희들의 고향이야. 아무리 세상이 변해도 고향 친구의 우정은 사라지지 않아. 울면 마음이 좀 풀릴 거야. 할머니가 우리 잔에 막걸리를 찰랑거리게 부었다. 나와 친구는 할머니의 등쌀에 막걸릿잔을 억지로 부딪쳤다. 나는 고개를 돌렸고 친구는 고개를 숙였다. 할머니와 함께 밤새 울면서 막걸리를 들이켰다. 친구는 열심히 내 입에 두부를 넣어줬다. 아직 과도기라 그래. 너 역시 새로운 법에 적응하면 안 되겠냐? 친구의 어릴 적 모습을 찾을 수 없었다. 친구는 나를 달래려고 안절부절못했다. 고개를 숙이고 친구를 보지 않았다. 우리 노래나 부를까? 할머니가 젓가락으로 「굳세어라 금순아」를 장단에 맞춰 읊조렸다. 친구도 덩달아 불렀다. 콧등을 찡그리며 목청을 높였다. 어릴 적 나와 장난칠 때 찡그리는 콧등이 보였다. 친구가 장난스럽게 내 눈앞으로 다가왔다. 그나마 어릴 적 친구 얼굴이 보여 다행이었다. 나도 함께 불렀다. 고문으로 욱신거렸던 사지가 나른하게 풀어졌다.

우리는 1995년으로 흘러들어왔다. 9월 5일 김대중이 새정치
국민회의를 창당했다. 나는 초청장을 받고 당당하게 창당대회
에 참가했다. 또한 두 명의 전직 대통령 구속이 세상을 떠들썩하
게 했다. 나는 인권변호사라는 원고(原告)로 바빠졌다. 어린 후
배의 죽음이 6월 민주항쟁의 불씨가 됐다. 1980년대 후반 온 거
리가 게릴라전처럼 최루탄으로 뒤덮였다. 나라 꼴이 엉망진창이
었다. 하계 올림픽은 제대로 열 수 있을까? 하지만 올림픽은 무
사히 열렸고, 군사정권 대신 문민정부가 들어섰다. 막걸리 주점
은 몇 년 전부터 매우 낯설어졌다. 할머니가 세상을 떠났다는 소
식은 이미 들었다. 통나무 미닫이문이 자동 유리문으로 바뀌었
다. 입구에 달려 있던 청사초롱과 나무 간판도 사라졌다. 그 자
리에 LED 간판이 빨간색과 파란색으로 번쩍인다. 친구는 군복
을 입고 왔을까? 아니면 사복 차림일까? 늦가을 바람에 마지막
담배 불씨가 흩어져 날아간다. 손가락 끝에 잡고 있는 담배 필터
가 타들어가면서 뜨거움이 느껴진다. 주점 문을 열 수 없다. 길
게 숨을 쉬어본다. 친구는 왔을까? 문을 열자 예전 그 자리에 친
구가 앉아 있다. 정복을 입고 있다. 실내는 크게 변하지 않았다.
통나무 식탁들이 플라스틱 식탁으로 바뀌었다. 희미한 백열등이
밝은 형광등으로 바뀌었다. 벽에는 낡은 벽지 대신 파란 페인트
가 칠해졌다. 할머니가 앉아 있던 계산대에는 딸인 새 주인아줌
마가 앉아 있다. 여종업원 한 명이 열심히 서빙을 하고 있다. 친

구는 묵묵히 막걸리를 홀짝이고 있다. 침통한 표정이다. 콧등도 찡그리지 않는다. 정복을 보자 고3 아들놈이 떠오른다. 대학 진학 문제로 요즘 아내와 많이 다투고 있다. 이번 여름 끝 무렵 나에게 최후통첩을 했다. 아버지, 저는 공군사관학교에 가고 싶습니다. 훌륭한 파일럿 장교가 돼 이 나라를 지키고 싶습니다. 언젠가 많이 보았던 모습이었다. 낯설지 않은 느낌이었다. 아들의 눈동자 속에 결심이 서려 있었다. 아들의 몫은 이미 만들어졌다. 조용히 고개를 끄덕였다. 아들 모습에서 친구가 보였다. 마주앉아서 친구에게 막걸릿잔을 건네며 막걸리를 정성껏 따른다. 볼이 핼쑥해지고 눈과 눈썹이 처져 있다. 훈련 때문인지 얼굴은 까맣게 탔다. 계산대에 앉아 있는 새 주인아줌마가 친구처럼 농담을 던진다. 오늘은 누가 더 수다를 떨 건가요? 새 주인아줌마도 어느덧 오십대를 넘기며 차츰 주점 할머니의 모습을 닮아간다. 주점의 인테리어는 바뀌었어도, 대대로 이어온 분위기는 변함없다. 수다를 떨 필요가 없는 듯하다. 서로의 말들은 간단하게 돼 있다. 벽에 걸린 달력이 1995년 마지막 장을 장식하고 있다. 참 빠르게 달려왔다. 친구가 막걸리를 순식간에 들이켜더니 나를 찌를 듯이 쳐다본다. 친구의 눈동자에서 처음 갈증을 본다. 눈언저리가 촉촉이 젖어든다. 나는 아직 나라를 위해 할 일이 남아 있어. 군인으로서 더 열심히 애국하고 싶어. 아직 군복을 벗을 때가 아닌 것 같아. 이순신 장군의 정기가 아직 내 가슴에 남아 있거든. 네가 나를 위한 변론을 맡아다오. 군복을 벗고 싶지 않아. 나라를 지키기 위해 나 같은 인재가 꼭 필요해. 친구의 부탁을 짐작했다. 오늘은 친구가 말할 때 묵묵히 듣기로 했다. 나는 아파트 가로등 불빛 아래 머물렀을 때 대답을 정했다. 가로등 불빛 안에서 잠시 동안 긴 세월이 재빠르게 머릿속을 스쳐갔다. 온갖 기억들이 머릿속에서 요동쳤다. 빛을 느꼈다. 어둠을 보았다. 무궁화나무에 드리워진 그림자는 싫었다. 친구의 얼굴이 빛과 어둠 속에서 세월 따라 변신했다. 제대자 명단에 친구의 이름이 보였다. 군인은 국방에만 신경 쓰면 되는 거야. 물론 군대의 사조직이 정치를 한 것은 역사적으로 오점일 수 있어. 하지만 이렇게 민주국가로 이끌어가고 있잖아. 친구가 나지막한 목소리로 정담을 나누듯 얘기한다. 혹시 듣고 싶은 음악 있어요? 분위기가 무거워 보이는지 새 주점 아줌마가 한마디 거든다. 재빠르게 사이먼 앤 가펑클의 「Bridge Over Troubled Water」가 내 입에서 튀어나왔다. 우리를 위해 들어야 할 옛 노래 같았다. 노래가 주점 안에 퍼진다. 친구가 이야기를 멈춘다. 멜로디가 취기 따라 가슴에 스며든다. 우리는 말없이 멜로디에 젖어들며 의자에 편하게 기댄다. 우리는 젊은 시절 밤새 엘피판이 찍찍거릴 정도로 이 노래를 들었다. 친구는 눈을 꼭 감고 콧등을 찡그리며 멜로디에 맞춰 흥얼거린다. 젊은 시절 친구의 모습이 보인다. 나도 잔잔해진다. 친구 손을 오랜만에 꽉 잡는다. 내 손아귀에 친구의 손이 느껴진다. 친구 손 뼈마디가 단단하다. 군인다운 손이다. 오늘은 유난히 손마디들이 부드럽고 따뜻하게 느껴진다. 나는 너를 위해 변론하지는 않을 거야. 이제부터 서로 사복 입고 이 주점에서 만나 정담이나 나누자. 물론 네 심정은 충분히 알고 있어. 하지만 너는 군복을 벗고 사복을 입어도 충분히 이 나라를 지킬 수 있는 방법이 있어. 미안하다. 친구야. 친구 손이 내 손안에서 너무 조용하다. 떨림도, 강한 힘도 없다. 아직 친구는 눈을 감고 멜로디 끝자락에 빠져 있다. 얼마 동안 우리는 지나온 세월을 음미했다. 우여곡절이 있는 긴 세월이었다. 옛 친구를 찾고 싶었다. 친구가 눈을 떴다. 친구가 일어서서 벽걸이 거울 앞에 선다. 차렷 자세로 거울 속 모습을 뚜렷이 본다. 모자를 벗었다 썼다 반복한다. 얼굴은 전투 태세의 긴장된 표정이다. 친구가 또렷하게 보인다. 거울 속이든 밖이든 친구는 늠름하다. 이순신 장군도 저런 모습이었을 거야. 거울 속에 이순신 장군이 어른거리는 것 같다. 친구는 언제나 군복이 어울린다. 무궁화 2개가 견장에서 반짝인다. 견장에 별이 빛나야 할까? 아니다. 친구는 언제나 군복을 입으면 별처럼 빛났다. 친구는 몇 분간 밀랍 인형이 된 듯 부동자세이다. 거울 속에는 표정이 없다. 친구가 거울 속에 갇혔다. 나는 함께 갇히고 싶지 않았다. 친구를 그냥 내버려둔다. 거울 속에서 빠져나온 친구가 갑자기 '애국'을 외치며 거수경례를 한다. 엄숙하다. 다시 자리로 돌아와 앉는다. 막걸리 한 잔을 단숨에 들이켠다. 눈가에 웃음이 번진다. 콧등을 찡그린다. 젊은 시절 친구 얼굴이 되살아난다. 야! 막걸리나 가득 부어라.

1995 ı 8인 테마 소설집

© 김형주, 양진채, 이경희, 정태언, 조현, 진보경, 채현선, 허택


| 1판 1쇄 발행 | 2017년 4월 28일 |
| 1판 2쇄 발행 | 2017년 6월 18일 |


| 지은이 | 김형주, 양진채, 이경희, 정태언, 조현, 진보경, 채현선, 허택 |
| 펴낸이 | 정홍수 |
| 편집 | 김현숙 이진선 |
| 펴낸곳 | (주)도서출판 강 |
| 출판등록 | 2000년 8월 9일(제2000-185호) |


| 주소 | 서울시 마포구 동교로 17안길 21(우 04002) |
| 전화 | 02-325-9566 |
| 팩시밀리 | 02-325-8486 |
| 전자우편 | gangpub@hanmail.net |


값 14,000원
ISBN 978-89-8218-221-1    03810


이 도서의 국립중앙도서관 출판예정도서목록(CIP)은 서지정보유통지원시스템 홈페이지(http://seoji.nl.go.
kr)와 국가자료공동목록시스템(http://www.nl.go.kr/kolisnet)에서 이용하실 수 있습니다.(CIP제어번호:
CIP2017009574)

* 이 책은 한국출판문화산업진흥원의 출판콘텐츠 창작자금을 지원받아 제작되었습니다.
* 잘못 만들어진 책은 구입처에서 교환해드립니다.